生皮《なまかわ》

あるセクシャルハラスメントの光景

井上荒野

本書は二〇二二年四月、小社より刊行されたものです。

目次

生皮

あるセクシャルハラスメントの光景

第一章　現在

柴田咲歩

その記事はスポーツ新聞に載っていた。スポーツ新聞は、新患の飼い主が待合室で読んでいた。ワクチン接種のために雑種の子猫を連れてきた、二十代半ばくらいの女性だった。シャネルふうのツイードスーツにハイヒールという姿で、トートバッグから取り出したのがスポーツ新聞だったから、格好いいな、と思いながら咲歩《さきほ》はちらちら見ていたのだった。

女性が新聞をばさりとめくって折りたたむと、その記事が載っている面が、受付カウンターにいる咲歩の目に入った。記事になっている男の、名前と、顔とが。その瞬間、あの匂いがよみがえった。甘ったるい薬草酒みたいな匂い。あの男の整髪料の匂い。道ですれ違う人からまれにふわりと漂ってくる同じ匂いよりも、その幻臭は濃かった。胃のあたりをぐっと摑《つか》まれたような感じがして、咲歩は思わず体を折った。

女性はまだ新聞をめくらない。だから男の記事はあいかわらず咲歩の目の前にある。目をそらそうと思うのにできなかった。まるで男の両手で顔を挟まれ、固定されているかのように。男の顔。口元が少しほころんでいるが、目つきの鋭さのせいで、笑っていても怒っているように見える顔。記憶の中にもあの顔がある。見出しは女性の手で下半分が隠れているが、男を讃《たた》える記事であることはわかる。また誰かが大きな賞を取ったのだ。男のおかげで。

なんでもない、と咲歩は思おうとした——ずっとそうしてきたように。目をそらす必要もない。知っている男がたまたま新聞に出ていた、それだけのことだ。匂いがさらに濃くなってきた。まるですぐそばにあの男がいるみたいに。あの男の頭が、胸の上にあるみたいに。胃がぎゅうっと摑まれる。女性が新聞をめくる。

咲歩はカウンターを離れた。近くに医師も看護師もいなかったから、へんに思われずにすんだ。トイレに入って扉を閉めると、昼に食べたものを全部吐いた。

「咲歩」

と夫の俊《しゅん》が呼びかける。出勤前の朝食のテーブル。咲歩は緊張しながら「ん?」と夫の顔を見た。今朝起きたときから、夫がそわそわしていることがわかっていた。彼はとうとう気がついたのかもしれない。気がつくはずなんかないけれど、誰かから、何かから、知らされたのかもしれない。しばらく遠ざかっていた不安が、まるで戸口の陰にずっと隠れていたかのように、咲歩の中にやすやすと侵入してズカズカと歩き出す。

「何か俺に話すことはない？」

俊は微笑している。詰問調でもないが、いつもの微笑とはあきらかに違う。

「何かって？」

咲歩は思わず立ち上がってしまった。知っている。彼は知っているのだ。不安がほぼ確信になって、この場から逃げ出したくなる。俊が不思議そうに見上げる。咲歩はキッチンカウンターの上のコーヒーサーバーを手に取った。夫のカップに注《つ》ぎ足し、自分のカップにもそうする。なるべくゆっくり——最悪のときを引き延ばすように。

「あれ？　ないの？　ほんとに？」

「ないわよ。どうして？」

夫の顔に微《かす》かな当惑が浮かぶ。思っているような話ではないのかもしれない。増田《ますだ》さんがさ、と夫は隣人の名前を出した。七十歳くらいの夫婦で、おせっかいな人たちだ。

「昨日帰ってきたときに、声をかけられたんだ、増田さんの奥さんから」

咲歩は黙って続きを待った。増田さん夫婦があのことを知っているという可能性はあるだろうか。あるわけない。でも、可能性はゼロではないかもしれない。ときどき、この世界中の自分以外の全員が、夫も含めて、じつは全部知っているのではないか、という思いにとらわれることがある。知っていて黙ったまま、嫌悪感に満ちて、咲歩が平然と暮らしているのを眺めているのではないか、と。

「咲歩、昨日、マツキヨに行った?」

「行ったけど……」

「増田さんの奥さんもたまたま店にいたらしいんだ。で、咲歩が、妊娠検査薬を買ってるところを見たって」

「買ってないわ」

安堵《あんど》と怒りとで、咲歩の声はみょうなふうに膨らんだ。そのことか。だがもちろん、それでよかったという気持ちにはならない。

「買ったのは、胃腸薬とお風呂の洗剤」

「検査薬は買ってないか。いや、そうか、ごめん。増田さん、確信に満ちて言うもんだから」

「どうかしてるわね、あの人」

「うん、どうかしてるな。いきなり肩を叩《たた》きながらおめでとうございますなんて。本当に買ってたとしたって、結果はまだわからないのに」

「もう相手にしないで」

「しないよ。へんなこと言って悪かった」

俊は再び微笑した。気まずそうに、失望を隠そうと努力しながら。あなたが謝ることなんてない。その言葉を、咲歩は口から出せなかった。続いていろんな言葉が――いっそ叫び声が、植物の地下茎みたいに、ずるずるとくっついて出てきそうだったから。

ふたりは一緒に家を出た。俊は徒歩で駅に向かい、咲歩は自転車で動物病院へ。病院へ着く前に咲歩は通りすがりのマンションのゴミステーションで自転車を停《と》めた。ポケットから妊娠検査薬の箱を出して、ゴミ袋の間に押し込んだ。


生理は十日以上遅れていた。

もうすぐ二週間になる。もちろん俊はそのことを知らない。子供がほしいと思ってはいても、まだ自然に任せている段階で、排卵日を調べて性交するような努力はしていないから、妻の月経周期も把握していないのだ。もちろん彼は、生理が遅れれば真っ先に知らされると信じているだろう。今回だって、「何か俺に話すことはない?」と聞いたら、満面に笑みを浮かべた妻から「吉報」を伝えられるはずだと思っていたに違いない。そろそろ子供がほしいねと夫から言われたとき、咲歩も同意したのだから。

「おはようございます」

水色の制服に着替えて、咲歩はスタッフルームへ入っていく。おはようございます。おはよう。寒いね。看護師や医師たちが、口々に挨拶を返す。咲歩は微笑《ほほえ》む。誰かが冗談を言えば、みんなと一緒に声を上げて笑いもする。そうできることを自分自身に確認する。誰も不自然には思っていないだろう。そのつど咲歩が、笑顔や笑い声をポケットから取り出して、急いで顔の上に貼りつけているような気持ちになっていることなんて、気がつかないだろう。

誰も知らない。みんな、私の身に起こったことは、何も知らない。咲歩は思う——夫もみんなもじつは知っているのかもしれない、と感じるのとまったく同じ頻度で、同じ寒気とともに。知られることをこれほど怖がっているのにもかかわらず、誰も知らない、ということに傷つけられる。どうして誰も知らないのだろう。どうしてそんなことが許されるのだろう。私があんな思いをしたのに。どうしてあの男はあたりまえみたいに口元を緩めて、気取ったポーズで写真に収まっているのだろう。

診療開始の九時になった。正面ドアのブラインドを上げ、解錠するのと同時に、それを待ち構えていた患畜と飼い主たち——今朝は二組——が入ってきて、電話が鳴り出す。電話は、いちばん近くにいたから咲歩が取った。声を出す前に一瞬の躊躇《ためらい》がある。増田さんが、さらに何かおせっかいなことを言うためにかけてきたのではないのか。あるいはあの男かもしれない。咲歩、今夜ちょっと時間とれるか。あの頃のようにそう言われるのかもしれない。まさか。ありえない。どうにか支えてきたものが、ぐらぐらと揺れ出しているのを咲歩は感じる。はい、ハート動物病院です。必死で平静な声を吐き出すと、かけてきたのは尾上《おがみ》さんだった。猫のモルちゃんの飼い主だ。電話を切ると、咲歩は担当の深田《ふかだ》先生を探した。

「モルちゃん、食べられなくなってしまったそうです」

検査室でレントゲン写真を見ていた深田先生に伝える。口の中が痛む様子であること。朝のインスリン注射は中止にしたこと。

「えー」

深田先生は化粧気のない顔をしかめる。この病院に五人いる獣医師の中でとりわけやさしい先生で、患畜の具合が悪くなるといつでも、自分のペットがそうなったかのように辛《つら》そうな様子になる。

「これから来院？」

「午後いちばんでいらっしゃるそうです」

「わかりました。あー、歯肉炎かあ……」

モルちゃんはもう高齢猫なので、持病である糖尿病のコントロールのほかにも最近はいろいろと問題が出てきている。深田先生はレントゲン写真をデスクの上に置いて、せかせかと部屋を出ていき、モルちゃんのカルテを持って戻ってきた。モルちゃん、何歳になるんだっけと呟《つぶや》きながらそれをめくる。

「最初が十歳だったから……十七歳か。もう七年も通ってるのねえ。モルちゃんも、飼い主さんも、がんばってるんだよねえ」

炎症は腎臓のほうから来てるのかもしれないなあと深田先生は続けたが、咲歩の心は「七年」という言葉に引っかかったままかたまっていた。なぜなら毎年、あのことがあってから経《た》った時間を数えずにはいられないから。モルちゃんの闘病と同じく、今年で七年になる。

「モルちゃんの初診のとき、柴田《しばた》さんはまだあっちだったのよね」

「はい」

ぎくりとしながら咲歩は頷《うなず》いた。あっちというのは十キロほど離れた場所にある分院のことだ。病院内の人事で、咲歩は約六年前にこちらの本院に移ってきた。もちろんあのことは分院の外で起きたことで、分院の人たちは何も知らない。でも、あのことをしていたとき、咲歩は分院で働いていたのだ。異動を打診されたときはほっとしたものだった。泥水でびしょびしょのコートを脱ぎ捨てていくような気持ちだった。結局そのコートは今も体にまといついているけれど。

「そうだよね、そうそう……ハート通信」

深田先生は思い出したらしく手をパチンと叩いて咲歩に笑いかけた。

「ときどき誰かが持ってきてくれて、楽しみにしてたんだけど、あれって柴田さんが書いてたのよね」

「その話は勘弁してください」

「どうして？　面白かったのに。ああいうの、また書けばいいのに」

「ぜったいに、書きません」

どうにか笑いながら咲歩がそう言ったので、深田先生も笑って、検査室を出ていった。


赤いノートのことを咲歩は思い出す。

布帛《ふはく》ふうの印刷を施したあかるい赤色の表紙の、リング綴《と》じのB5判のノート。そのノートに、咲歩は日記を書いていた。左側のページに書くときはペンを持った右手がリングにあたって書きづらく、だから文章はページの中ほどで折り返している。右側のページはきっちりと端から端まで文字で埋めている。ノートを開いたときの、そんな景色を思い出す――書くだけでなく書いたものを何度も読み返していたから。

専門学校時代から書きはじめ、ハート動物病院に就職し、分院の看護師になってからも書いていた。ノートは全部で六冊ある。年が替わるごとではなく、ノートのページすべてが文字で埋まるつどに、ノートを新調してきた。薄いノートではあったけれど、毎日、少なくない分量の文章を書いていたのだった。睡眠時間を気にしなくてもよかったら、もっと書いていたかもしれない。

書くことが好きだった。実際にあった出来事よりも、その先やその裏側を想像して書くことが増えてきて、それが溢《あふ》れて、壁新聞になった。A4判の紙の大半は猫や犬の迷子の情報や里親探し、ワクチン接種のお知らせなどで埋まったけれど、残った小さなスペースに、身辺雑記のようなエッセイのような、小説のような小文を載せた。月に一回、自宅のパソコンで作ってプリントアウトしたそれを、最初は院内の掲示板に一枚だけ貼っていたが、院内のスタッフからも飼い主たちからも評判が良くて、持って帰りたいという声も複数届いたから、三十枚ほど刷って受付カウンターにまとめて置いておくことになったのだった。タイトルは「ハート通信」。何号まで出しただろうか？　赤いノートに書けなくなってからも、突然やめると理由を詮索されそうだったから、新聞だけは何号か出した。お知らせや里親探しだけで、いつもの小文が載っていない理由を、それでもやっぱり聞く人がいて、「スランプなんです」と冗談めかして咲歩は答えた。そのうち、そういうやりとりも辛くなって、新聞を作るのをやめた。ちょうどこちらの本院に異動になるタイミングと重なったから、しつこく聞かれずにすんだ。

赤いノート。書くことが好きだった。二十歳の頃から書き綴《つづ》ってきた、赤いノート。最後の一冊に書いたのは日記ではなかった。最初から小説にすることを意識したメモだった。これからは、このノートにはこういうメモが溜《た》まっていくだろうと思っていた。わくわくしながら、なんども読み返した。そしてある日書けなくなった。何か書こうとするとあの匂いを感じるようになった。あの男の整髪料の匂い。赤いノート。書くこととが好きだったのに。

午後、モルちゃんを連れた尾上さん夫婦は、早くから来て病院の前で待っていた。

深田先生の診察室に通し、咲歩がサポートに入った。青いギンガムチェックのキャリーバッグから、ガリガリに痩せた雉《きじ》猫がこわれものみたいに取り出され、診察台の上に乗せられた。咲歩がこの本院ではじめてモルちゃんを見たときには、まだムクムクしていて、キャリーバッグが窮屈そうに見えたほどだった。半年ほど前に左の腎臓に腫瘍《しゅよう》らしい影が見つかっていたが、摘出手術を受けるには高齢すぎるので、何か症状が出るたび対症療法で凌《しの》いでいた。でも、それも限界を迎えつつある。

深田先生がモルちゃんの口を開けた。モルちゃんはちょっとだけ身を引いたが、抵抗する力はほとんど残っていないようだった。ああー、と深田先生が悲痛な声を上げた。かなり痛いみたいで、と尾上さんの奥さんが言った。もう、ふんだりけったりですよね。無理やり笑い事にしようとするように彼女がそう続けると、そうねえ、ふんだりけったりだねえ、モルちゃん、と深田先生は猫にやさしく話しかけた。年齢からも全身状態からも、麻酔はかけられないから、抜歯はできない。抗生剤で様子を見るほかないが、食欲が戻るまでは糖尿病のためのインスリン注射は打たないほうがいいということになった。食べずにインスリンを投与すると、血糖値が下がりすぎて低血糖になってしまうからだ。いつも一緒に来るけれどほとんど口を利いたことがない尾上さんのご主人が、涙を浮かべて洟《はな》を啜《すす》り上げていた。

誰もがもうわかっている通り、モルちゃんは長くないだろう。そのことが咲歩はひどく悲しかった。動物看護師になってからの十年余りの間に、もちろん患畜の死は幾度も経験している。モルちゃんに特別な感情を持っているわけでもない。患畜の死に立ち会うたびに泣いていたらこの仕事は務まりません。新人の頃、自主的に受けたセミナーで講師がそう言っていた。だからといって、慣れてはだめです。心を鈍化させないように。ただ悲しみに打ち勝つ強さを持ってください……。講師はそう続けたけれど、実際のところ、慣れてしまったのだと思う。強くあるには心を鈍化させるしかない。やわらかい心のままで強くいることなどできない。でも今日はモルちゃんのことを病院を出たあともずっと考えていた。心がひりひりした。厚い鎧《よろい》に裂け目が入って、酸性の液体が浸《し》み込んできたみたいに。鎧の下にあるのが皮を剝がされた心であるかのように。

川沿いの道を走っていた咲歩はとっさに右にハンドルを切って、橋を渡った。道の向かい側からやってくる自転車の女性が、隣の増田さんであるように見えたからだ。ひとつ先の橋を再度渡って家に戻るべく、対岸の道を走り出しながら、それほど自分が隣人を恐れていることに咲歩は気づいた。そもそも午後九時に近い暗闇の中で、さっきの自転車に乗っていたのが本当に増田さんだったかどうかも定かではないのだ。増田さんでなくても、誰かとすれ違うことを恐れたのかもしれない。すれ違いざまに質問を浴びせられそうで。生理が遅れているんでしょう？　妊娠検査薬を買ったでしょう？　妊娠したの？　産むつもりなの？　どうしてご主人に言わないの？　産みたくないの？　どうして？　妄想だとわかっている、誰にもそんなことを聞かれたりしない。けれども向かい側に自転車の明かりが灯《とも》るたび、誰かが歩いてくるのが見えるたび、咲歩はブレーキを握りたくなる気持ちを抑えた。

赤いノート。

そのことを咲歩はまた思った。あれを捨ててしまわなければ。妊娠検査薬のように、ひそかに家の外に持ち出して、誰にも見つからないように破棄しなければ。自分自身にも二度と取り戻せないように裁断して埋めてしまわなければ。

そうしなければ、今にも夫があれらを見つけてしまいそうで、見つけられたらすべてが終わってしまうとしか思えなくて、咲歩は我知らず自転車のスピードを上げた。

緑が多い武蔵野《むさしの》の町の外れの、坂道に沿ったひな壇状の住宅地の最下段に、咲歩と俊が住む家はある。

上のほうは建売のあたらしい家が集まっているが、咲歩たちの並びは同じ形状の建売でもいくらか古い。その中の一軒を借りて結婚以来住んでいる。いずれは持ち家をというのがふたりの目標で、毎月少しずつだが貯金している。

青いヴィッツが停まっている駐車場の横の、申し訳程度の花壇では水仙がポツポツと咲いている。越してきた年に咲歩が植えた球根が、毎年の気候やほかの何かの加減で、旺盛に咲いたり、葉ばかりでほとんど花をつけなかったりする。結婚して三年だった。

家の中はあかるくて暖かかった。俊はダイニングにいて、テーブルの上には鍋の用意が調っていた。住宅メーカーに勤める夫のほうが、帰宅は原則的に早い。それで夕食は彼が簡単なものを用意しておいてくれるというのが、いつの間にかできあがった習慣だった。いつもは先に食べ終えているが、今日は咲歩を待っていたようだった。

「俺もさっき帰ってきたんだよ」

スウェットの上下に着替えている俊はそう言って、冷蔵庫から缶ビールを二本取り出してきた。カセットコンロの上の土鍋の中で、昆布を入れた湯がクツクツと煮立っていた。豚肉とほうれん草と豆腐が皿に盛りつけてある。市販のポン酢が、すでに銘々の取り皿に注がれている。さっき帰ったというのはきっと嘘《うそ》で、ずっと待っていたのだろう、と咲歩は思った。

「冬はいいな、鍋ができるから」

乾杯、と缶ビールを合わせると、俊はそう言って歯を見せた。

「夏も鍋が多いよね、うち」

咲歩は笑い返した。夫のことをとても好きだと思いながら、同時に彼が見知らぬひとであるような感じがした。

それからしばらく、どうでもいい話をしながら食べた。缶ビールを飲み終わった頃──ふたりとも酒は強くなくて、いつも三百五十ミリをひと缶ずつしか飲まない──、咲歩が恐れていた通りに「今朝はほんとごめんな」と俊は言った。

「なんか、感じ悪かったよな。催促してるみたいでさ。俺が作り話してるって思ったんじゃない？　いや、本当なんだけどさ、増田さんから声かけられたのは……」

「作り話だなんて思わなかったし、感じ悪いとも思ってないわ」

咲歩は鍋の中で煮えすぎているほうれん草と豚肉をさらった。取り皿に入れても、食べられる気はしなかったけれど。

「あんまり深刻に考えないようにしてたんだけどさ」

「そうね」

「この辺でほんのすこし、深刻になってもいいかなって思ったんだ。深刻っていうか、真剣だな。真剣に考えてみないか、子供のこと」

「ええ、そうよね」

「俺が言ってるのは、病院に行くっていう意味なんだけど……いいかな？」

「ええ」

俊は咲歩の顔をじっと見た。咲歩はニッコリ笑ってみせた。ほかにどうすることができるだろう？　それから俊は立ち上がって、ノートパソコンを持ってきた。すでに病院の候補を調べてあったのだ。ふたりは病院を選んだ。再来週、咲歩の公休日に合わせて俊も有休を取り、病院へ行くことにした——「それまでにできる可能性もあるけどね」と俊は微笑んだ。


俊は何も知らない。

咲歩は思う——咎《とが》めるのではなく、祈るような気持ちで。

俊とは高校の同級生だった。六年前、咲歩が分院から本院へ異動になったすぐあとくらいに、初めてのクラス会が招集された。ひどい精神状態のときだったが、咲歩は出かけていった。なぜなら、八年ぶりに会う同級生たちは、何も知らない人たちだったから。本院のスタッフたち同様に、あの男と関係していたときの咲歩の姿を見ていない人たちだったから。あの男のことを一瞬でも忘れられる場所を、あの頃の咲歩は切望していた。会場となった新宿《しんじゅく》の居酒屋で、たまたま隣に座ったのが俊だった。

もちろん俊も、何も知らなかった。私が、書くことが好きだったことも、小説を書きたいと思っていたことも、赤いノートを持っていたことも。私が吉祥寺《きちじょうじ》のカルチャーセンターに通っていたことも、あの男との間にあったことも。

だからこそ私は、彼と結婚したのかもしれない。咲歩は思う。そしてすぐに思い直す。いや、そうじゃない。だからこそ彼は、私に好意を寄せてくれたのかもしれない、と。俊とのセックスは、最初なかなかうまくいかなかった。咲歩が完全に彼に身を委ねられるようになるまでにしばらくかかった。だが、俊は辛抱強く待ってくれ、こわばりは少しずつほぐれていった。俊はやさしい毛布だった。咲歩は自分が俊で覆われていくのを感じた。もう大丈夫。ある夜、彼の胸にしがみつきながら、咲歩は思った。あの男の痕跡は俊が消してくれたと。ずっと大丈夫なはずだったのに。あの男とのことはもう忘れられるはずだったのに。

俊が寝室に入ってくる。

咲歩を先に入浴させ、今、自分も済ませて浴室から出てきたところだ。ほわりと温まった体が、咲歩の隣に滑り込んでくる。背後から体を密着させて、両手でそっと咲歩の胸を包む。今日はなんか、当たる気がするぞ、と冗談めかして囁《ささや》く。

俊は今もかわらずにやさしい。「当たる気がする」からではなくて、さっき食卓で咲歩の様子がへんだったことを気にして抱きしめてくれているのだろう。増田さんから言われたことを不用意に伝えてしまったと悔いているのだろう。それがわかっているのに、咲歩の体は硬くなった。ごめん、今日はちょっと疲れちゃった。咲歩は言った。一瞬の間を置いてから、そっか、と夫は答えた。彼の手が胸から離れ、体が離れていく。

夫のほうを向きたい。夫の背中に取り縋《すが》りたいと思いながら、咲歩は動くことができなかった。生理が遅れていることを俊は知らない。本当は増田さんが言った通りに、妊娠検査薬を買ったのだということを知らない。もしも気づかれずにあれを使うことができて、そして判定がプラスだったら、次はこっそり堕胎するための病院を探しはじめたに違いないことを、このやさしい夫は知らないのだ。

月島光一《つきしまこういち》。

テレビの画面に、男の名前のテロップが映し出されている。

朝、夫が習慣的につけるテレビの、最初にあらわれた画面がそれだった。俊はちらりとそれを見たが、とくに気を引かれるものもない様子で、洗面所へ行った。だから咲歩が、キッチンカウンターの向こうからひとりで見ている。

もちろん男の顔も映っている。最後に会ったのは七年前だが、ほとんど年を取っていないように見える。背景に見覚えがあり、カルチャーセンターだということがわかる。吉祥寺だ——咲歩が通っていたのと同じ場所。男は講義をしている。テロップが消えると、男の声が聞こえてくる。絶対に上手《うま》くなるから。そう言っている。誰でも、小説は絶対に上手くなる。俺が上手くしてやる。語尾を空中に放り投げるような、覚えているままの喋《しゃべ》りかた。同じ言葉を咲歩も聞いたことがある。カメラが受講生たちの姿を捉える。うっとりと男を見上げている顔、顔。デスクの上で握りしめた拳。

俊がリビングに戻ってきて、「替えていい？」と咲歩に聞いた。うん。うまく声が出せずに、呻《うめ》くように咲歩は答えた。俊がリモコンを手に取るまでの間に、「月島メソッド」というテロップと、居酒屋で男と受講生たちが飲み交わしているところが見えた。男の声がさらに聞こえた。受講生にはとことん付き合うんですよ。どう小説を書くかっていうのは、どう生きるかってことでもあるから……。

その日の午後にまた、尾上さん夫婦がモルちゃんを連れてきた。やはり食べられないらしい。口の中はあいかわらず痛々しく腫れていて、深田先生が提案した対処は、抗生剤の変更と、食欲増進剤の投与だった。

「あとは強制給餌でしょうか」

「強制……」

「それってモルには辛いことじゃないんですか」

めずらしく尾上さんのご主人がそう聞いた。

「そうですね……すぐ吐き出してしまう子もいますし、場合によっては猫ちゃんにも飼い主さんにもかなりのストレスがかかります。でもこのまま食べなければ、弱っていくだけですから」

弱っていく。深田先生は曖昧な言葉を使うけれど、それが「死んでしまう」という意味であることは尾上さん夫婦も理解しているだろう。尾上さんたちは目を見合わせる。どうする？　と奥さんが聞き、どうしたらいいのかなあと応じるご主人はすでに涙声だ。今でも十分に辛そうなのに、完治の望みもないのに、そこまでする意味があるのだろうかと思っているのだろう。実際、モルちゃんと同じくらい全身状態が悪くなった犬や猫の飼い主が、安楽死を希望する場合も少なくないのだ。

「ちょっと、やってみましょうか」

深田先生の指示で咲歩はウェットフードを入れたシリンジを持ってきた。深田先生はモルちゃんを自分のほうに引き寄せると、口の端にシリンジを入れた。

「あっ、食べた！　飲み込んだ！」

深田先生は嬉《うれ》しそうに叫んだ。えっ？　食べた？　よくわからなかったらしい尾上さん夫婦が慌てて診察台に近づく。

「もう一回やってみますね。こっち側だと痛くないみたいですね。はい、ゴックン！　ほら飲めた！」

「ほんとだ！　食べた！」

「モルすごい！　食べた！」

モルちゃんは深田先生に抱かれたまま、どうしてそんなにみんなが騒ぐのかわからない、という顔できょとんとしていた。心なしか微かに目に力が戻ってきたようにも見える。尾上さんのご主人は今はもう手放しで泣いていて、その声を聞いていたら咲歩の瞼《まぶた》も涙で膨らんできた。

それから咲歩は気がついた。黙って診察室を出た。トイレに入り、たしかめる。便器に赤い血が落ちた。生理がきた。妊娠していなかった。水の中をゆっくりと沈んでいく血の雫《しずく》を咲歩は見つめた。涙がこぼれた。

それはモルちゃんへの涙ではなかったし、安堵の涙でもなかった。怒りの涙だと咲歩は思った。こんなのはおかしい。子供がほしいのに、生理がきてほっとするなんておかしい。

私は子供を産みたくないのだ。

咲歩はそのことを認めた。なぜなら、私は自分の体がきらいだから。この体から出てくる子供を抱きたくないから。俊にも抱かせたくないから。なぜなら、私の体は汚《よご》れているから。あの男に汚されてしまったから。あの男の匂いが、手の感触が、ペニスが押し入ってきたときの感触が、まだ残っているから。

こんなのはおかしい。咲歩は思う。子供がほしいのに、子供を産みたくないなんておかしい。今夜、夫とセックスしなくていい理由を考えているなんておかしい。夫に触れられるたびに、彼の手が汚れるような気がしはじめているなんておかしい。そんなのはおかしい。おかしい。おかしい。

月島光一

ソファはやはり新調しないことにした。今朝、五時前に目が覚めて眠れなくなってしまい、ベッドの中で月島光一はずっとそのことを考えていた。時の人や各界の著名人に密着するテレビのドキュメンタリーシリーズに、月島が取り上げられることになり、来月から撮影がはじまる。当然この家にもカメラが入る。もう二十年近く置いていてあちこち擦り切れたり毛羽立ったりしているボロソファが映るのは体裁が悪いのではないかという話を、妻としていたのだった。どうでもいいといえばどうでもいいことだが、一方で自分の生きかたにかかわる重大事であるような気もしていた。

「あのソファのほうが、俺らしいと思うんだ」

朝食の席で彼は妻の夕里《ゆり》にそう言った。午前十時――出版社を退職して以来、朝は遅い。ブランチなどという洒落《しやれ》た言葉を使ったことはないが、夫婦とも昼は食べないので、テーブルの上にはパンとコーヒーのほかに野菜サラダやジャガイモのグラタンのようなもの、茹《ゆ》でたソーセージなどが賑《にぎ》やかに並んでいる。月島の前には、健康のためにと言って毎日飲まされる緑色のスムージーのグラスもある。

「撮影が入るからソファを買い換えるというのは、なんていうか、みっともないと思うんだよ」

「でも、買い換えたことは撮影の人たちにはわからないんじゃない？」

のんびりした口調で夕里はそう答えた。反論というほどではないのだろうが、妻が新しいソファをほしがっていることも月島は察していた。

「誰がわからなくたって、俺自身がわかってるわけだからさ」

夕里はちょっと夫を見つめて、それから微笑した。

「そうね、それは大事なことね」

「だろ？」

「はい」

最後の返事はおどけた調子だったので、月島も笑った。十五歳下のこの妻とは、十年以上前からセックスが途絶えていて、一時期はほとんど会話がなかったが、最近は以前のような親密さを——肉体的な接触はないまま——取り戻している。

「あ、夕里が服を新調するのはかまわないよ」

席を立つとき、そう言ってやった。やったあ。妻の無邪気な声に口元を緩めながら、月島は出かける支度をした。

中年女性がふたり、こちらを盗み見ながらひそひそと喋っている。

電車が来ると、月島はできるだけそのふたりから離れたドアを選んで乗車し、コートの内ポケットに入れてあるサングラスをさっとかけた。サングラスをかけること自体が気恥ずかしいのだが、電車の中であんなふうに見られたらどんな顔をしていいかわからない。

昨年、受講生だった萬田《まんだ》一樹《かずき》が芥川《あくたがわ》賞を受賞した。月島が教えるカルチャーセンターの「小説講座」出身者が芥川賞を取るのが彼で二人目であること、萬田が受賞時の記者会見で感極まって泣きながら月島への謝意を述べたことなどで、以来、月島も萬田並みに取材されている。講義をしているところを一度NHKが撮りに来て、短く放送されると、「月島メソッド」という言葉とともに、民放のワイドショーなどでも月島の写真が盛んに露出するようになった。あるテレビ関係者の言を信じるとすれば、月島の容姿はテレビ映えするのだそうだ。ある種の雰囲気をたたえた知識人を「渋いインテリ」略して「渋テリ」と呼んでもてはやす風潮があるらしく、月島もそこにカテゴライズされたということのようだった。

吉祥寺で降りてロータリーに面したビルへ入っていく。このビルの五階にカルチャーセンターがある。サングラスはエレベーターの中で外した。降りるとすぐ「月島さあん」と呼びかけながら事務局の蟹江《かにえ》が駆け寄ってきた。

「四月からの講座、あっという間に満杯ですよ」

「うん、聞いてるよ」

ダブルのスーツ姿が七五三みたいに見える、四十がらみの小男と肩を並べてスタッフルームへ歩き出しながら、月島は答えた。一月末に募集を開始したのだが二クラスとも一日で定員に達したそうだ。ここ十数年、月島の「小説講座」は人気が高かったが、今回の速さは新記録だと伝えられていた。

「キャンセル待ちもすごい数なんですよ。あきらめないんですよねえ、皆さん」

「まあ、しばらくすれば落ち着くよ」

「定員をあと十人ほど増やすことはできませんか」

「十人？　無理、無理」

「教室にはあと二十人は入りますよ」

「教室に入ったって、俺のキャパには限界があるよ。提出作品を読まなきゃならないんだから」

「それなら、もうひとつ講座を増やすことはできませんか」

「同じことだろう」

蟹江はさらに食い下がったが、まあちょっと考えてみるよと月島は濁して、スタッフルームを出た。講座の開始時間にはまだ少し早かったが、言いくるめられたらかなわんと思ったからだ。受講生の最大人数は一クラス二十人と決めている。それ以上多くなったら、ひとりひとりに十全な指導ができなくなってしまう。

月島は教室に入ると、すでにやってきている何人かの受講生たちと挨拶を交わし、壇上の講師席に座って、今日の講義内容をメモしたノートを読み返した。実際には、メモの字面を追っているだけで内容はほとんど頭に入ってこなかった。意識は、次々と入ってくる受講生に向けられていたからだ。時間がきて、月島は顔を上げた。あらためて教室を見回したが、やはり柏原《かしわばら》あゆみの姿はなかった。

「それじゃあ、はじめます。今日は、えーと……十七人？　三人休んでるのかな」

すでにわかっていることを、今数えたかのように月島は言った。

「高岩《たかいわ》さんは仕事が終わらないそうです」

欠席者について、親しい者が報告する。

「原《はら》さんは鯖《さば》にあたって寝込んでいるそうです」

笑い声が起きる。月島も笑いながら、「柏原さんは？」とついでのように聞いた。答えはない。柏原あゆみは社交的なタイプではないのだ。それにしても、彼女が来ないのははじめてだった。

「……今日は作品講評はありません。課題本の日だったね。読んできましたか。じゃあね、二宮《にのみや》くん。君の感想から聞かせてください」

ノートに記してある進行通りに、大学の創作科に通っている青年をいちばんに指名する。ほぼ予想していた通りの感想を青年は述べはじめ、これで講義がやりやすくなったと月島は思うが、今ひとつ気分が乗っていかなかった。今日の講義内容はほとんど、柏原あゆみに創作のヒントを与えるために組み立てたと言っていいからだ。

一時間半の講義が終わると、いつものように月島は受講生たちとともに、近くの居酒屋に移動した。もともとは講座の枠がもっと遅い時間だったとき、月島が声をかけ、男性受講生数人と飲みに行ったことがはじまりだが、今では昼からやっている店の座敷が事前に予約されており、受講生のほとんどが参加する「アフター講義」となっている。

「乾杯」

月島は生ビールの大ジョッキを掲げた。煙草《たばこ》はやらないが酒は好きで、年とともに多少衰えたとはいっても、この場では自分がいちばん強いだろうという自信がある。

「美江子《みえこ》、あれどうなったんだ、彼氏の鬼嫁にばれた話は」

回を重ねても、酒が回るまではみんなおとなしいので、月島が盛り上げ役を務めることになる。

「えー、話していいですか。長いですけど」

「おう、話せ話せ。つまらなかったら途中でストップかけるから」

「話せませんよう、そんなこと言われたら」

そう言いながら、その中年女性は話しはじめる。ダブル不倫のドタバタ話。どこまで本当なのかはわからないが、そんなことはどうでもいい。

酒の場では、もちろん講義の続きなどしない。だがこの場での月島のふるまいを、もうひとつの講義だと考えている受講生は多い。どんな話、どんな語りかた、どんな言葉の選びかたが、月島を面白がらせ、あるいは退屈させるのか。それが創作のヒントになるのだとこれまで何人もの受講生たちから言われたから、月島自身も意識的になるほかなく、結局は酒付きでもうひとコマ講義を請け負っているような塩梅《あんばい》になる。ここでの月島の飲食代は受講生たちが割り勘で持ってくれるのだが、それにしても超過労働に近く、好きでなければ到底やっていけないと思う。

誰よりもペースが早い月島が二杯目の生ビールを飲み干したところで、講座に欠席していた高岩という男があらわれた。仕事が終わったのでこちらだけでもと駆けつけたのだという。高岩さんは講義よりこっちが大事なんじゃない？　などとからかわれている。月島は一緒に笑ってから、冗談の続きのように、

「あゆみにも誰か電話してみたら」

と言った。柏原あゆみの電話番号は本人から聞き出していたが、そのことは今明かさないほうがいいような気がした。幸い、受講生同士でグループラインを作っているらし

く、連絡してみますという声が上がった。

「十五分くらいで来るそうです」

そう、と月島はどうでもよさそうに頷いた。しかし気分が高揚してくるのはどうしようもなかった。生ビールから焼酎のロックに変えて、ペースを上げて飲んでしまう。あゆみがやってきたときには、それなりに酔っていた。

「よう。待ってたよ。ここに来なさい、ここに」

自分の隣に呼び寄せた。そのためにほかの受講生たちが少しずつ席をずれる。あゆみは困ったような顔で紺色のふわふわしたコートを畳み、それを月島の席との仕切りにするように置いて小さく座った。市役所勤めだという三十二歳で、前期から月島の講座に通っている。すみれ色のセーターの浅いVネックから覗《のぞ》く、シミひとつない白い肌を月島は盗み見た。

「今日はどうしたんだ、具合でも悪かったのか」

「いえ……ちょっと、実家で用ができて」

自分のアパートに戻ったところでラインを受信したのだとあゆみは言った。そのアパートが三鷹《みたか》にあることを月島は知っていた。受講生名簿を調べたのだ。

「柏原さんが来ないから、先生、今日は元気がなかったのよ」

テーブルの向こう側から、ダブル不倫の上野《うえの》美江子が囃《はや》し立てた。余計なことを言うなと心中で舌打ちしながら、「まったくだよ」と月島は受けた。

「今日の講義は、あゆみのために考えていたんだ」

このことも皆の前では明かさないほうがいいと思っていたのだが、口から出してしまえば、明かすべきことだと思えてくる。

「えー、いいなあ」

「それ、問題発言じゃないですか」

「えこひいき、えこひいき」

すぐに周囲の受講生たちが口々に上げる声も、言葉とは裏腹にむしろ自分に賛同しているように聞こえ、「えこひいき、するよ、俺は」と月島は続けた。

「俺が今いちばん期待してるのはあゆみなんだ。でも、もう一歩なんだよね。あと一皮むければ、すごいものが書けると思う。今が大事なときなんだよ」

やや大げさだと思ったが、そのぶん声に熱がこもった。わあ。すごい。うらやましい。柏原さん、がんばらないと。周囲の声が激励に変わり、柏原あゆみは驟雨《しゅうう》にでも遭ったようにいっそう身を縮めながら、「がんばります」と小さな声で答えた。

その日、月島が家に戻ったのは午後九時過ぎだった。

最初の居酒屋のあともう一軒行き、いささか飲みすぎたので、書斎に直行してソファベッドに倒れ込んだ。講義がある日はたいていそんなふうで、夕食はいらないと妻に言ってある。目が覚めたときには午前零時を回っていた。

夕里が風呂を沸かしておいてくれたのでゆっくり浸《つ》かり、そのあと馬のように水を飲んだ。いくらか酒が抜けたような気分になり、書斎へ戻った。何の音も聞こえないから、寝室で妻はもう寝入っているのだろう。寝る部屋をべつにしてからもう何年にもなる。

あらためて入眠できそうもなく、デスクの前の肘掛け椅子に座った。デスクは編集者時代に老作家から譲り受けた紫檀《したん》の重厚なもので、積み重なった本や雑誌に埋もれるようにノートパソコンが開いた形で置いてあり、そのキーボードの上に原稿のコピーが載っている。柏原あゆみが提出した五十二枚の小説をプリントアウトしたものだった。

月島はそれをパラパラとめくり、すると一杯飲みたい気持ちになってきて、立ち上がって書棚からウィスキーの瓶を持ってきた。デスクの上に置きっぱなしになっているグラスに注ぎ、チビリと舐《な》め、あらためて原稿をめくった。

「上等なぬいぐるみ」と題されたそれは、柏原あゆみが月島に提出した、三作目の小説だった。二作は前期の講座開講中に受け取っている。三作とも稚拙だが、妙な面白みがある。いや――妙な面白みがあることはあるが、稚拙すぎる、というのが正確なところか。そう考えて月島はフッと笑う。柏原あゆみがそういう小説――とも言い難いシロモノ――を書く女だということが、可愛《かわい》くて仕方がないのだった。

今日、呼び出されて居酒屋に顔を見せたあゆみは、次の店には来なかった。途中から来たのだから、当然次も付き合うだろうと思っていたら、月島がトイレに入っている間に自分の分の金を払って帰ったとのことだった。えこひいきと言われたことを気にしたのかもしれないし、講座を休んだことを考えれば、この前、ふたりで会ったときのことが尾を引いているのかもしれない、居酒屋でもあまり喋らなかったし……。あらためて会って、ちゃんと言って聞かせなければと思う。この月島光一に「えこひいき」されることがどのような意味を持ち、どれほどの幸運であるかを。

あゆみが書くものは、もちろん少しずつ上手くなっている。それは月島の指導の成果に間違いない。もっと上手くしてやりたいと月島は思う。実際のところ、プロの小説家になるのはむずかしいだろう。だが、もしかしたらいつか文芸誌の新人賞にひっかかるかもしれないし、そうならなくても、俺とのかかわりによって、彼女の人生はそれまでよりずっと豊かなものになるはずだ。

技術を教えるだけなら簡単なのだ。小説とは何か。小説を書くというのはどういうことなのか。俺が教えたいことは煎じ詰めればそれになる。それを理解させるのは一苦労で、だから誰にでも教えたいと思うわけもなく、しかしこれと思う者があらわれれば俺は力をつくす。そして熱心になればなるほど個人的に距離を詰めていくことになる。萬田一樹にもそうしたし、以前にも目をかけた受講生が何人かいて、そのうちひとりはやはり講座受講中に新人賞を取ってデビューして、のちに芥川賞を受賞している。個人的なかかわりをいやがって途中で講座をやめた者もいたが、それはそれで仕方がない。彼女はそれだけの人間だったということだ。あの娘《こ》はたしか動物病院の看護師だった――月島はふっと思い出す。小説家になれるかどうかというなら、あゆみよりもずっと可能性を秘めている娘だったが、世俗的な道徳観から脱却できず心を拗《こじ》らせ、去っていった。

そういえば彼女もあゆみと同じくらい肌がきれいだった。

すでに何度か読み返しているのだが、それでもなお、あゆみの原稿を読むのは愉《たの》しかった。彼女が月島のアドバイスを取り入れようとして奮闘した形跡が――頓珍漢な奮闘だとしても――わかるからだ。我知らず月島は、原稿の文字の上に太い指を這《は》わせていた。白い胸元を思い浮かべながら。

ウィスキーをまたひと口、口に含む。いつの間に飲んだのか、それでグラスの中身を飲み干してしまった。月島はグラスを置くと、スウェットパンツをずり下げて、自慰をした。

月曜日は久しぶりの晴天だった。乾燥したつめたい空気の中を、月島は爽快な気分で歩いた。徒歩十五分の距離にあるスポーツジムに、数年前から通っている。

今のところ、利用するのはもっぱらプールだ。上級者コースをクロールでゆっくりと往復し、一キロ泳いだところでいったん水から上がった。

いつもならプールサイドのジャグジーでひと休みするのだが、月島と同年齢くらいの男ふたりがそこでぺちゃくちゃと女のように喋っていたので、窓際のデッキチェアへ向かった。平日の午前中だから、人は少ない。端の二コースで初心者向けの水泳教室が行われているほかは、ウォーキングコースに中年の女性がふたりと、上級者コースに若い男がひとり泳いでいるだけだ。

あの若い男はかなり体ができてるな。

月島は、ひそかに値踏みする。大学のクラブか何かでほかに運動をやっていて、ここへは自主トレに来ているのかもしれない。あの男にはさすがに俺もかなわない。年齢だけはどうしようもないからな。だがそれ以外なら、今、この場所でいちばん体力と筋力があるのは俺だろう。ジャグジーにいる男たちなど、相手にもならない。あいつらには、もう自慰をする元気すらないだろう。

月島は心中で苦笑する——そんなことを考えている自分にいささか呆《あき》れもするのだ。還暦を超えた男が筋力や精力に固執するなど、編集者時代にはむしろ唾棄すべきことだと思っていたのに。だが、仕方がない。あの頃はこんな六十代がやってくるとは想像もしていなかったのだから。会社を離れたあとは担当した作家たちの回想録でも書きながら、味気ない日々をただ潰していくのだろうと思っていた。新聞やテレビで姿が世間に曝《さら》されることになるなど考えもしなかった。セックスのことにしてもそうだ。この先、女は妻だけだろうし、妻に欲情しなくなればそれまでだと、かつての自分は決め込んでいたのだから。

スポーツジムを出ると、すぐそばにある行きつけの床屋で散髪し、そのあと電車に乗って都心に近いホテルに向かった。早めに着いたが、一階のラウンジに待ち合わせた相手はもう来ていた。

「いやあ。有名人が来ましたね」

「よしてくれ」

月刊誌の取材だったが、インタビュアーは編集者からフリーライターになった男で、昔からよく知っている気安い相手だった。様々な媒体からの取材でさんざん質問されたのと同じようなことがまた聞かれ、要領よく月島は答えた。ライターがデジカメを取り出し月島のポートレートを撮り終えると、あとは自然に雑談になった。

「木村佑太郎《きむらゆうたろう》さん、認知症だってさ」

ライターがとっておきのように話題に出したのは、男性作家の名前だった。

「えっ、まだそんな年じゃないだろう」

たしか自分より四つか五つ上ではなかったかと思いながら月島は言った。

「六十八だよ。たしかに認知症になるには若すぎるみたいだが、ひとり暮らしで、ほとんど誰とも付き合わずに暮らしていたみたいなんだよな」

「なんで認知症になったってわかったんだ」

「一時期、いろんな出版社に電話がかかってきたんだよ、日に何度も、本人から。木村佑太郎だがって言われても今の若い編集者なんか知らないやつのほうが多いのに、原稿料がまだ入ってないとか、新連載の打ち合わせをしたいとか、ありもしない話を延々聞かされたらしい」

「今は？」

「施設に入ってるよ、結局、昔の彼を覚えてる誰かが世話を焼いたんだろう」

ライターは次の仕事があるからと帰っていったが、月島はそのまま座っていた。コーヒーのおかわりを注文し、ソファに深く体を沈めて、木村佑太郎のことをあらためて考えた。

編集者時代の一時期、月島は彼を担当していた。新卒で入社した最初の出版社で、スポーツ誌や週刊誌の編集部などを経て、五年目にしてようやく念願の文芸誌の編集部に配属されたのだが、それから間もなくのことだった。

べつの出版社の文芸誌に持ち込んだ長編小説がデビュー作にしてベストセラーになった彼は当時、むずかしい作家としても有名だった。最初に会いに行った編集者を気に入らなければ、以後その媒体からの依頼はいっさい受けないと言われていて、みんなが尻込みする中、月島が手を挙げたのだった。

　志願したのは功名心からではなく、単純に彼の小説に感動したからだった。そしてこのような小説が書ける作家なら、こんなものも書けるだろう、あんなふうにも書けるだろうという期待で胸が膨らんでいた。結果、月島は彼の信頼を得た。面会は初回で成功したわけではなく、追い払われてもしつこく食い下がり五回目のアタックで連載の約束を取りつけたというのは、業界内の武勇伝になっているが、何回だろうが月島はねばるつもりだった。彼の小説がそれほど好きだったし、一緒に仕事がしたくてたまらなかったからだ。

　こと文学にかんしては、夢中になりすぎる、という自分の性質を月島は早くから自覚していた。小説の面白さに目覚めたのは長野の山奥の中学生だった頃で、父親――地方紙の新聞記者だった――の書棚にあった世界文学全集を読破するという目標を立て、高校一年の夏休みの終わりに達成した。東京の大学に進学し文学部で学んだが、自分は作家ではなく編集者に向いているということはそのときに認識した。

　木村佑太郎とは、その後長い付き合いになった。他誌の仕事でも月島を通せば受けてくれるかもしれない、というようなことにもなったのだった。だが、今思えば、あの頃が彼のピークだったのだろう。出版社は次第に、木村佑太郎よりもわかりやすく勢いのある作家を大事にするようになり、彼に仕事を依頼しようという編集者は少なくなり、企画で彼の名前が挙がることもなくなっていった。そういう風潮に最後まで抗《あらが》っていたのが月島だったと言える。売れる売れないにかかわらず面白いと自分が信じられる小説だけを世に送り出したい、という月島のやりかたは、しかし木村佑太郎同様に、次第に会社から受け入れられなくなっていった。挙句、広告部への異動を言い渡され、十五年前に会社を辞めた。伝手《つて》があり転職先が約束されていたからでもあったのだが、結局そこでも上司から疎んじられた。いや、俺のほうがあいつらの文学観とか、出版理念とか、そもそもそんなものを持ち合わせているのかが信じられなくなったのだ、と月島は思う。

そして二つめの出版社を辞めたのがその約一年後か。

壁一面のガラス窓から望める中庭の、人工的な緑の中に何かを探すように、月島は思いを馳《は》せた。十五年はあっという間のようだったが、やはりそれなりの月日ではあって、木村佑太郎は認知症になりもはや世間から忘れ去られて、そのうえ時代の寵児《ちょうじ》だったときの記憶すら失われつつあるわけだった。月島にしてももう何年も彼のことは思い出しもしなかった。そして自分は今ここにこうしている――キャンセル待ちが慢性化しているほど人気の小説講座の、カリスマ講師として。小説というものに対する俺の方法は、正しかったのだ。小説を書こうとする者たちが、それを認めたということだ。さっきプールで感じた誇らしさとはまたべつの、しかしはっきりとは正体がわからない気分が月島を捉えた。レンギョウだろうか、まだ枝ばかりの低木のうしろを横切った男がいて、一瞬それが、若い日の自分であるかのように――何かを告げに来たかのように――見えた。あらためて目をやれば、黒いお仕着せのホテルマンだったのだが。

　木村佑太郎のところへ面会に行ってみようか。そんな考えが浮かび、すぐに思い直した。俺が行ってももうわからないかもしれない。そういう有様の作家の姿をわざわざ見に行って、気を滅入《めい》らせることもないだろう。


　ホテルを出ると月島は駅のほうへ少し戻って、行きがけに見かけた店に入ってみた。そんな気になったのは、ラウンジを出る前に柏原あゆみに電話をかけて、このあと会う約束を取りつけたせいかもしれなかった。実際のところ、認知症になった作家のことはもう念頭から消えかけていて、口笛でも吹きたい心地になっている。

　そこはヴィンテージ家具の店のようだった。白塗りの壁とガラスだけの飾り気のない空間に、ソファや椅子がオブジェのように展示されている。いらっしゃいませ、と出迎えた店員も、家具のひとつのようにそれ以上口も利かずその場にとどまっていて、少々気詰まりになりながら、月島はさっき目についたソファをあらためて吟味した。スチールの脚の上にレンガ色の革のシートを載せたモダンなもので、値段を記したカードには商品についての説明も印字されており、デンマークのデザイナーの作品ということだった。この方面にはまったく詳しくなく関心もなかったが、デザイナーの名前はどこかで目にしたことがあった。

いいんじゃないか、と月島は思う。この革のくたびれた感じはなかなかいい。ヴィンテージというのは今まで思いつかなかった。これなら俺らしいんじゃないか。ネックは値段で、ぎょっとするような金額だったが、払えないことはない。これまでにした大きな買い物といえば、今住んでいるマンションくらいだ。海外旅行も仕事以外ではしたことがないし、ブランド物の靴や時計を買ったこともない。ようするにそういう金の使いかたを、くだらんと思っていたわけだが、これはいいんじゃないか。今、俺は、このソファを買うべきなんじゃないのか――この十五年をはっきりと肯定するためにも。

月島は店員を呼んだ。前置きもなく「これ、ほしいんだけど」と言ったときに相手がさすがに驚いた顔をしたのは愉快だった。配送と支払いの手続きをすませて店を出た。妻に電話をしてソファを買ったことを知らせようかと考え、いや、やめておこうと思い直す。いきなりソファが届いて、びっくりする顔が見たい。

月島はホテルへ戻った。ここで柏原あゆみと待ち合わせしているのだ。さっきまでは迷いがあったが、ソファを買った高揚のままにフロントへ行って部屋を取った。カードキーをジャケットの内ポケットに入れてロビーのソファで待っていると、ほぼ時間ぴったりにあゆみはあらわれた。仕事を終えてまっすぐに来たのだろう。いつもの紺色のコート。今日はスカート姿らしく、フラットシューズを履いたか細い足が見えている。ストッキングを穿《は》いているのだろうが、素足みたいに見える。

「飯、まだだろう。上で肉でも食べよう」

いえ……という小さな声をあゆみは発したが月島は無視し、彼女の肩を押すようにして、上階のグリルレストランに通じるエレベーターに乗り込んだ。

まだ時間が早いせいか店内に先客は少なく、夜景が見える窓際の席に案内された。ウェイターには俺たちはどんなふうに見えているんだろうなと月島は思う。父と娘か。あるいはホテルのこういう場所には、親子ほども年の離れた男と女の組み合わせは少なくないのかもしれない。ウェイターもそんな目で俺たちを生々しく見ているのかもしれない。だが俺たちは違う、たとえこれからセックスするとしても、世間の者たちが思うような通俗的な関係じゃないんだと月島は考える。

「ビールでいいか？　ワインをボトルで頼んでもいいぞ」

「私はノンアルコールビールを」

「なんで。ノンアルコールビールなんて、食いものがまずくなるだけだよ。じゃあビールにしよう。ここはムール貝がうまいんだ。貝、大丈夫？」

あゆみが何も答えないのを了解の意と受け取ることにして、月島はやってきたウェイターに生ビールのジョッキふたつと、ムール貝のほか、料理を幾つか適当に頼んだ。空腹ではあったが、べつの欲望のほうが亢進《こうしん》している。

注文している最中にポケットの中でスマートフォンが鳴り出し、ウェイターが立ち去ったあとでたしかめると相手の番号だけが出ていた。きっとまた取材の依頼だろう。あゆみと一緒にいる間は無視することにして、マナーモードに設定した。

「こういうの、ちょっと困るんです」

ウェイターがビールを運んでくると、口をつけずにあゆみはおずおずと言った。

「こういうのって？」

講義のときと同じように、月島は聞き返す。ポケットの中でスマホが震える。番号を知っているということは、以前に取材を受けた相手かもしれない。しつこいやつだ。

「ふたりだけで食事したり……個人的に呼び出されたりするのは……」

「それの何が困るんだ？　俺はさ、あゆみともっと話したいと思ってるんだよ。いや……あゆみは、俺ともっと話す必要があるんだよ。小説、上手くなりたいんだろ？」

また着信している。月島はスマホを取り出した。さっきと同じ番号だ。そのまま伏せてテーブルの上に置いた。

「講義だけじゃだめなんですか？」

「どう思うんだ？　逆に聞きたいよ。講義だけで十分だと自分で思えるのか？」

苛立《いらだ》っているふりをしているつもりが、次第に本当に苛立ってくる。どうしてこの女はいつまでもぐずぐず言うのだろう。前回ふたりきりで会ったとき、バーのカウンターの下で手を握っているのだから、そのうえで彼女は今夜ここに来たのだから、このあとのことは承知しているはずだ。

テーブルの上のスマホが震え出す。月島はそれを摑んで席を立った。店の外に出て、怒鳴りつけてやるつもりで応答した。

「週刊ニッポンの駒井《こまい》と申しますが、月島さんですよね」

「ちょっと非常識だよ、あなた。誰にこの番号聞いたのか知らないけど、応答がないってことは電話に出られない状況だっていうのは想像できるだろう」

「柴田咲歩さん……旧姓、九重《ここのえ》咲歩さんのこと、ご存知《ぞんじ》ですよね」

「え？」

怯《ひる》む様子もない相手の態度と、彼が口にした名前に月島は戸惑った。九重咲歩。もちろん覚えている。あゆみに似た女だ。

「九重咲歩さんに何かあったんですか」

「彼女は月島さんのことを、セクシャルハラスメントで告発しています。それについてお話をうかがいたいのですが」

「え？」

ひとつ覚えのように月島は繰り返した。記者は淡々と話しはじめた。え？　え？　混乱する月島の横を、目を伏せた柏原あゆみがすり抜けていく。

第二章　七年前

月島夕里

大学には行かないと遥《はるか》が言い出した。夏休みの初日の、夕食の席でのことだった。塾の夏期講習はもう申し込んだのかと聞いたら、そういう答えになったのだ。進学はしない。今、高校の軽音楽部で組んでいるバンド活動を、卒業後も続ける。バイトで生活費を稼ぐ。バンドメンバーの叔父さんが西荻窪《にしおぎくぼ》でやっているダイニング・バーでウェイトレスとして雇ってもらうことに話が決まっている。そのうえ今日、朝から出かけていたのは、ひとり暮らしをするためのアパートを探していたためだという。

「馬鹿言うな」

光一は一蹴した。最近はろくに顔を合わせようとしない娘が、めずらしく夕食のテーブルに同席したと思ったら、そんな話をするためだったのだとわかって、怒るというよりいっそひどく傷ついていることが夕里にはわかる。

「もう決めたから」

平坦《へいたん》な、まさに「もう決めた」口調で遥は言う。整った顔立ちも上背があるところも父親似だが、ぷっくりと丸い頬はまだ子供のようだ。そのことに気づくと、何か見てはならないものを見てしまったような気持ちになる。

テーブルの上には焼き茄子《なす》、鯵《あじ》の刺身、トマトのサラダと酢豚が並んでいる。さっきダイニングにあらわれた光一はテーブルを眺めて、「おっ、うまそうだな」と嬉《うれ》しそうに言ったのに、焼き茄子をちょっと食べたきり箸が止まっている。酢豚は誰にも手を出されぬまま、もうすっかり冷めてしまっただろう——夕里にしても、こんな雰囲気の中で食べられるものではない。

「大学は行っておけよ。もったいないよ。遥は偏差値高いんだからさ」

「大学でやりたいことがないのよ。それこそもったいないよ、四年間も」

「やりたいことを探すのが大学だよ」

「だから、あたしがやりたいのは音楽なの」

「音楽ときたか。ちゃらちゃらギター鳴らして仲間内ではしゃいでるだけじゃないか。あんなものは音楽じゃないよ、ただの遊びだ」

「あんたにはわからないよ」

夕里も光一も、ぎょっとして娘を見た。光一の言い草もあんまりだと夕里は思ったけれど、「あんた」などと娘が父親を呼んだのははじめてだった。なんだ、その言いかたは。光一は大きな声を出した。動揺のせいか怒鳴りきれず、声は尻すぼみになって消える。

「生きかたは人間の数だけあるんじゃなかったの。学歴や勤めてる会社で人を評価するの、いちばんくだらないことじゃなかったの。この前取材でえらそうな顔して、そう言ってたよね。うちの娘は偏差値高いのにちゃらちゃらギター鳴らしてもったいないです、ってあのとき言えばよかったのに」

遥は激昂《げっこう》もせず、本でも読み上げるようにそう言った。実際、今娘が吐き出している言葉は、もう何ヶ月も前、何年も前から、彼女の中にあったのだろうと夕里は思った。

「どうして大学に行かないことに決めたか、教えてあげようか。バンドをやりたいっていうのももちろんある。でもいちばんの理由はね、この家を出ていきたいからよ。この家にこれ以上いたくないの、あたし」

最後は投げつけるように言って、遥は席を立った。料理には何ひとつ口をつけなかった。結局その日作ったもののほとんどを、タッパーに入れて冷蔵庫にしまうことになった。そのタッパーの中身も、数日後、発作的に夕里はすべてゴミ箱に空けてしまったのだけれど。

夕里は衝撃を受けていた――光一とは違う意味で。この家にこれ以上いたくないの、あたし。娘がそう言ったとき「お母さんだってそうよ」と、胸の中の声が答えたからだ。それは夕里の声ではなかった。似ているが違う。私のふりをしている声だ、と夕里は思っていた。ときどき聞こえる。無視できるときもあるけれど、聞こえてしまえば脅かされる。

私はここにいるしかないのよ。夕里は声に言った。二十歳のときからそのことは決まっているの、そうでしょう？「ここ」というのはこの家というより「光一のそば」という意味だったが、いずれにしても同じことだった。

光一は、あの夜からずっと機嫌が悪い。遥は連日出かけているし、家にいるときには徹底して父親を避けている。食事はコンビニで買ってきたり、時間をずらして冷蔵庫を漁《あさ》ったりと、今まで以上に寄りつかない。光一が癇癪《かんしゃく》を起こして娘の胸ぐらを摑《つか》んで座らせるようなことになるのではないかと夕里は心配していたが、それをせずにただむっつりしている。娘からこれ以上きらわれるのがこわいのだろう。

「あれ、もう全部読み終わったのか？」

あいかわらず遥がいない――朝早く出かけたらしい――朝食の席で、光一は言う。読み終わったわと夕里は答えた。今朝に間にあわせるために、昨日の夜、自分の寝室で、睡眠時間を削って読んだのだ。

「終わってるなら、持ってきてくれよ」

まるでそれが夕里の仕事でもあるかのように――上司が仕事ができない部下に苛立《いらだ》っているかのように――光一は言う。普段は妻に対してはそれなりに気を遣って、そんな口の利きかたはめったにしない。

夕里は寝室へ行き、原稿の束を持ってきた。夫が講師を務める「小説講座」の受講生たちが書いたものだ。五枚から四十枚程度の小説が八編、エッセイが二編あった。A、B、Cの評価をつけておいてくれと言われていた。この中から二編ほどを講義で使う。もちろん光一が選ぶのだが、時間がもったいないので夕里が「下読み」して、有り体に言えば読む価値もないようなものをはじいておいてくれということだった。

光一は朝食の皿を脇へどけて、原稿の束を置いてぱらぱらとめくった。小説やエッセイを読んで評価する能力が夕里にあると夫が思っているからこそ、この種のことを頼まれるわけだろうが、それでも夕里にとっては、自分がつけたABCによって自分自身がそれこそ採点されるのを待つような気分だった。光一は無言で、ホチキスで綴《と》じられた作品の冒頭と夕里の評価を見比べては、束をひとつずつ脇へどけていく。

「これ、Cか？」

そろそろ終わりそうだというとき、光一が不意に言った。手にしているのは「ルドルフの帰郷」というタイトルの作品だった。九重咲歩。タイトルの横の作者の名前を夕里は見た。

「動物病院の話ね。エピソードは面白かったけど、小説としてはどうかなって」

「全部実話ってわけじゃないんだよね」

光一は夕里ではなく原稿に向かって話しかけるようにそう言った。

「そうなの？」

「うん、大筋は実際にあったことなんだろうけど、細部が創作なんだ、それで実際の出来事とはまったく違う印象の物語になってる。そういう細部の作りかたが面白いと思うんだよね」

「もう読んだの？」

それは素朴な疑問だったが、まるで詰問されたかのような顔で光一は夕里を見た。

「電車の中で読んだんだよ。たまたまこれがいちばん上にあったから」

夕里は頷《うなず》いた。また何か言おうとする胸の中の声を抑えつけながら、九重咲歩の原稿の表紙に夕里が記した「C」の上に、夫のボールペンが強い筆圧で線を引くのを見ていた。

今日も光一は出かけている。

小説講座の日ではない——原稿の束をバックパックに入れて出かけたのは昨日だ。今日はどこへ行くのかと、でも夕里は聞かなかった。日中の過ごしかたについては、お互いに必要以上には干渉しない――いつだったか、夕里がいちいち聞くのが鬱陶しいと叱られて以来、そういうことになった。お互いにといっても夕里のほうは、日中と言わず一日中、買い物に出かけるほかには家にいるだけだけれど。

夕里は家中に掃除機をかけ、明日の夕食のために牛脛肉《すねにく》をマリネし、朝ベランダに干したのがもうすっかり乾いている洗濯物を取り込んで畳んだ。八年前、夫の退職とともに新築で購入したマンションの一室は、年月なりに古びてはいるが、いつでも清潔にすっきりと整えられている。家事は手抜きをせずにきちんとやる。子育てが終わった今――終わったと言うほかないだろう、娘は好き勝手に食べたり出歩いたりしているのだから――、ほかにすることもない。

畳んだ洗濯ものを、家族それぞれの部屋に持っていく。夫と寝室を分けるようになってから、日常着も分けて置いている。書斎のソファベッドの脇に並べたジュートのカゴの中に、夫のトランクスや肌着やTシャツを収めていく。寝乱れたベッドを手早く直し、壁を覆う書棚や、パソコンの周囲を積み上げた本や紙束が囲んでいる仕事机をなるべく視界に入れないようにして、そそくさと出ていく。いつからだか、どうしてだかわからないが、夫の部屋には長居したくなかった。

最後に遥の部屋に入る。リサイクルセンターでただ同然で手にいれて娘が自分で水色のペンキを塗ったチェストの抽斗《ひきだし》を夕里は開ける。ファストファッションの店で買ったらしい、シンプルなデザインで色だけがとりどりのショーツやブラジャーに、なんとなく見入ってしまう。それらの奥に、繊細なレースのひと揃《そろ》いが隠すように押し込んであることも知っている。娘がこれを身につける日もあるのだろうか。自分でこっそり洗って、こっそり夜中にこの部屋の中で乾かしたりしているのだろうか。それともまだそういう機会は訪れていないのだろうか。そんなことも夕里は考える——夫の書斎にいるときとは違って、娘のベッドに腰掛け、部屋の隅々を脳裏に写し取るように熱心に眺めながら。遥は十歳のときからこの部屋を使っている。最初はまだほんの子供だった。娘の成長の過程を、夕里は部屋の中に探す。ポスターを部屋に貼るようになったのはいつからだったか。枕カバーを自分で選ぶようになったのは。雑ではあるが毎日自分でベッドメイクをして、母親に手を触れさせないようになったのは……。

ベッドの横には黒いギターケースが立てかけてある。中にはエレキギターが入っているはずだ。最初は先輩のお下がりだとかいうギターを持っていたが、高校に入ってからせっせとアルバイトして、去年の今頃、新品を手にいれたということは知っている。でも本人から、嬉しそうにそれを報告されたりはしなかった。あれ、買ったのかしら。バイトの金で買ったんだろうな。そういう会話を、夫と交わしたというだけのことだ。チェストのときは一緒に買いに行った。娘が見つけてきて、ねだられて、買ってやったのだ。水色の塗装が完成したときには呼びに来て、夫とふたりでこの部屋へ見に来た。遥が十二か十三のときだった。そういえばギターを弾くようになったのもその頃だった。もう少し前か――ある作家が亡くなって、彼が所有していたクラシックギターがなぜか回りまわって我が家へやって来たのだった。なんか、すごく高い、いいギターらしいぞ、練習して、弾けるようになったら遥にあげるよ。父親の言葉に、歓声を上げた娘。あれが、遥が「音楽」をはじめたきっかけだったのだ。五年か六年前のことだ。そのギターは部屋の中には見当たらない。いつ消えたのかも気づかなかった。

私が今の遥の年には、小説を書いていた。

夕里の思いは自分自身のことに向かった。娘の変化を考えることに蓋をして、道筋を変えたのだが、それもまた結局は、何が出てくるかわからない薄暗い階段を降りていくようなことだと知っていた。

子供の頃は「お話を書く人」になりたかった。小説家とか作家とかいう名称を覚えてからは、それが人生の目標になった。小説家になりたかったし、なれると信じていたし、いっそもう自分は小説家であるような気さえしていた。いつも小説を書いていたから。

大学には進学したが――奇《く》しくもそこは光一の母校だった――「やりたいことを探す」ためではなくて小説を書くためだった。当時としてはめずらしい創作科がその大学にはあったからだ。授業でも課外活動でも書いて、大学二年のときにはじめて応募した百二十枚の小説が、文芸誌の新人賞を受賞した。同時に夕里の担当編集者になったのが、当時その雑誌の編集部にいた光一だった。

　はじめて会ったのは新宿の、大通りに面したビルの地下にある喫茶店だった。彼の指定でそこへ行った。広々しているのに煙草《たばこ》の煙が充満していて、晴天の午後二時だったのに夜みたいな印象がある店だった。電話で教えられた通り、テーブルの上に置いた文芸誌を目印に彼を探し当てると、原稿——間もなくわかったが、夕里のではなく、著名な作家のものだった——に読みふけっていた光一は顔を上げて、「ああ、どうも」と歯を見せた。

　夕里は最初から呑《の》まれてしまった。光一の自信と確信、それが彼自身にだけでなく、夕里の小説に対しても怯《ひる》まず十分に及ぶことに。それに彼はハンサムだった。ややアクが強すぎたが、昔の日本映画に登場する俳優のような雰囲気があった。

　担当編集者としての挨拶がすむと、賞を取った夕里の小説についての話になった。雑誌に載せる前に、いくらか手を入れたほうがいい部分があるので相談したいと電話で言われていたのだが、夕里の印象では「いくらか」ではなく「かなり」だった。そして小説の話になると光一はきびしかった。あくまで礼儀正しい口調ではあったが、夕里の人格、これまでの生きかたを否定するようなことすら言われた。でも、そのときすでに、その十五歳年上の編集者に、夕里は絶対的な信頼を置いていたのだった。

そのデビュー作を入れて、夕里は三作の小説を書いた。すべて担当したのは光一だった——他社からもいくつか依頼は来たのだが、光一との仕事がつねに優先順位の第一位だったから、結果的に書けなかった。二作目は一作目ほどは話題にならなかった。三作目はいくつかの新聞や文芸誌に取り上げられた。評が載るたびに光一がコピーを取ってファクスで送ってくれた。その一枚に「芥川賞いけるよ！」という彼の走り書きがあった。候補になった時点で作者には連絡が来る。夕里に連絡してきたのは賞の事務局の人ではなく光一だった。候補が発表されたが、その中に夕里の名前はなかったのだ。納得いかないけどしょうがないと、夕里にというより自分自身に言い聞かせているような光一に、その電話で、夕里も報告することがあった。光一の子を妊娠していたのだ。

在学中に、慌ただしく結婚した。大学を卒業することはできたが、卒業式には出られなかった。まさにその日に、娘が生まれたからだ。もちろん就職活動もできなかった。必要ないよ、と光一は言った。赤ん坊を育てながらでも小説は書けるはずだよ。本気で書き続けたいと思っているなら、兼業するなんてことは考えないほうがいい。逃げ道は断っておいたほうがいい。

あのとき私は幸福だったのだ、と夕里は思う。

光一の妻になることができて、光一の子供を産んで。そして早晩、誰もが認める小説家になれると信じていた。なぜなら光一というすばらしい編集者が、どの新人作家よりも、いっそどのベテラン作家よりも、この私の近くにいるのだから。

小説を書かなくなった理由が、光一のせいだとは思っていない。「今、何か書いてるの？」「まだ書かないの？」と、最初の頃、彼は頻繁に口にしていた。そのたびに夕里は曖昧な返事をした。日中は赤ん坊の世話と家事にあけくれ、夜は光一に抱かれて、それだけで日々は過ぎていった。大変だったが、充足してもいた。小説が入り込む余地はなかった。かつて夜も昼もなく小説を書いていた頃のことを、あの頃の自分にはほかに何もなかったのだと、優越感に似た気分とともに考えたりした。その充足がいつの間にか消えていて、何か足りない、と感じはじめたときには、光一は夕里に「まだ書かないの？」と言わなくなっていた。

それでもある時期までは、夕里は書こうと努力していた。何を書いても、どう書いても、かつての自分の模倣のように感じられたが、たしかに持っていたはずの情熱を探しながら、小説の書きかたを思い出しながら、脂汗をかくような心地で八十枚程度の中編を書き上げた。その原稿を夫のところへ持っていくと、「ほう」と言って彼は受け取ったが、それきりだった。よかったとも悪かったとも、そもそも読んだのかどうかさえ、光一は口にしなかった。「どうだった？」と聞くことができぬまま待ち続けて、最終的に、何も言ってくれないこと自体が紛れもない返事なのだろう、と夕里は理解した――夫はもう私の小説にも、私自身にも関心は持てないのだろうと。

大きな音を立てて玄関のドアが開閉する。

キッチンにいた夕里は思わず身構える。遥がずかずかと入ってきた。

「ただいま」

めずらしく帰宅の挨拶をし、「何やってるの？」と続ける。西瓜《すいか》の皮のお漬物を作ってるのよ、と夕里は答えた。

薄切りにした西瓜の皮を入れたボウルの中を娘は一瞥《いちべつ》し、「本体はもう残ってないの？」と聞いた。残ってないと答えると、冷蔵庫から麦茶を出してコップに注ぎ、ダイニングの椅子に座った。

夕里は娘に背を向けて作業する格好だったが、背後に娘がいると思うと落ち着かなかった。光一の好物の漬物を仕込んでいることが、何かいやらしい行為であるような感じがした。

「いい物件があったんだ。ほとんど決めてきた」

遥は言う。その話をするためにここにいる、というわけだろう。夕里が振り返ると、娘も椅子の上で体をねじり、やや気まずそうに微笑を作った。

「マリと一緒に住むって、言ったっけ？　だから家賃がひとり四万五千円なの、そのわりに広いんだ、半地下みたいな部屋で日当たりは悪いんだけど、どうせ日中はいないしね、ほぼ決まり。手付けは払ってないけど、明日までだったらキープしておいてくれるって。それで初期費用っていうの？　敷金礼金、不動産屋さんに払う手数料とか……それが全部で六ヶ月分かかるの、折半してもちょっと足りないの、出してくれないかな、最初のバイト代で絶対返すから」

それで下手に出ているわけか。結局親に頼ってくることをかわいらしく思う一方で、同じくらいの分量の憎しみに似た感情が膨らんでくることに戸惑いながら、「そんなの、無理に決まってるじゃないの」と夕里は言った。

「お父さんが許さないに決まってるでしょう」

「だから、お母さんに言ってるの。五万円ぽっちだよ」

娘の顔からはあっさりと微笑《ほほえ》みが消えていく。

「お母さん、そのくらい自分の自由になるお金もないの？」

「そういう話じゃないでしょう」

夕里はかっとして大声になった。遥は怯みもせずこちらを睨《にら》みつけている。目の上で切りそろえた前髪、肘までの真っ直《ます》ぐなロングヘアー。細くて長い足に張りつくようなデニムを穿《は》き、同様にぴったりしたピンクのTシャツを着ている。Tシャツの前身頃には握手する男たちのシルエットと「Wish You Were Here」の文字。唇は赤いリップグロスでてかてかしていて、今はじめて気がついたが、アイラインも引いている。切れ長の目を強調するような黒い線。そのせいで可愛《かわい》らしいというより美しく見え、生意気にもえらそうにも見える。あの目の中にあるものはなんだろうか。怒りというより嘲りではないのか。

「お父さんさ、浮気してるよ、たぶん」

母親の機先を制するように遥はいきなりそう言った。

「何の話?」

瞬間的に、なぜか「C」の文字が浮かんできた。「これ、Cか?」という光一の声。あれを書いたのは女だった、何という名前だったか——動物病院の看護師。

「井《い》の頭《かしら》公園で女の人と歩いてた。絶対こっちに気がついてたのに、知らん顔してた。だからあたしも今まで言わなかったけど」

「井の頭公園なら、小説講座の生徒さんでしょう」

「ふたりだけで歩く? あと、あの近くにラブホテルあるんだよね。そっちに向かって歩いてた、それでたぶん、あたしのこと無視したんだと思う」

「そんなこと……道の先にホテルだけがあるわけじゃないでしょう。きっと小説の、むずかしい話をしていたのよ。それであなたに気がつかなかったのよ」

「絶対に気がついてたって言ったじゃん。トモもそう言ってた、へんだねって」

「トモちゃんと一緒だったの？　それ、いつの話？」

「三年くらい前。塾の帰り。なんかイヤだったから、ずっと言わなかったの」

それなら看護師ではないわけだ。そう考えてしまうせいで次の返答が出てこなかった。そんな母親の態度に遥はいくらか後悔する表情になって「べつにどうでもいいけど」と吐き捨てる。

電話が鳴り出す。キッチンカウンターの端に置いた夕里のスマートフォンだった。光一からだ。

「今日、遅くなる。夕飯はいらない。あとビデオ撮っておいてくれ、BSの番組、夜十時から。テレビ局の人から連絡があったんだ、こないだ電話取材受けただろう、あれが使われるらしいから」

わかりましたと答えて電話を切ると、もう娘の姿はなかった。

その番組の主役は小荒間《こあらま》洋子《ようこ》だった。

夕里は会ったことがあった。光一の小説講座の受講生で、受講中に文芸誌の新人賞を取り、その数年後に芥川賞を受賞した人だ。受賞作はもちろん、そのあとコンスタントに刊行される本が純文学としては破格の売れ行きであること、結婚してすぐ夫を交通事故で亡くしたという経歴などからマスコミに取り上げられることが多かった。光一の講座からは、それまでも何人かの新人賞受賞者が出ていて、それなりに評判だったのだが、受講生が一気に増えたのは彼女のおかげと言ってよかった。

番組は毎月、話題の人に密着して、来し方やライフスタイルを紹介するドキュメンタリーだった。森の中を散策する小荒間洋子のロングショットからはじまった。ベリーショートの金茶色の髪、顔半分を占めるトンボ眼鏡、赤い唇、派手な柄の民族調のワンピース、素足にサンダル。口を閉じていても始終何かを言いたてているような外見だと夕里は思う。岩手の生家をリノベーションして、今はそこにひとりで暮らしているらしい。子供はいない（作る間も無く夫が死んでしまった）。東京の青山《あおやま》に仕事場を借りていて、行き来する日々――。

「……いや、落ち着かないですよ、こっちにいるほうが落ち着かない。なんていうかねえ、岩手にいると、血が騒ぐっていうか、自分の中の悪いものがキイキイ言い出す感じがするのね。でも結局、そういうのが必要なのね。小説を書くためには」

赤い唇を忙《せわ》しなく動かして、小荒間洋子が喋《しゃべ》っている。光一の受け売りだと夕里は感じる。背景は家の中に変わって、薄暗くて広い台所で彼女は小さなふたつのグラスにバーボンを注いでいる。それらを持って書斎と思《おぼ》しき部屋へ行き、草色のペイントの古めかしいサイドボードの上の、写真の額の横にひとつ置く。夫の遺影なのだろう、「かんぱーい」と写真に向かってグラスを掲げて、カメラに向かって「アハハ」と笑う。

「今考えるとおかしいんですけど、小説講座に申し込むのには、ものすごい勇気が必要でした。自分に才能があるのかないのかが、これでわかっちゃうと思って。才能……どうなんでしょうね、持っていたのを見つけてもらったのか、持ってなかったのに発生したのか、しょぼい才能だったのを、成長させてもらったのか。わからないんですけど、転機だったのは間違いないですね、月島先生との出会いは……」

　ここで画面は光一の講義中の映像に変わった。カルチャーセンター名とともに「小説講座講師・月島光一」というテロップが出る。以前に一度、ＮＨＫの取材が入ったときのものだろう。受講生の原稿のコピーを片手に、ホワイトボードにペンを滑らせている。「現実」という文字を囲んだ丸から、「創作」へと矢印を引く。それから、ダンダンダン、と手を動かして、「現実」の上に「自分の」という文字を書き足す。

「一般的な現実というものはないよ。自分自身の、あなたの現実ということです。いちばん良くないのが、自分の現実を一般的なものに合わせてしまうことだね。これは一般的には、こういう出来事なんだっていう型にはめて考えてしまうこと。それをいくら上手に描写したって、どこかで見たことがあるようなものにしかならないんですよ」

　同じことを結婚前、担当編集者からの助言として、夕里も言われたことがあった。いや、同じようなことを。テレビから流れてくる光一の言葉に、あのときほどの感動も、納得も感じない。なぜだろう。私がもう小説を書かなくなったせいだろうか。光一の喋りかたは上手《うま》すぎる――熱を込めすぎて声が裏返ったり、つっかえたりすることも含めて。上手に演じている、という感じがする。もちろん上手になってもおかしくはない。会社を辞めてからもう六、七年間、カルチャーセンターの講師を務めているのだから。それに演じているとしたって月島光一が月島光一を演じているのだから、問題はないだろう。

カメラは受講生たちのほうへ移動する。ひとりひとりを映し、やがて小荒間洋子の姿を捉える。このとき彼女は新人賞は取っていたがまだ芥川賞は取っていなくて、ベリーショートの髪の色は黒で、トンボ眼鏡もかけていない。食い入るように光一を見ている。メモを取るペンの素早い動き。そこに光一の声がかぶさる。

「やばい、と思いました。はじめて彼女の小説を読んだときです。磨けば光る原石、ってよく言うでしょう。下手するとこっちに殴りかかってくる原石って感じがした……いや、笑いごとじゃないんですよ。そのくらいの緊張感を持って教えました。こっちが教わったものもある。指導じゃなくて、対決だったのかもしれない」

夕里はソファから立ち上がった。録画しているのだから、ずっと観《み》ている必要はないと思ったのだ。振り返ると遥がいた。今夜も食事のときには顔を見せなかったが、いつからここにいたのだろう。母親が観ている画面を、この娘《こ》はいつから観ていたのだろうか。

「もう観ないの？」

と遥が言った。今度こそはっきりとした嘲り、それに憐憫《れんびん》の表情だと夕里は思った。

夕里が寝室――元は夫婦の寝室だったが、今は自分ひとりの――に入ったのは、午前零時少し前だった。

セックスレスになってから六、七年になる。光一が小説講座の講師になって以来、ということになるのだろう。最初は、会社を辞めたときのストレス、講師というあたらしい仕事をはじめるに際してのストレスのせいだと言い訳していて、そうなのだろうと夕里も思っていた。一過性のものだろうと。三十代半ばで、夫から求められなくなるなんて思わなかった。だが出会ったときからはすでに十数年が経《た》っていたし、とっくの昔に二十代でもなくなっていた――つまり、そういうわけだったのだろう。その事実を受け入れてしまえば、それ以前よりは楽になった。私たちは早く結婚しすぎたのだと夕里は思う。ふつうの夫婦に結婚何十年後かに訪れることが、早々にやってきたのだろうと。自分の人生からセックスはもう失われたのだ、と理解したあとは、それがそれほど悪いことだとは思わなくなった。男と女の体の仕組みは違う。夫はまだときどきどこかで、その種の欲求を解消しているのかもしれないが、そうだとしてもかまわない。それは麻雀《マージャン》とか競馬とか、喫煙とか――どれも光一はやらないが――に近いものだ。節度が守られていれば、麻雀や競馬や喫煙が、私を脅かすことはない。

玄関で物音がした。光一が帰ってきたのだろう。どこで何をしてきたのかはわからないが、昨日よりも早い。講座のあとはいつも受講生たちと飲みに行き、興が乗れば二軒三軒とハシゴしてくる。

小荒間洋子と会った日には、夕里も最初の一軒だけ一緒に行った。光一の、あれはどういう気まぐれだったのだろう――その日は夕里の三十七歳の誕生日（だから四年前だ）で、プレゼントを何も用意していないから、そのかわりに俺の講義を見にこないかと言われたのだった。そのかわりって。夕里は苦笑したけれどそんなふうに誘われるのは嬉しかった。それで、めかし込んでついていった。さすがに目の前だとやりづらいからと言われて、最後尾の端に座ったが、講義をはじめる前に「今日は僕の奥さんが来ています、誕生日なので今日の講義をプレゼントします」と光一は言って、夕里は立ち上がって会釈し、拍手が起きた。

そのあと、ドキドキしながら夫の講義を聞いた。それこそ嘲りと憐憫とともに、あの時の自分のことを夕里は思い出す。きっと今にも、自分に意見を求められるのではないかと思っていたのだ。正直に言えば、僕の妻は小説家なんだよと、どこかのタイミングで紹介されるとばかり思っていた。少なくとも、小説家だったんだよ、小説を書いていたんだよ、と言ってくれるだろうと。だが光一は何も言わなかった。そのあと、受講生たちに交じった居酒屋での飲み会でも、光一は「誕生日おめでとう！」と乾杯の音頭を取りはしたが、夕里が小説を書いていたことはひと言も、誰にも言わなかった。あのときの受講生たちの表情――とりわけ、小荒間洋子の顔。素敵な奥様ですねとかラブラブですねとかおべんちゃらを並べながら、そのじつ私を見下していた。

どうしてこんなことを思い出すのだろう。目を閉じ、眠りの中にどうにか潜り込もうとしながら、夕里は思う。あのとき私は、光一と別れようと考えたのよ。声が答えた。抱かれなくなったときには別れようとは思わなかったのに、あのときには思ったの。私が小説を書いていたことをなかったことにされたときに。小説を書かない者として決定されたときに。

でも、別れなかった。

夕里は思った。それでも夫が好きだったから、別れなかったのよ。違う。声が言った。別れたって、自分にはもう小説は書けないとわかっていたから、別れなかったのよ。もう小説家にはなれないとわかっていたから。光一の妻でなくなったら、何者でもなくなってしまうから。

「いいんじゃないかな」

翌日、光一はそう言った。昨夜の帰宅時間からするとずいぶんゆっくり起きてきて、いつもはあまり積極的に飲みたがらない、野菜と果物で作ったスムージーを冷蔵庫から自分で出して、ごくごくと呷《あお》ったあとで。

「遥のことだよ。進学のことも、ひとり暮らしのことも、あいつがやりたいようにさせてやってもいいかもしれない」

「どうしたの、急に」

夕里は微笑んだが、自分の声が微《かす》かにふるえているのを感じた。光一は気づいていないだろう。夫は何かほかのことに気を取られているように思えた。今話題にしている娘のことでもない——この家、私たち家族とは無関係な何か、あるいは誰かのことに。

「まあ、ちょっと応えたんだよね、この前あいつに言われたことが。それでずっと考えていたんだ。たしかにそうだよ。学歴なんてつまらんことだよ。音楽でも何でも、そんなにやりたいならやればいい。それで失敗したって、あいつはまだ十八なんだから、いくらだってとりかえしがつくだろう」

夕里は黙っていた。だめだ、と思っていた。そんな自由をあの娘には——誰にだって与えたくない。

「反対か？」

「いいえ」

聞かれれば、もちろんそう答える。それに夕里はもう娘のことは考えていなかった。

考えていたのは夫の匂いのことだった。

夫は匂う――帰宅してからシャワーを浴びているはずなのに、いつもの整髪料をつけているわけでもないのに、いつもより濃い匂いがした。昨夜、女と寝てきたのだ。夕里の中で声が言う。

「さすが、月島光一ね」

でも、夕里はそう言った。光一はほっとしたような、嬉しそうな表情になった。私の本心だということを疑ってはいないだろう。そう、これは本心だと夕里は思う。それに私はこの匂いが好きだ。夫の匂い、成功した男の匂い、卓越した指導者の匂いなのだから。

九重咲歩

腕のことを考えていた、ちょうどそのとき、不意に腕を掴まれたのだった。あまりにも動転したので声も出せなかったが、ものすごい形相で振り返ってしまったらしい。

「やだ。ごめん」

掴んだ相手もぎょっとした顔になって謝った。加納《かのう》さんだった。小説講座で知り合った、初老の女性だ。

「痴漢だと思われちゃったかな」

「いえいえ……ちょっと、ぼうっとしてたから。こっちこそごめんなさい」

午後八時過ぎ、私鉄二線が交差する駅構内でのことだった。咲歩は動物病院での仕事を終えて、家に帰る途中だった。今日はトラブルも急患もなくて、いつもよりもだいぶ早く病院を出ていた。

加納さんは彼女の老母が入所しているホームを訪問した帰りだということだった。少し立ち話してから、この駅で降りて一緒に食事しようということになった。咲歩のほうから誘った。それほど親しいというわけでもなかったから、加納さんはちょっと戸惑った様子だったが、一緒に改札を出てしばらく歩くと、「あそこ、どう?」とモダンな感じの焼鳥屋を指差した。

ウィークデーだからか、店内はさほど混んでいなかった。カウンターとテーブル席が選べたが、テーブル席にしましょうと、これも咲歩が言った。加納さんが飲める口だということは、講座後の飲み会に彼女も来るから知っている。咲歩は強くないのだが、彼女に合わせて、生ビールの大ジョッキをふたつ注文する。料理のほうは、食い道楽らしい加納さんが楽しげに選ぶのに任せた。

「こういうのもたまにはいいね。嬉しいわ、誘ってもらえて」

乾杯を終えると、加納さんはニッコリ笑った。六十の半ばくらいで、今は専業主婦だが確か以前は中学校の国語の教師だったという人だ。講座中も飲み会でも、積極的なほうではないけれど、求められればいつも適切な、頭の良さを感じさせる発言をする。この人にになら話せるかもしれない、とあらためて咲歩は考える。

「飲み会のときも、九重さんとはいつも席が遠いものね」

「そうですね」

「九重さんは、先生のお気に入りだから、上座だものね。私はほら、劣等生だから、なるべく先生からは遠いところに座るようにしてるのよ」

「そんな……」

加納さんの表情は無邪気で、嫌味のようには聞こえなかった。それでもやはり咲歩は心が重くなった。口から出したい言葉が、喉元で止まってしまう。

「九重さんは、動物病院の看護師さんなのよね」

「はい」

「お忙しいんでしょうに、いつも旺盛に書いてらっしゃってすごいわ。それにとっても面白いし。才能があるのよね。知ってた？　月島先生って、見込みがある人のことは名前で呼ぶのよ。私なんか、苗字《みょうじ》を覚えてもらってるかどうかもあやしいんだけど」

「そんなこと、ないですよ」

あっ、と加納さんは声を上げ「主人に電話しなくちゃ」と言って席を立った。そのタイミングで、大鉢に盛ったサラダや塩焼きの串などが運ばれてきて、咲歩はそれらを何かべつのもののように見下ろした。咲歩。ほら、咲歩。ちょっとここに座りなさい、咲歩。自分の名前を呼ぶ月島の声がよみがえる。「見込みがある人」だからだろうか、そうなのだろうか。

あら、食べててくれればよかったのに。そう言いながら加納さんが椅子に戻った。それからしばらくは、どうということのない話をした。どこに住んでいるかとか、出身はどことか、家族構成とか。

「彼氏はいないの?」

そのうちそんなことを聞かれた。いません、と咲歩は答えた。専門学校時代に付き合っていた人と別れてから数年余りが経っている。

「あら、もったいない。恋愛はどんどんしたほうがいいって、月島先生もおっしゃってたじゃない?　つまらない恋愛でも、最悪の恋愛でも、しないよりはいい、小説の糧になるって。咲歩さん、美人だからもてそうなのにね。お仕事があって、小説も書いてるんだから、そんな暇ないかしら」

加納さんは喋りながら無意識のようにつくねを串から外して、箸の反対側でふたつに切ると、半分を咲歩の皿に置いた。

「でもねえ……月島先生、素敵だから。男性を見る目が、肥えちゃうわね」

「あの」

咲歩は言った。加納さんは、くるりと目をまるくして、咲歩を見る。まだ間に合う。まだべつの話をすることができると思っている自分を叱咤《しった》して、咲歩は言葉を押し出した。

「先生から電話がかかってくるって、ふつうなんでしょうか」

「えっ？」

加納さんはまだ愉《たの》しげな顔のままだ。

「この前、月島先生から電話がかかってきたんです、私のスマホに。番号は事務局の人から聞いたんだと思いますけど、そういうのってOKなのかなって」

「個人情報だものね、本当は事務局がちゃんと九重さんに了解取らないとね。まあ、月島先生だからってことで、いいと思ったんじゃないかしら」

「そうですね」

「いいなあ、先生からじきじきに電話がかかってくるなんて。うらやましい。小説の感想とか、そういうことでしょう？」

「ええ……まあ、そうなのかな。でも……」

「九重さん、第二の小荒間洋子になれるんじゃない？」

唐突にその名前が出てきて、咲歩は言葉を探す。

「知ってるでしょう？　小荒間さん。芥川賞の」

「ええ、もちろん。受講生だったんですよね」

「そう。私、彼女と同じ時期に講座に通ってたことがあるの。もう四、五年前だけど。こう見えても古株なのよ。家の都合で、中断したり再開したりなんだけど……。でね、小荒間さん、彼女もやっぱり特別な感じだったわよ。洋子、洋子って先生から呼ばれて。講義のときだけじゃなくて、個人指導みたいなこともあったんじゃないのかな。飲み会のときもずっとふたりで話し込んでたり、ふたりだけでもう一軒行ったり……。それで、ばーんとはじけて、芥川賞ですもの。九重さんもそうなるんじゃない？」

「まさか」

小荒間洋子もそうだったのか。「ふたりだけでもう一軒行ったり」したのか。それはおかしなことではないのか。電話番号を教えていないのに勝手に調べて電話がかかってくるのは「うらやましい」ことなのだろうか。

「先生の熱心さが、あのときと同じだもの。がんばって、あなたも賞を取って。プロになって。そしたら私、今夜のことすごく自慢できるから」

加納さんはかろやかに笑い、咲歩も笑った。学生たちの団体が入ってきて、店内は一気に賑《にぎ》やかになった。それから小一時間ほどそこにいた。加納さんは少し酔っ払ってきて、老人ホームでの母親の扱いとか、そのことにまったく関心がない夫の話を愚痴交じりに喋りはじめた。咲歩はときどき無意識に自分で自分の左の二の腕に触れることはあったけれど、しようと思っていた話はもうしなかった。

朝いちばんで院内に入ってきたのはルドルフだった。

といっても、咲歩が心の中でそう呼んでいるだけで、実際の名前は朔太郎《さくたろう》だ。この前書き上げた小説の中ではルドルフは迷い犬だったところを保護されたことになっているが、朔太郎は保護団体のシェルター内で生まれて、子犬のときから飼い主の瀬尾《せお》さんの家にいる。

「フードとシャンプーと、いつもの目薬と、それから〝ハート通信〟もね」

瀬尾さん――今日は奥さんのほう――がカウンターに身を乗り出して、朗らかに言う。スパニエルの血が混じったミックスの朔太郎は、隣で行儀よく座っている。今日から避暑でしばらく東京を離れるということで、先週、電話で必要なもののオーダーを受けていた。

「〝ハート通信〟は、あたらしいのはないんですよ」

用意しておいた袋を持ってカウンターの外側に回り、咲歩は言った。飛びついてくる朔太郎を受け止めて、頭を撫《な》でる。もう十歳を超えているが、定期健診と予防接種以外で診察室に入ったことがない健康優良児だ。

「えー、楽しみにしてたのに」

「すみません。東京に戻ってらっしゃる頃には、できてると思うんですけど」

「あれがあるからこの病院に来てるのに」

さすがに大げさだと自分でも思ったらしく、なんてね、と付け加えて瀬尾さんはアッハッハと笑った。豪快で、わかりやすい人だ。でも、家では違うのかもしれないし、違わなくても、心の中はまたべつなのかもしれない。そんなことを考えてみたのが「ルドルフの帰郷」を書くきっかけになった。もちろん瀬尾さん本人が読んだって、自分のことが書いてあるとは思わないだろうけれど――。

「そういえば、最近ここが寂しいね」

瀬尾さんと朔太郎が出ていくと、同僚の吉田《よしだ》さんがカウンターの端を指した。咲歩が作る「ハート通信」が、いつもそこに重ねて置いてあるのだ。

「ちょっと忙しくて」

「私生活が忙しいのね。いいことじゃん」

吉田さんはウフフと笑った。みんな笑う、と咲歩は思った。みんな笑っている。だから大丈夫なのかもしれない、何も起きていないのかもしれない。

個人的に発行して院内に置かせてもらっている「ハート通信」を作る時間は、実際のところ、足りないわけではなかった。時間のことだけでいえば、小説講座に提出するために「ルドルフの帰郷」を書いていたときよりも——あのときは、緊急手術がなぜか続いて、術後の患畜を管理するために泊まり込む日も多かった——今は余裕がある。ただ、頭の中のスペースが足りなかった。ハート通信のことを考えようとしても、違うことを考えてしまう。考えてしまうのに、それは考えたくないことでもあるから、端から薄黒い埃《ほこり》みたいなもので覆われていく。その埃が頭の中に詰まっているような感覚が、このところずっとある。

ユニフォームのポケットでスマートフォンが振動した。携帯電話は院内の連絡専用で、スマートフォンは個人用だ。咲歩は緊張しながらそれを取り出した。メッセージの着信で、送信者は加納さんだったからほっとした。昨日、アドレスを交換したのだ。手が空いたタイミングで、チェックした。幾らかの期待があった——家に帰って私の言葉や態度を思い返して、何か察してくれたのではないかと。でもメッセージは「昨日は楽しかった、ありがとう！　また講座でネ」というだけのものだった。失望しながら「こちらこそ楽しかったです！」と打ち込む。それを送信してしまうと、察せられるわけがない、と思えた。肝心なことは何も言わなかったのだから。私も笑っていたのだから。加納さんには、月島先生から電話がかかってくることを私が自慢したとすら感じられたのかもしれない。

医師からカルテが回ってきて、咲歩は薬を揃えはじめた。作業していたから実際に触りはしなかったが、ずっと左の二の腕を意識していた。月島にそこを触られたときの感触はいつまでたっても消えない——むしろ増幅されてよみがえる。

咲歩が「小説講座」の受講をはじめたのは去年の四月からだった。貴重な休日を潰して通い続けられるだろうかという心配がまずあったが、この一年と数ヶ月、一回も休まずに通っている。それが月島のおかげであることは間違いない。提出した作品を講義で取り上げられることが増え、「なかなかいいものがあるね」「うまくなったな」などの言葉を受け取れば、大きな励みになるし、やる気も出る。講座後の飲み会にも欠かさず出席していたが、「咲歩はここに座りなさい」とはじめて月島から呼び寄せられたときには嬉しかった。

ただそれが毎回のことになると、次第に落ち着かなくなってきた。いつも自分だけが呼ばれること。居酒屋の座敷に到着した時点で、「九重さんはあっちでしょう」と月島の隣へ行くように促されるようになったこと。飲み会では小説の話も、どうでもいい話もするけれど、その席で月島が、咲歩個人に向かって何か特別な話をするということはない。にもかかわらずずっとそこに座っていなければならないこと。実質的に、月島以外の人とは喋ることができず、月島から酒を注《つ》がれ、月島に酌をするしかない状況になること。それらの違和感を黙殺することがとうとうできなくなって、先週、咲歩ははじめて、飲み会に参加せずに帰ったのだった。

咲歩は実家で両親とともに暮らしている。あの夜はリビングでテレビを観ていたふたりとちょっと話してから、冷蔵庫を漁って残りもので空腹を治め、入浴して自分の部屋に戻った。飲み会を欠席する、という選択肢を選べたことで、少し気が楽になり、学生時代から使っている机の前に座って、久しぶりに赤いノートを開いた。書き溜《た》めた短文を読み返していると、あたらしい物語をまた書きたくなった。違和感を覚えても、小説講座をやめることは考えもしなかった。動物病院の看護師という仕事が咲歩は好きだったし、やりがいも感じていたけれど、小説を書きはじめて、自分の中にもうひとつ部屋ができたような、自分がずっと探していた場所がその部屋であったような感じがしていた。その場所は今では小説講座の教室に重なっている。月島の講義を受けて、そして月島からアドバイスを得たり、批評されたり褒められたりして、その部屋はますます手放せないものになっているのだ。

「ハート通信」に載せる身辺雑記が、頭の中でぼんやり形になってきたときだった。スマートフォンが鳴り出した。時間は午後十一時を過ぎていた。知らない電話番号だった。出るべきではなかったとあとから何度も思った。

「咲歩か？　月島だけど」

酔いに濁った声だった。時間的には二軒目もお開きになる頃だが、まだ飲んでいるのだろうかと咲歩は思った。

「今、家？」

「はい」

「近くまで来てるんだけど、出てこれないか。話しておきたいことがたくさんあるんだよ。講義のときはあなたの小説のことだけ取り上げるわけにもいかないから、飲み会で話そうと思って、昨日ずっと考えていたんだ。帰ってしまったからびっくりしたよ。できたら今日のうちに話しておきたいんだよね。今日の講義の続きとして考えたことだから、次回だとまた一から話すことを組み立てないとならないからさ」

「今、どちらにいらっしゃるんですか」

「駅前のスナックにいる。〝ムーンリバー〟っていう店、わかるか？」

わからなかったが場所を聞き、咲歩は急いで身支度して家を出た。断ることなどできなかった――咲歩のために月島は時間を使って準備し、わざわざ咲歩の家の近くまで夜中にやってきたというのだから。線路沿いの古い三軒長屋の一角で、見上げると小さな看板があった。狭い階段を上がり、店内が見えない黒いドアをおそるおそる開けた。月島はカウンターに座っていたが、咲歩に気づくと奥にひとつだけあるボックス席に移った。

そこにいたのは小一時間ほどだった。カウンターの中に店の男がひとりいるきりで、ほかに客はいなかった。月島はバーボンを数杯注文し、咲歩は最初に頼んだビールのグラスをテーブルの上にずっと置いたまま、たしかにそこで月島と話したのは小説のことだった。でも、かなり飲んでいるらしい月島の話はわかりにくかったし、その隅のソファの角に、対面ではなくほとんど横並びに座らされ、月島との距離が近すぎるせいで、話に集中できなかった。

「まだ何かこわがってるんだよな、咲歩は」

月島は、咲歩の肩をぽんと叩き、そのままその手を腕のほうへ滑らせた。咲歩はTシャツとデニムという格好だったが、慌てて出てきたので考える余裕もなくて、フレンチスリーブのTシャツだったから、月島が触れた部分はむき出しの肌だった。冷えてるじゃないか、寒くないか？　月島はそう言って、咲歩の二の腕を摑んだ手を上下させた。ちょうどそのとき、「そろそろ閉店なんですが」と店の男が言いに来たので、咲歩は体をねじってその手から逃れた。

月島が会計をしている間に、咲歩は店を出て階段を降りた。自分のぶんは払いますと言うべきだったとあとになって思ったが、とにかくそのときは、狭い階段を月島と一緒に降りたくなかったのだ。下に降りて待っていると月島がふらつきながら降りてきた。ありがとうございます、親に何も言ってこなかったのでこれで帰ります。咲歩はそう言って月島に背を向けた。早歩きでその場を離れたが、角を曲がると抑えようもなくほとんど全速力で走り出した。今にも背後から声をかけられ、さっきと同じ場所を摑まれるのではないかという気がしたのだ。

恐怖。そう、あれは恐怖だった、と咲歩は思った。私が加納さんに伝えたかったのは、事務局が講師に受講生の電話番号を教えることの是非なんかじゃない、講師が受講生に電話をして呼び出すのはふつうなのかどうかじゃない、あの夜感じた恐怖のことだったのだ。

スマートフォンがまた振動した。メールではなく、電話の着信を知らせる音だ。たしかめると、それは意外な連絡だった。

土曜日、咲歩はいつもより少し早めに家を出た。

カルチャーセンターがあるビルの五階に到着すると、まっすぐにスタッフルームを目指した。受付のガラス窓から、中に月島がいるのが見えたので、ノックをし、「先生！」と呼んだ。

「おう、咲歩。早いな」

月島が笑顔で手招いた。先週、三軒長屋の前の暗い路地で別れて以来だが、そのことはすっかり忘れているかのような表情だった。咲歩にも今は、それより大事なことがあった。

「先生、私の小説が、候補に残ったんです。地方の小さい賞なんですけど、候補作八編の中の一編に選ばれたって、昨日連絡があったんです」

「ほんとか。なんだなんだ、どんな賞なんだ、いつ応募してたんだ」

月島は目を輝かせた。隣市が町興しとして発足させたばかりの賞だった。隣市にある有名な寺社とその横の植物公園を舞台にすることを条件にして、規定枚数十枚以内という短い物語を募集していた。車内広告をたまたま目にして、書いて送ってみたのだった。

「万一、入賞したらお知らせしようと思ってたんですけど、候補になっただけでも嬉しくて……」

咲歩の説明を聞きながら月島は、備え付けのパソコンのキーボードを叩《たた》いて、賞の名前を打ち込み、検索をかけた。ホームページにたどり着き、スクロールしていく。選考委員である小説家三人の名前を読み上げて、「すごいじゃないか」と声を上げた。

「応募作のコピー、今、持ってるか？」

「はい！」

咲歩が差し出したそれを、月島はまるで賞状を受け取るように両手で持った。そして咲歩を見上げて、破顔した。体の中の黒い雲が晴れていくのを咲歩は感じた。月島の顔が、疑いようもなく嬉しそうだったから。月島先生は本当に小説が好きなんだ、と咲歩は思った。私たちのことを、私たちが書く小説のことを、この先生は真剣に考えてくれているんだ、と。

その日の講義は咲歩の小説がテーマになった。提出していた「ルドルフの帰郷」とともに、急遽《きゆうきよ》、賞候補になった十枚の小説が教材として加えられたのだ。受講生からの講評には手厳しい意見もあったけれど、どんな言葉も今日の咲歩には心地よかった。そして彼らに応える月島の意見や解説のひとつひとつが、自分の血肉になるような――自分の中のあの大事な部屋に、家具をひとつひとつ増やしていくような感じがした。賞に応募したのははじめてのことで、まさか候補に残るなんて思ってもいなかった。候補になったことを知らされたときの興奮と喜びが、黒い雲に代わって咲歩の中でどんどん増殖していった。咲歩は高揚していた。候補に残るような小説が書けたのは、この講座に通い、月島の指導を受けたおかげだと思った。

だから講義の後の飲み会にも参加した。当然のように月島の隣に座ることになったけれど、今夜はそれが自然なことに思えた。「受賞を祈って」と月島が声を上げて乾杯した。そのあとはいつものように小説の話と、そうでない話が飛び交ったが、咲歩が月島の横で居心地の悪さを感じることはなかった。どんな話だって小説に繋《つな》がる、と咲歩は思った。いつも月島が言っている通りだ。出来事の中に物語を見つけだすか、見つけだせないかは自分次第なのだ。月島はときどき思い出したように咲歩のほうを向き、脈絡もなく「いいものを書いたなあ」「受賞、いけるかもしれないな」などと言った。その表情と声にこもった熱量を、なんて無防備なんだろうと咲歩は思い、先週感じた恐怖のことはもう思い出さなかった。

二次会には行かなかった。一次会でかなり酔ってしまったからでもあったし、いつも行かないからでもあったのだが、家に戻ると、もっと月島と話したかったと自分が思っていることに気がついた。だから翌日、月島から電話があって、「昨日話し足りなかったからさ」と言われたとき、咲歩は「私もです」と答えたのだった。

待ち合わせはホテルのロビーだった。中央線沿線の、そう遠くないところだったが、初めて降りる駅だった。それで、わかりやすい場所を指定したのだろうと思った。午後三時。自分はともかく月島は、アルコールを飲むかもしれないが、そんなに遅くはならないだろう。夕食までには帰るからと、咲歩は母親に言って出かけた。

七月に入ってからの日々でも、とりわけ暑い日だった。咲歩は長袖のブラウスに、麻のロングスカートという格好だった。スカートにしたのは、もしホテル内の飲食店に入ることになった場合、デニムではまずいかもしれないと思ったからで、長袖にしたのはふっと、先週腕を摑まれたときの感触が戻ってきたせいだった。でもそれはまだ、不安というほどのものではなかった。

月島は先に来て待っていた。咲歩に気づくと「おう」と手を上げて合図した。笑顔だったが、昨夜の顔とどこか違う、と咲歩は感じた。あるいは「おう」という声の中に幾らかの緊張を感じとったせいかもしれない。でも、そうした印象も、あとになって思い返したことだった。咲歩の中の一部分が閉じはじめていた。月島を信じたいと思う心が、自ら麻酔薬を注射したように、端から少しずつ麻痺《まひ》していた。

「行こうか」

咲歩がロビーのソファに座るより早く、月島は立ち上がった。すたすたと歩いていく後ろを、咲歩は追った。月島は今はなんとなく怒っているようにも感じられた。気のせいだろうか――時間に遅れたわけでもないのに。エレベーターホールで待つ間も、無言だった。上階行きが来て、乗り込む。レストランかカフェが上にあるのだろうと咲歩は思った。エレベーターの中にそのような表示は見当たらないが、あるのだろう、月島はそれを知っているのだろうと。

八階で降りると、客室のドアが並ぶ長い廊下を月島は再び、先に立ってどんどん歩いていった。八一二号室のドアに彼がカードキーを差し込んだときも、ここは会員制のラウンジみたいな部屋かもしれない、と、麻痺した部分が考えていた――そんなわけはない、と心の大部分はわかっていたのに、咲歩は麻痺した部分のほうに従おうとしていた。

そこはシティホテルの、ごくふつうの一室だった。部屋の大部分をベッドが占めていた。座ったら。あいかわらず怒ったような口調で月島が言い、咲歩はベッドの端に腰掛けた。なぜなら座る場所はほかに、窓際の一人掛けソファ一脚しかなく、もしここで個人的な小説の講義が行われるのなら、月島がソファに座るべきだろうと思えたから。しかし月島はソファでなく咲歩の横に座った。そしていきなり両腕を掴み、顔を近づけてきた。

咲歩はとっさに顔を背けたが、そのまま体重をかけられ押し倒された。月島の整髪料が強く匂った。よかったな、咲歩、ほんとに。月島がそう言うのが聞こえた。候補になったことか。それで彼はこうしているのか。月島の手が胸を掴み、もう片方の手が太腿《ふともも》を撫でながらスカートをまくりあげた。ショーツを引き下ろされても咲歩は抵抗しなかった。月島先生が喜んでくれているから。私のために今日、時間を作ってくれたのだから。この部屋までついてきたのは私なのだから。これが終わったら小説の話をしてもらうのだから。今こうしていることだって、小説のためになるのかもしれないのだから。

個人的な現実。そうこれは個人的な現実だ。一般的に考えてはいけない。

月島のペニスがねじ込まれてきたときも、膣《ちつ》が引き攣《つ》れる痛みに顔を歪《ゆが》めながら、咲歩は自分が彼とセックスしている理由を数えていた。

第三章　現在

三枝真人

どうもうまくいかない。

セックスのことだ。奈穂《なほ》と、以前のように盛り上がらない。十日前に内定が早々と決まって、奈穂にも知らせた。それ以来だと真人《まさと》は思う。おめでとう、よかったねという声が弾んでいなかった。きっと内定先が、思ったような会社ではなかったのだろう。

「ちょっと待って。ごめん。やめて」

突然、押し返されて挿入を阻まれた。奈穂が膝を閉じて横向きになってしまったのでどうしようもなく、真人は膝立ちの間抜けな姿勢で、「何だよ？」と唸《うな》った。

「痛い」

「え？　何で？」

処女でもないのに何言ってんだと思いながら真人は言う。第一、まだ入れていない。

「まだ濡《ぬ》れてないから、絶対痛い。こないだはがまんしたけど、もういや。あのさ、ちょっと話してもいいかな」

奈穂は起き上がって毛布で体の前面を隠し、真人と向かい合う格好になった。真人は仕方なくベッドの端に座り直した。ペニスはもう萎えている。

「なんか最近、雑っていうか……もうちょっとやさしくしてくれてもいいと思う」

ここは奈穂の部屋だ。半年ほど前から付き合っている。真人とはべつの大学の二年で、軽音楽サークルの活動を通じて知り合った。大学も容姿も「中の下」というところだが、真人自身の各レベルが同程度だし、不満はなかった――これまでのところは。

「やさしいじゃん、じゅうぶん」

最近の女はすぐこれだ、「ちょっと話してもいいかな」だ。女性誌やらweb記事やらで、そういうふるまいが推奨されているんだろう。

「やさしくないよ、自分のことばっかりじゃん。セックスはふたりでするものでしょ」

「はあ？　ふたりでしてるじゃん」

電話が鳴り出した。足元に脱ぎ捨てた、真人のデニムのポケットの中のスマートフォンだ。たしかめると兄の圭一《けいいち》からだった。積極的に話したい相手ではないが、とりあえず助かったという思いで、真人はそれを耳にあてた。

「一応知らせたほうがいいかなと思ってさ」と圭一は話し出した。フェイスブックでチエックしていたのだそうだ。奈穂がいるからあまり質問もできず、会話は五分ほどだった。電話を切るとトランクスを穿《は》き、教えられた場所を忘れないうちにメモアプリに打ち込んだ。それからベッドのほうを振り向くと、奈穂はさっきと同じ格好で真人を見ていた。

「なんだよ、まだ裸なの？　俺、帰るから」

そう吐き捨てて真人はさっさと服を着た。

日曜日、真人が起きたとき圭一はもう出かけていた。接待ゴルフらしい。兄は母親似なのでそこそこのイケメンでガタイも良く、必然的に社交性も獲得して、住宅メーカーの営業という仕事を楽しげにやっている。

「あら、今日は何があるの？」

母親がそう聞いたのは、真人がスーツ姿だったからだ。黒のリクルートスーツ。スーツは目下これしか持っていない。

「学校で、ちょっと付き合い」

まったく何の説明にもなっていなかったが、「あ、そうなの」と母親は答えた。今日にかぎったことではなく、いつもと同じだ。中学高校の頃は母親に対してほとんど口を利かなかったから、答えるだけで満足する。真人はテーブルに着くと、密《ひそ》かに母親を観察した。そわそわしているとか、沈んでいるとかの気配もない。知らせは母親にはいかなかったのかもしれない。

水色のギンガムチェックのクロスを掛けたダイニングテーブルの向かい側で、父親は新聞に目を落としたまま顔を上げない。内定が決まった部品メーカーは父親の会社の取引先で、エントリーのときから採用はほとんど約束されていた。もう自分の役目は終わった、と思っているのだろう。

「お兄ちゃんも帰ってくるから、じゃあ久しぶりにすき焼きでもしましょうか」

母親はもじもじした。真人も父親も返事をしなかったからだ。ふたりきりのときはどんなふうだかわからないが、父親は最近、母親にほとんど気を遣わなくなった。劣化のせいだろうと真人は思う。若いときはきれいで自慢の母親だったが、五十を超えた今はただの小太りのババアだ。髪型や着るもので若作りの工夫をしたり、ときどきダイエットしたりしているのが滑稽で、よけいみじめったらしく見える。父親は母親より五歳若く、それを差し引いても、自信とか貫禄《かんろく》みたいなものが老化をカバーしている。母親にはもう何もない――最初から、容姿だけの女だったのだ。でも、その容姿で父親をゲットして今は一軒家の持ち家に住み生活の心配をしなくていい身分なのだから、使えるものを使い切ったと言えるのだろう。

マナーモードにしているスマートフォンが振動した。予想通り奈穂からだったから放ってておくことにする。一昨日《おととい》、泊まるつもりだった彼女のアパートを立ち去ってから、電話やメールやラインを日に数回寄こしてくるが、真人は全部無視していた。「ちょっと話してもいいかな」の続きを聞かされるのはまっぴらだったし、謝罪にしろ釈明にしろ、当分の間は受け入れるつもりはなかった。あの夜、俺がどれほど気分が悪い思いをしたか、思い知らせてやらないと。

自宅の最寄駅である国領《こくりょう》から、大学へ行くのとは逆方向の、上りの京王《けいおう》線に乗り込む。時間はたっぷりあったので、つつじヶ丘《がおか》で急行に乗り換えず、空いた座席に座った。週刊誌の吊《つ》り広告がふと目に留まる。「カリスマ講師　月島光一を教え子がセクハラ告発」という大見出しが躍っている。「芥川賞作家が続々輩出　超人気カルチャーセンター講座の〝課外授業〟」「ホテルに呼び出され、何度も……」などのサブコピーとともに、告発された男の写真も大きく載っている。

どことなく見覚えがあり、ああそうだ、去年の夏に一般公開の講演会が学内であって、俺はそんなものにはまったく興味がなかったが、たまたまサークル活動で登校したのがその日で、彼の姿を見かけたのだったと思い出した。本館の前で停《と》まったタクシーから降りて、図書館棟のほうへ歩いていくところだったが、やはりそれなりのオーラがあった。六十歳は超えているように見えたが、肩で風を切っていく感じがあって、あれ誰だ、と思わず呟《つぶや》いたら、そのとき一緒にいたサークルの仲間の誰かが知っていたのだった。女子学生の一部がアイドルでも来るみたいにキャーキャー騒いでたとか何とか。あいつか。あの男が、セクハラで告発されているのか。

顔全体にモザイクをかけた「告発者A子さん」の、月島光一よりずっと小さな写真も見出しの下にあった。真人は奈穂のことを思い出した——年齢もずっと上だし、似たところはまったくなかったが。この女もきっと、「ちょっと話してもいいかな」と言ったんだろう。それを拒否されて、キレたんだろう。

新宿で地下鉄に乗り換えて五分あまり、降りたことのない駅で降り、昨日ドンキで五百円で買った黒いネクタイを歩きながら締めた。リクルートスーツは便利だ——喪服にもなる。十分ほどで葬祭場に着いた。敷地が無意味に広い、砂色で何の装飾もない、知らなければ工場だと思いそうな建物だった。最低限の費用で大量生産型の葬式をあげるような場所なのだろう。

山田《やまだ》千太《せんた》の告別式はまだはじまっておらず、弔問客の姿もなかった。部屋の入口でうろうろしていると係員が寄ってきて、どうぞ中へ、と促されたので、真人はそうした。誰も座っていない椅子が並べられた会場の、中央通路を進み、祭壇に近づく。若い頃の写真は見たことがあるが、その後のものは何度か検索しても出てこなかった。兄からの知らせを受けてから、真人もツイッターを検索し、所属する劇団のアカウントが死亡を告知しているのは見つけたが、そこにも写真はなかった。その程度の役者だったのだろう。死亡年齢は六十一歳とあったが、遺影の男は七十歳をゆうに超えているように見えた。細長い顔、細い目、自信のなさそうな微笑。こんな風采だったから成功しなかったのだろう。

何の感慨も湧かなかった――というか、見るほどにみすぼらしく感じられ、そのうえあきらかに自分に似ていることがわかってげんなりした。

どんな遺族がいるのか、どんなやつらが集まってくるのか、ひょっとしたら母親がこっそりやってきたりするのかを、たしかめることも目的だったが、その気が失《う》せた。母親にかんしては、実際のところ死んだことを知らないのだろうし、死のうが生きていようがもう興味もないのだろう。男としてもその程度だったのだ。早々に踵《きびす》を返そうとしてふと思いつき、スマートフォンを取り出して、咎《とが》める者がいないことを確認してから素早く遺影を撮影した。駅前まで戻ってスタバに入り、写真をトリミングして名前などがわからないようにし、「親父が死んだっぽい」とコメントをつけてツイッターにアップした。

大学は春休みでサークルの活動日でもなく、内定は決まっていて、バイトはしていないしデートの約束もないとなれば、その日はもうすることもなかった。

家に帰るつもりだったが、特急に乗ったまま国領駅を通り過ぎ、結局、大学まで来てしまった。

キャンパスにはポツポツと学生がいたが、知り合いには会わず、部室にも誰もいなかった。気楽さだけが取り柄の軽音楽部だから、熱心な部員はおらず、活動日には適当にギターを弾いたり歌ったりして、飲み会に流れるだけだ。音楽関係のポスター一枚貼られていない、あちこちの隅に埃《ほこり》とスナック菓子のクズが溜《た》まっている部室で、スチールの折りたたみ椅子に座っていると、自分がひどい間抜けに思えてきた。

こんなふうに用もなく大学へ来ることがこの頃よくある。行けば誰かに会い、何かが起きるのではないかという期待がある。期待は概《おおむ》ね裏切られるわけだが――考えてみれば、そもそも大学に入学したときも、高校に入学したときにも、なんならもっと遡って考えても――その期待はあった。そして一度も叶《かな》ったことがない。これはつまり、人生とはそういうものだということなんだろう、と真人は思う。少なくとも俺の人生はそうなんだろう。

部屋の隅にギターが立てかけてある。入部してすぐやめた一年生部員が置いていったもので、取りに来ないのでそのままになっている。近づいて手に取ると弦が二本切れていた。ストラップを肩にかけて壁の鏡の前に立ち、ポーズを取った。ネクタイは電車に乗る前に外したからもう喪服には見えないが、黒いスーツに白いワイシャツに、弦が切れたアコースティックギターという取り合わせは案外いけてる。佐野元春《さのもとはる》っぽい感じもある。残念なのは、俺の顔が佐野元春じゃないことだが。

外廊下を誰かが近づいてくる足音がして、真人は慌ててギターを元の場所に戻した。誰かと待ち合わせでもしているふうに椅子に座りなおし、スマートフォンに見入っているふりをした。足音は遠ざかっていき、それはそれで見捨てられたような気持ちになりながら、ツイッターをチェックした。

さっきの画像とツイートに「いいね」が五つついていた。真人のアカウント名は「スナフキン君」で、本名はあかしていないが、仲間内ではそれが真人のものだと知られている。五つのうち四つがサークルのメンバーで、残りひとつが同じゼミの男だった。まさか俺が今、学内の部室にいるとは思わないだろうが、こんなにすぐ反応して来るこいつらも、似たり寄ったりの場所で時間を持て余しているのだろう。

「はあ?」「マジ?」「意味わかんないんだけど」などのリプもついていた。妥当な反応だよなと真人は思う。まさか実の父親の遺影じゃないだろうと思いながら、面白がっていいのかどうか反応を見ているのだろう。どう収拾をつけるか考えていなかった。意味深のまま放っておくのが得策か。考えていると、またひとつリプがついた。「どういうこと? 大丈夫?」送ってきたのはアカウント名「三月うさぎ」で、つまり奈穂だ。電話もラインも無視されるから、ツイッターでリプを送ってきたのだろう。

必死だな。声に出して呟くと少し胸がスッとした。しかしそれで怒りが収まるというのでもなく、もっと必死にさせてやりたいと思う。「ちょっと話してもいいかな」「大丈夫？」とえらそうに言うことがどんな結果を招くか、骨の髄までわからせてやりたい。「大丈夫？」という聞きかたも気にくわない。俺の精神状態に問題があるみたいじゃないか。

ツイッターのトレンドには「セクハラ」が上がっていた。クリックしてみると、やはり例のカルチャーセンター講師の件で、みんなが好き勝手なことを呟いていた。週刊誌を買って読まなくても、ツイートとそこからリンクを貼られたネットニュースであらましはわかる。事が起きたのは七年前らしい。告発したのはA子さん、当時は二十六歳。「講義の後の酒席ではいつも隣に座らされ」「深夜に電話がかかってきたり」「幾度もホテルに呼び出され、したくないセックスをさせられたり」したらしい。

講師を糾弾したりA子さんに同情したり「勇気ある告発」と褒め称《たた》えたり、でなければ「この社会における女性の生きづらさ」について能書き垂れたりするツイートと同じくらい、被害者はA子さんではなく講師のほうだと見做《みな》しているツイートがある。「七年も前のことを何で今言う？」とか「は？　拉致されたわけじゃないんでしょ？　ホテルに行かなきゃよかったのでは？」とか「したくないセックスｗ　ヘタだったから怒ってるんだろ」とか。こっちの意見のほうが多いんじゃないかと真人は思う。自分が、そちらのほうばかり選んで読んでいるせいかもしれなかったが。

A子さんの容姿がはっきりわかるような写真はどこにも見つからないから、どうしても奈穂に似た女が思い浮かぶ。みんなの言う通りだ。なんで七年も経《た》ってから言い出すんだ。ホテルへ行けば何が起こるかわかっていたのに、なんで何度も呼び出しに応じたんだ。

「セックスはふたりでするものだよねｗ」

というツイートを思いつき、打ち込んだが、送信する前にちょっと考えて消した。俺がこのツイートを発信したということを奈穂には知らせたいが、ほかのやつらにはそうでもない、と気がついたのだ。本音では同意したとしても、意識高いぶるやつもいるかもしれない。こういうことは女の味方をしておくものだと決めているやつもいるかもしれないし、そもそもこの種の問題に首を突っ込むことをバカにしたり嫌悪したりするやつもいるだろう。とにかく、素性が割れているアカウントから発信するのはやめておいたほうが無難だ。

それで真人は、もうひとつアカウントを作った。あたらしいアカウントのユーザー名は「佐野ともはる」。セクハラのハッシュタグをつけているツイートをあらためてチェックし、A子さんを攻撃しているアカウントの中からいくつか選んでフォローした。それからあらためて「セックスはふたりでするものだよねｗ」とツイートを打ち込み、「#セクハラ　#被害者は男　#したくないセックスならするなよ」とハッシュタグを付け加えて送信した。

すぐにふたりからフォローされた。さっきフォローしたアカウントからの「フォロー返し」だったが、それでも俺のツイートに共感したからこそだろうと真人は嬉《うれ》しくなった。「いいね」は見る間に増えていく。ハッシュタグを追っている者たちが反応しているのだ。さっきの「親父が死んだっぽい」の「いいね」数をたちまち超えて、もう十五、十六……同時にフォロワーも増えていく。ほらみろ、ほらみろ、ざまあみろ。奈穂のような女たち、あるいはほかの誰かたちに向かって、真人は胸の中で吠《ほ》えた。「佐野ともはる」はこんなに注目されている。

電話が鳴り出したのでぎょっとして、思わずスマートフォンを取り落としそうになった。圭一からだとわかり二度ぎょっとする。「スナフキン君」のことは兄にはあかしておらず、ツイッターをやっていることすら伝えていないが、何らかの理由でさっきの遺影アップを目にしたのだろうかと思ったのだ。葬祭場へ行ったことを兄には知られたくなかった。

「今週の金曜日、予定通りでいいんだよな？」

よかった、べつの話だった。そういえば約束していたのだと思い出す。内定祝いに奢《おご》ってやると言われ、兄が彼女を連れてくるというので、真人も奈穂を誘ってダブルデートということになっていたのだった。相手がカップルなのにひとりで行くのはばかみた

はもうすっかり忘れているか、忘れたことにしたようだった。
てきぱきとそれだけ言って、圭一は電話を切った。一昨日の夜、真人に電話したこと
「下北沢《しもきたざわ》のイタリアン、予約しておくから。店集合な。場所は後でメールする」
いだし、代わりの女もいないので、真人は「いいよ」と答えた。

あっという間だったな、と真人は思う。

圭一と食事の約束をしたのは内定が出たその日で、そのときには真人は、今よりずっと奈穂が好きだった。圭一に見せびらかしたい気持ちさえあったのだった。

内定の知らせを受けたのは十日ほど前だった。十日でこんなふうに気持ちが変わることにちょっと驚く。結局、たいして好きじゃなかったんだな、と真人は考える。デートするようになり、好きなときにセックスできるようになったから、便宜上、好きだということにしていたんだ。女はそういうことにうるさい。月島光一もきっと、その辺の手を抜いたんだろう。

眼下に広がる作りもののサバンナを、黄色と黒の縞《しま》模様の小型バスがのろのろと走っていく。サバンナにはライオンの群れが放たれていて、バスの中から間近で見ることができる。さっき真人も乗り場まで行ったのだが、次回の運行を待つ人までが列を作っていたから退散した。日曜日だということを忘れていた。それで、サバンナを横切るこの

陸橋の上から見ている。

この動物園は大学の最寄駅からバスで十五分ほどの距離にある。時間の潰しようがなくなると真人はよくここへ来る。ひとりで動物園をうろついているというのは、危ないようで逆にクールというか、人に見られても何となく格好がつくような気がするからだ。どのみち今日はすれ違うのは家族連ればかりで、大学の知り合いには会いそうもない。それにしてもいろんなことがあっという間に終わったり決まったりし、地球が自分を乗せないで勝手にぐるぐる回っているような感覚があるのに、同時に始終、時間を潰す努力をしているというのはどういうことなのだろう。

バスは群れの真ん中で停車する。車体の側面に餌の肉が取り付けてあるのだが、近づいていくのは一頭の雄ライオンだけだ。ライオンどもは飽食している。あの一頭だけ反応するのはなぜなのか、あいつはいちばん弱いやつなのかそれとも聡《さと》いやつなのか、意識高い系のライオンか。チチチ、チチチ、という声がして首を捻《ひね》ると、少し離れた場所からやはりサバンナを見下ろしている家族連れがいて、変な声を出しているのは、三歳くらいの太った男の子の手を引いている四十代半ばくらいの母親だ。

「一円も入らないんだぞ、うちには」

「チチチ、チチチ」

「睡眠時間削ってがんばったって、一円も入らない。わかっててやるのか」

「チチチ、チチチ。ほらシュウちゃん、見てごらん。ライオンさんがこっちを向いたよ」

「向くわけないだろう、猫じゃないんだから」

父親の声は怒りに任せて投げつけるような調子だったのに、母親はかるい笑い声を立て、同調するようにそれまでずっと沈黙していた子供もキャーッという笑い声を立てた。

母親がちらりとこちらを見たので真人は慌てて目をそらした。

スマートフォンをチェックする。ツイッターアプリを開くと、「セックスはふたりでするものだよねw」には「いいね」が三十一個、八人からリツイートされていて、「佐野ともはる」のフォロワーは十一人に増えている。タイムラインの「誰かに入れ知恵されたんだろ　#被害者は男」「作家になれなかった逆恨み？　#セクハラ　#被害者は男」などのツイートを眺めてから、メールアプリを開く。

ネットショップからのDM以外には、あたらしいメールは来ていなかった。自分の気がかりに真人は気づいた。ツイッターへのリプ以来、奈穂からの連絡が途絶えている。電話もラインもメールも寄こさなくなっている。大学を出て動物園へ向かうとき、着いた頃には電話がかかって来るだろうと予想していた。そうしたら、応答してやるつもりだった。今どこにいるの？　ときっと聞かれるだろうから、さらっと「動物園」と答えて、それ以上はいっさい説明せず、あれこれ想像させて動揺させてやるつもりだったのに。無視し続けたからさすがに腹を立てているのか。戦略か。押してもだめなら引いてみろ的なことを、それこそ誰かに入れ知恵されたのか。あるいは諦めたのか。それとも、もう俺が必要なくなったのか。

家族連れが歩き去ったのを見計らい、真人は外していた黒いネクタイをあらためて締め直し、サバンナとライオンたちを背景にして自撮りした。喪服と動物園の取り合わせだ。この写真をツイッターの「スナフキン君」のアカウントのほうへアップしてみようか。やりすぎか。反応がほしくて必死になっていると思われるだろうか。

考えた末にやめた。するともう、ほかに考えることもやることもなくなって、真人はネクタイをむしり取ると、門に向かって歩き出した。

下北沢駅からかなり歩く場所にあるその店に到着したのは、兄カップル、真人、定刻に五分遅れて奈穂という順番だった。

そのことだけでもありえないのに、呆《あき》れたことに奈穂はデニムにニットという格好だった。トラットリアだからカジュアルな服でOKという兄からのメールにあった文言を伝えてはいたが、それにしても彼氏の家族にはじめて会うのに、デニムはないだろう。

「はじめまして。なんだか私がいちばん緊張してるかも」

と兄の恋人――有沙《ありさ》という名前だった――が言ったのは、皮肉のつもりなのだろうと真人は思った。有沙と会うのははじめてで、つまり兄は女を変えたらしかったが、それはともかく有沙は花柄のブラウスにタイトスカートというスタイルで、髪もきれいに巻いていて化粧も完璧で爪もきらきらしていて、奈穂とは格段の差があった。

「俺も緊張してるよ」

と圭一が言ったので、

「俺はいやな汗かいてる」

と真人は言った。奈穂の格好に自分も困惑していることを暗に表明したつもりだった。奈穂は黙っていた。それも真人にとっては落ち着かないことだった。いつもの奈穂ならこんなときにはあれこれつまらない言い訳を並べるはずだ。恥じ入ったり臆したりして無口になっている、というのとも違う気がする。なんというか、平然としている。

奈穂があいかわらず電話もラインもメールも寄こさないから、二日前に真人のほうからラインを送った。この会食の場所を伝えなければならなかったからだ。「あー、そうだったね、了解」と、何ごともなかったかのような返事が来たから、とりあえず良しとしていたのだが、その返事のシンプルさに、違和感はやはりあった。スタンプも添えられていなかったし、再びそれきりになっていたのだった。

「有沙さんのネイル、すてきですね。どちらのネイルサロンですか?」

ようやく口を利いたと思ったら奈穂はそんなことを言った。そのうえ「あ、でも、その爪じゃギター弾けないな」と半笑いで続けたから、有沙はあからさまに気分を害した顔になった。

「内定おめでとう！」

取り繕うように圭一が音頭をとって、グラスのシャンパンで乾杯し、会食ははじまった。兄が事前にオーダーしていたコース料理がのろのろと運ばれてくる。早々に帰りたくなっているのは、会話が弾まないことと、真人にとってそもそも全然話したくない方向に会話が流れるせいだった。

「まあ、よかったよな。この時期に内定が決まってるって、幸せもんだよな」

兄のその言葉には、父親のコネに頼って三流企業への就職を決めた弟への嘲笑が滲《にじ》んでいるような気がした。自力で有名企業に入社した兄は、実際のところ俺に失望したのかもしれない、と真人は思う。

「ほかはもう受けないの？」

兄と同じ会社に勤めている有沙が聞き、真人が「まあ」と頷《うなず》くと、

「えー、もう決定なんだ。すごーい」

と奈穂が言った。「すごーい」にはあきらかにばかにした響きがある。

「ちょうどいいよな、真人には」

兄が言い、真人はムッとしたが、兄の言葉は事実だった。自分のスペックでは、父親

のコネがなかったらもっとしょぼい会社にしか入れなかったと思うし、最悪、就職浪人していたかもしれないのだ。もし、実の父親のままだったらと思うとゾッとする。その点では母親に感謝しなければならない。

「ていうか、おふたりのお父さんって、お元気なんですよね？」

奈穂がそう言ったのは、白ワインが一本空き、リゾットがテーブルに並んだタイミングだった。圭一がじろりと真人を見てから、「どういう意味？」と微笑した。

「ちょっと心配してたんです、真人君がへんな冗談言うから」

「死んだって？」

「はい。ツイッターで」

「冗談じゃないよ。俺たちの実の親父が死んだんだ。今の父は母の再婚の相手。俺が六歳で真人が三歳のときに離婚したんだよ、だからほとんど覚えてないんだけど」

圭一はすらすらと説明した。すらすらと説明できることを真人に見せつけるためにそうしているように思えた。奈穂は奈穂でたいして驚きもせず、真人が遺影をアップしたことを止める間もなくペラペラ喋《しゃべ》っている。

「なんだよ、おまえ葬式行ったの？」

「行ったっていうか……ヒマだったし」

「それで遺影をツイート？　思春期か」

ているんだ。

圭一が笑うと、有沙と奈穂も笑った。なんだ、なんで三人対俺、みたいなことになっ

「うるせえよ」

真人は言った。「思春期っぽく」返してみせるつもりが、うまく笑えずマジ返しみたいになってしまった。じゃあなんで電話してきたんだよ、と声に出さず兄に言う。なんであいつが死んだことをわざわざ俺に教えたんだよ。ていうか兄貴はあいつの動向をチェックしてたから、死んだこともわかったんだろう。なんで、なんのためにチェックしてたんだよ。

しかしもし自分に弟か、そんなようなものがいて、自分のほうが先にあの実の父親が死んだことを知ったら、やっぱりわざわざ教えるだろうなという気もした。感傷的な気持ちからではなく、何か黒いものを弟にも負わせるために。

リゾットは緑色で真人が苦手な香菜に似た匂いがしたが、残すとまたばかにされそうだから、無理して半分ほど食べた。そこでどうにも気分が悪くなり、席を立った。

トイレに入り、水を流しながら嘔吐《おうと》する。酒はそれほど強くないのに、いつもより早いペースで飲んだせいもあるのかもしれない。吐けるだけ吐いてしまうと少し気分がよくなり、便座の蓋を閉じてその上に座った。スマートフォンを取り出してツイッターを見る。

「佐野ともはる」のフォロワーも、「セックスはふたりでするものだよねw」への「いいね」とリツイート数も、順調に増えていた。「その通り!」「だよねーw」というリプもついている。

ずっとここにいたい、と真人は思った。

その思いの切実さに自分でたじろぐ。もちろん、戻らなければならないことはわかっている。だが、あと少しだけここにいよう。あと少し——「佐野ともはる」のあたらしいツイート、さらなる「いいね」を集められフォロワーを増やせるようなコメントを思いつくまで。

加納笑子

使命感のようなものに捉えられて、笑子《えみこ》は憤然と歩いていた。怒っていないと臆してしまいそうだからでもあった。カルチャーセンターがあるビルの一階ホールで、じりじりしながらエレベーターを待っていると、もう一基の前で先に待っていた男が、こちらをチラチラ見ていることに気がついた。

「月島光一さんの講座に通っている方ですか」

笑子が目をそらすのと同時に男はするすると近づいてきて、そう言った。地味なスーツ姿の痩せた男だった。はい。笑子は憤然としたままに頷いてしまった。

「彼がセクハラで告発されている件はご存知《ぞんじ》ですか。少しお話を聞かせていただければ……」

ぐいと、笑子は腕を引かれた。男ではなく、同じ講座を受講している高岩という四十歳くらいの男性だった。いつの間にか背後に来ていたらしい。行きましょう。小声で囁《ささや》かれ、階段のほうへ導かれた。

「あいつ、記者ですよ。さっき上野さんから携帯に電話もらったんです、エレベーターのところで記者が張ってるから、つかまらないようにって」

階段を上りながら高岩さんは言った。講義中も居酒屋でも、とぼけた発言で場を和ませる彼が、今日は険しい表情をしている。二階からエレベーターに乗り込んだ。記者はまだ下で、次の受講生が来るのを「張って」いるのだろうか。

「知ってますよね、月島先生の記事のこと」

記者と同じことを高岩さんは聞いた。

「ええ」

さっき名前が出た上野という女性から電話があって、笑子は知った。そのあとコンビニで当該雑誌を立ち読み――夫の目があるので持って帰れないから――もしていた。

「今日、月島先生来るのかな」

　高岩さんは呟いた。

「えっ……」

　先生が来ないなんて、そんなことがあるのだろうか。それほどの大ごとになってしまっているのか。

　しかし月島はあらわれた——いつもよりも遅く、開始時間ぎりぎりに。先々週も、今思えばあきらかに精彩を欠いていたのだが、今日はいちだんと憔悴《しょうすい》しているのがわかった。荒い織りの厚地のシャツは洒落《しゃれ》ているがサイズが大きすぎるように見え、先生は痩せたのかもしれないと笑子は思った。

「講義をはじめる前に、ちょっと話します」

　月島は教壇に両手を置き、その手で体を支えるようにして喋りはじめた。

「知ってる人も多いと思うけど……今、僕は、セクハラで告発されています。告発者は以前、この講座に通っていた女性です。名前はあえて言いません。もう、ずいぶん前に受講をやめているので、たぶん彼女を知っている人はここには少ないでしょう。

　訴訟とか、そういうことになるかもしれないから、あまり多くは話せないんだけど……彼女は僕から、望まないセックスを強要されたと言っている。僕が、講師という立場を利用して、まあ彼女の言いかたでは、カリスマ講師である僕が、その影響力みたいなものをふるって、彼女を従わせたと。週刊誌に出た記事を読むかぎり、そういうことになっている。彼女と直接に話すことがまだ叶わないのでね、彼女が本当にそう言っているのかどうかという問題はあるんだけれども。

はっきりさせておくと、僕は彼女と、セックスはしました。ある一定期間、そういう、男女の関係だった。これは事実です。隠そうともごまかそうとも思いません……もちろん、おおっぴらに宣伝するようなことでもないから、当時は黙っていましたが。知っての通り、僕は既婚者で、娘もいます。だからまあ、彼女との関係は、いわゆる不倫だね。そのことで嫌悪感を持つ人もいるでしょう。それはしかたがない。

ただ、誤解を恐れずに言いますが、この種の欲望は、それこそしかたがない、という考えが僕の中にはある。欲望と言っても性欲だけのことじゃないよ。人を愛するという欲、それから、小説にかんする欲、つまりいい小説を書いてほしいという欲が僕の中にはあって、まあ相手が女性の場合は、ここに性欲も加わる、それは否定しません、ええとつまり……それらの欲が、自分の中でそれぞれどのくらいの割合でどんなふうに混じり合っているのか、僕にはわからない。だからこそ、しかたがない、と思う。このことは僕の生きかたというか、生きるということに対しての考えかたなんですよ。これは僕にかんしては否定されたくない……批判はもちろん自由ですが、議論する用意があります。

僕が間違っていたのは、彼女はそのことをわかっているはずだと、思い込んでしまったことです。いい小説を書く人でした……いや、いい小説を書けるはずの人だった、と言うべきかな。そのことは僕を夢中にさせました。彼女の小説にも、彼女にも。たぶん、僕の言葉は足りなかったし、彼女の言葉を聞くことも足りなかった。わかっている、わかり合えている、と思い込んでいたからです。その点について、僕は彼女に謝罪したい。心から謝罪するつもりです、彼女が納得するまで。

……それで、皆さんにも、この場で謝ります。通っているカルチャーセンターの講師がセクハラで告発されたと知れば、誰しも不安になるだろうし、不快にもなるでしょう。すみませんでした、謝罪します。こんな講師の講義なんか受けてられるか、と思ったかたは、やめてくださって結構です。受講料のこととか、僕が事務局に掛け合いますよ。僕のポケットマネーで返したっていい。でも、これだけは言わせてほしいんだけど、ここでの、僕とみんなの関係性は、たんなる講師と受講生、というのではなかったと思っています。非常にすばらしい関係性だと自負しています。書ける人がたくさんいる。みんな書ける。みんなにいい小説を書いてほしい。小説を書くって、すばらしいことだからね。

……なんか脱線しましたね。すみません。そんなところです。これで、講義と関係ない話は終わりです」

多くは話せない、と言いながら月島は長々と喋った。にもかかわらず、よくわからない、というのが笑子の印象だった。これは私が、小説のことをまだあまりよく理解していないせいだろうか。喋り終えた月島は手元の原稿の束に目を落とし、何かを探すふうにめくりはじめたが、そのじつ受講生のほうを気にしていることが痛々しく伝わってきて、先生のそんな姿は見たくない、と笑子は思った。パチパチと拍手が起きた。最前列に座っている上野さんが立ち上がっている。ひとり、ふたりと立ち上がる人が増え、拍手が大きくなった。笑子も慌てて立ち上がり、拍手した。

その日、講座の後で繰り出す居酒屋に、月島は来なかった。

「ちょっと考える時間がほしくてね、悪い、みんなで俺の悪口で盛り上がってください」と笑ってみせて、駅へ向かって歩いていった。笑子はがっかりしたが、結果的にはそのほうがよかったのかもしれないと思った——受講生同士で好きなだけ情報交換することができたから。

告発者が動物看護師であるということも、この場ではじめて知った。週刊誌に出ていたのは「A子さん」の年齢だけで、職業はあかされていなかったからだ。上野さんが「ネットの掲示板みたいなとこ」でその情報を得たのだそうだ。

「私、その人、知ってるわ」

笑子が思わず呟くと、みんなの注目が集まった。居酒屋まで来た受講生は九人で、いつもより少し少ない。こういうときに来る人と来ない人、というのもわかったわけだ。人数が少ないから今日は小上がりのテーブルを囲んでいる。焼き鳥、キムチがのった冷《ひや》奴《やっこ》、フライドポテト。並ぶ料理はいつも通りで、相談することもなく、誰かが注文する。

「七年前というと私も通っていた頃だから、誰だろうとは考えていたんです。動物看護師といったら、九重さんだわ。九重咲歩さん」

「美人だった？」

とすかさず聞いたのは、渡会《わたらい》さんという五十がらみの男性だった。にゅっと手を伸ばして焼き鳥の串を取り、大きな歯を見せて齧《かじ》りとる。

「美人というか、可愛《かわい》らしい感じの人でしたね。目が大きくて、色が白くて……」

笑子は答えた。美人だったらどうだというのだろう、と思いながら、ぼんやりしていた九重咲歩のプロフィールが、次第にはっきりしてくる——自分が喋った言葉によって補完されるようではあったけれど。

「どうだったんですか、セクハラみたいな感じ、なんかありましたか？」

早々に顔を赤くしている高岩さんが聞いた。笑子は一生懸命言葉を探した。みんなが待っているから緊張する。ほとんど減っていないジョッキの生ビールを、ひと口飲んだ。

「……月島先生が彼女に目をかけていたのはたしかだと思います。でもそれは、さっき先生がおっしゃっていた通りです。セクハラだなんて、考えたこともなかった。ここに来たときも、彼女はいつも先生の隣に座って、嬉しそうにしてたし」

何か言葉が滑っていく感じがあって、どう修正すればいいのだろうと考えていると、「ほらね、やっぱりね」と上野さんが言った。上野さんはそんなに小説が上手ではない――というのはつまり、彼女の小説が講義で取り上げられたことは一度もないので、笑子はそのように判断している――けれど、本人の話が面白いので、居酒屋では月島先生から「美江子、美江子」と名前で呼ばれて、かわいがられている人だ。そういえばこの人も「不倫」をしているのだったと、笑子はちらりと思った。その話を先生は面白がって、いつでも「その後どうなった？」と水を向けるのだ。

「ようするに月島先生と付き合ってて、うまくいかなくなったとか、先生が奥さんと別れてくれないとか、そういう理由で逆恨みしてるんでしょう？」

上野さんは笑子に聞いているようだったので、「そうねえ」と笑子は頷いた。そうだ、私には話すべきことがある、と思い出す。

「私、一度、九重さんとふたりだけでお酒を飲んだことがあるの。カルチャーとはべつの日に、明大前《めいだいまえ》の駅で偶然会って、向こうから誘ってきたんです。なんだか妙な感じだった……個人的に仲が良かったわけでもないのに、無理やり話を聞かされたっていうか。それが月島先生についての話だった……先生から電話がかかってくるとか、どうとか。小説の話をするんでしょうって私が言ったら、そうだと彼女は答えたけど。もしかしたら、あの頃から先生と付き合ってたのかもしれない」

「自慢でしょ？　それ。誰かに聞いてほしかったんじゃない？　自分が先生と付き合ってるって」

上野さんがまた声を上げ、「そうだったのかも」と笑子は受けた。あのとき、違和感を覚えたのはたしかなことだった。話し足りなかった、というか聞き足りなかったのではないか、とあとから思ったことも覚えている。でもあの頃は母がまだ生きていて、やることと考えることが多すぎて、そのうち忘れてしまったのだった。

「あのとき、聞いてあげればよかったのかな」

笑子が呟くと、「何を？　ノロケを？」と渡会さんが、上野さんに張り合うように口を挟んだ。何人かが笑った。

「セクハラされてる、みたいな話は出なかったんですか」

笑い声の間を縫うように高岩さんが聞き、笑子が答える前に、「出なかったわよねえ？」と上野さんが言った。

「そういう感じではなかったわ」

笑子は答えた。そう、あの違和感はそういうものではなかった。だってもしそうだったら、いくらなんでも私はもっとちゃんと話を聞いたはずだもの。

「第二の小荒間洋子ねって私が言ったら、得意そうに笑ってたし」

思い出したことを付け加えた。九重咲歩が「得意そうに笑っていた」かどうかは覚束《おぼつか》なかったが、頭の中にはその笑顔が鮮明に再現されていた。みんなが取ったあとの、ほとんど形をとどめていない冷奴を、自分の皿に取った。

「第二の小荒間洋子っていえば、あの人——柏原あゆみさん、来なくなりましたよね」

それまであまり喋らなかった、真鍋《まなべ》さんという三十半ばくらいの女性が言った。

「そうそう、あの人も先生のお気に入りだったよね」

高岩さんが言うと、「やめたみたいよ、カルチャーを」と上野さんが言った。

「先生が目をかける人全部が、先生の情熱に応えられるとはかぎらないのよね」

「情熱」というのは月島がよく使う言葉だった。それは情熱の問題だよね。結局、情熱があるかないかなんだよ。小説に対する情熱にかんしては、僕は絶対の自信がありますよ。彼の声が、こぼれた汁やグラスの水滴で乱れたテーブルの上をたゆたっていくように笑子は感じた。

朝八時、永福町《えいふくちょう》の一軒家のダイニングで、笑子は朝食のテーブルを調える。

母を施設に預けるようになって以来、起床時間は一時間遅くなった。あの頃は先にひとりですませていた朝食を、今は夫と一緒に摂《と》る。干物や漬物の皿を並べ、炊き上がりを知らせる炊飯器の電子音が鳴ると間もなく、夫の一郎《いちろう》があらわれる。

「昨日は十一時だったよ」

と彼が言うのは、昨夜は彼も、元教師仲間たちとの会食に出かけていたからだ。笑子と一郎は同じ中学の同僚教師として知り合い結婚し、笑子は結婚後にべつの公立校に移ったが、一郎はそのままその学校で校長まで勤め上げ、定年退職して十二年になる。

「私は七時過ぎだったわ」

居酒屋ではあまり食べなかったから、帰ってから素麺《そうめん》を茹《ゆ》でて温かい汁《つゆ》で食べた。いつもなら一郎のために――先に何か食べていて、と言ってもなんだかんだ理由をつけて笑子の帰りを待っているので――それなりの夕食の献立を拵《こしら》えなければならず、彼が出かけてくれているのはありがたかった。

「あんたが通ってるカルチャーセンターの講師は、月島ナントカじゃなかったか?」

味噌汁《みそしる》をよそっている背中に、夫の声がかかった。

「ええ、そうよ。月島先生」

ご飯と味噌汁をテーブルに運びながら、平静を装って笑子は答えた。妻のカルチャーセンター通いに一郎は無関心を通していて、だから講師の名前など覚えていないだろうと思っていたのだが、やはり楽観だったらしい。

「やっぱりそうなのか。昨日、彼の話が出たんだ。セクハラのこと、知ってるのか?」

「ええ」

笑子が食べはじめると、仕方なさそうに一郎も食べはじめた。

「大丈夫なのか。どうなってるんだ。昨日もそいつが来てたのか？」

「いらしてたわ。だって講義があるんだもの」

「講義って……何もなかったような顔して続けるっていうのか」

「ちゃんと説明してくださったわ、講義の前に。誤解なの。週刊誌の記事は一方的なのよ。先生がおっしゃってること、よくわかったわ。私たちみんな、先生を応援することにしたのよ」

一郎は少し驚いているようだった。笑子が——少なくとも最近の笑子が——彼に向かってこれほど言い募るのはめずらしいからだろう。笑子のほうは、言葉にしたことで気持ちがはっきりした。実際には、昨日の居酒屋で「先生を応援すること」をあの場の全員の意思としてはっきり確認しあったわけではなかった。有り体に言えば、九重咲歩、それに柏原あゆみについての噂《うわさ》話に終始したというところだが、それでも、あの場の誰もが、月島先生を信じていたことはたしかだろう。

「まあ、七十過ぎたばあさんがセクハラされるという心配はないからな」

鯵《あじ》の干物を箸先でぐちゃぐちゃに分解しながら、一郎は言った。笑子は黙っていた。夫のこの種の物言いには慣れていたが、いつものように苦笑を返す気にならなかった。一郎はやや臆した様子になってしばらく黙々と食べた。それから「あ」と何かを思い出したように立ち上がり、ダイニングから廊下へ出ていった。

「納戸を片付けようと思ってさ。昨日、これを見つけたんだけど」

夫が抱えているのはダンボール箱だった。笑子の母親の遺品として、施設から持ち帰って来たものだ。納戸に収めたのはひと箱だけではなかったが、夫が持ち出した箱の中身が、たしかめずとも笑子にはわかった。

「なんなんだ、これ？」

一郎はダンボールを床に下ろして、わざわざ一冊取り出して見せた。それはレディコミと呼ばれる――この言葉を笑子は、母の遺品としてこの箱を自分に手渡したヘルパーから教わったのだが――成人女性向けの、性愛シーン満載の漫画雑誌だった。

「見た通りのものよ。母は毎月、ヘルパーさんに頼んで買ってきてもらってたんですって」

笑子は淡々と答えた。その習慣は、母が施設に入って間もなくはじまったらしい。笑子が訪れたときには決して見せなかった。ベッドの下に積み重ねて隠していたのだ。

「中身、見たのか？　気色が悪い……。色ボケというやつだったのかな」

「それを買ってた頃は、まだボケてなかったわ。足は悪くなっていたけど。老眼鏡をかけて、熱心に読んでたそうよ」

「なんでこんなものを取っておくんだ。捨ててしまえよ。家の中にこれがあると思うと、ぞっとする」「母の形見なのよ」

それに……と続けることはやめた。夫は、母を貶《おとし》め、私を攻撃したいだけなのだ。私が月島先生の講座をやめそうもないので、その意趣返しだろう。

この人には本当にうんざりする、と笑子は思う。以前からそうだった——母の介護がはじまった頃からそう思うようになり、これは自分が忙しすぎるせい、夫がなんの助けにもならないせいだと考えていたが、母が亡くなり、時間的にも気分的にも余裕ができた今、なぜかいっそう夫が疎ましくなった。


母親が亡くなったのは一年半ほど前だった。

ダンボール箱に詰め込まれた雑誌をはじめて目の当たりにしたときは、もちろん、笑子もぞっとした。

夫が表明した嫌悪感よりも、ずっとひどい気分だったと思う。良妻賢母を絵に描いたようだった人が、九十歳を幾つも過ぎて、こんないやらしいものを読み耽《ふけ》っているなんて。「とても大事にされていたので、勝手に処分はできませんから」と笑子にダンボール箱を手渡したとき、職員の顔に浮かんでいた苦笑も屈辱的で、すぐにでも処分するつもりだったのだが、紐《ひも》で括《くく》ってごみ収集の日に自宅の門の前に置いておくのもいやで、そのままになっていたのだった。

自分で思っているよりもずっと、笑子の心はそのことに掻《か》き乱されていたようだった。ある日、講義の後の居酒屋で、「加納さん、今日はなんだか元気がないね」と月島から言われた。トイレに立ったとき、月島がちょうど出てきたところだったのだ。笑子はびっくりし、月島の洞察力に驚き、そして「母の遺品の中にいやらしい漫画雑誌の束があったんです」と打ち明けてしまった——絶対に誰にも知られてはならない、とそれまでは決心していたのに。

月島は、苦笑したりしなかった。「ふうん」と言ってしばらく考え、「そのこと、小説に書いてみたら」と言ったのだった。「どうしてお母さんがそんな雑誌を読んでいたのか、書きながら考えてみたら」と。「お母さんがあなたに言いたくて言えなかったことがわかるかもしれないよ」「本当のことがわからなくたっていいんだよ。書くというのは、加納さんにとって本当だと思えることを探すことだよ」「書いている間はずっとお母さんのことを考えてるだろう、それだけだっていいじゃないか」とも。五分にも満たない廊下での短い立ち話だったが、そのときの会話は、四十五年間の結婚生活の中で夫と交わしたどの会話よりもすばらしかった。

そして笑子は書いたのだった。書いては書き直し、散々考えて、ようやく書き上げた六十三枚の小説は、月島から「今月の一作」に選ばれた。合評会のために選ばれるのとはべつで、「今月の一作」はその月の、笑子が受講している日だけではなく月島がカルチャースクール内で持っているほかの日の小説講座の提出作品も合わせた中から、選ばれた一作という意味合いがある。ときどきブランクはあったが十年近く月島の講座を受講してきて、笑子の小説がこれに選ばれたのははじめてだった。母親自身の回想録という体裁で一人称で書いたこと、笑わせようと思っていないのにユーモアが感じられることがすばらしく、戦前から平成までを生きたひとりの女性の人生、それらを理解しようとする著者の懸命な心が伝わってきて、感動した、と月島は絶賛してくれた。その日の講義の後の居酒屋でも、あらためて褒めてくれた。よく書いたね、笑ちゃん。小説中で母が笑子を笑ちゃんと呼ぶことを書いたから、月島は少しおどけて、そう呼んだのだ。以来、月島は笑子を、加納さんではなく笑ちゃんと呼ぶ。名指しされる機会は、そうあるわけではないけれど。

家の中で週刊誌が目につくようになってきた。一郎が買ってくるのだ。これまでは新聞のほかには経済誌しか読まない人だった。彼がいないときに表紙をめくってみたら、目次の「セクハラ」「講師」の文字が目に入った。「どうなってるんだ」と一郎はもう笑子に聞かない。そのかわりにせっせと週刊誌を買ってきて、笑子の目につくところに置いているのだろう。夫はそういう人だ。もちろん記事は読まなかった。こっそり立ち読みした週刊誌と似たようなことが書いてあるのだろう。月島先生の講座のことは、受講生である私たちが誰よりもよく知っているのだから、そうでない人たちがあれこれ憶測で書いているることを、わざわざ読んでいやな気分になりたくない、と笑子は思った。夫の思惑などクソクラエだ。

メールが届いたのは、前回の講義――月島が講義の前に今度のことについて説明した日――から六日後だった。笑子が受講しているのは隔週のコースだから、次の講義は八日後という日だった。メールの差出人はカルチャーセンターの事務局で、件名は「月島光一先生の『小説講座』についての重要なお知らせ」とあった。

「小説講座A、小説講座Bともに、三月十八日の受講日より、月島先生はお休みします。これは月島先生のご意向によるものです。代替講師として春岡正克《はるおかまさかつ》先生（文芸評論家）の講義となります。この交代により受講を取りやめたいとお考えの方は、事務局までご連絡ください。受講料を日割りで払い戻しいたします。引き続き受講される方は、通常の時間にいつもの教室までお越しください（提出済み作品のことなど、詳しくは下記をご覧ください）。受講生の皆様には、ご迷惑をおかけしましたことをお詫《わ》びいたします」

「何、これ」

笑子は呟いた。午前十時過ぎ、朝食の後片付けをし、洗濯物を干し終えて、リビングでひと息ついたところだった。一郎はさっき碁会所に出かけていた。

笑子はダイニングテーブルの椅子に腰掛けて、自分の両手と、その間に置かれたスマートフォンをしばらくじっと見下ろしていた。それから意を決してスマートフォンを手に取り、高岩さんに電話をかけた。上野さんとは話したくなくて、彼女以外だと現在の受講生仲間の中で番号がわかるのは彼だけだったのだ——以前事務的な連絡で彼が電話をくれたことがあったのだった。

「あ、笑子さんですか、どうも」

笑子の名前が登録されていなかったのだろう、不審げに電話に出た高岩さんは、笑子だとわかると、ほっとしたような声になった。そう、私は笑子さんと呼ばれているのよ、と笑子はそこにはいない夫に向かって心の中で言った。月島先生から笑ちゃんと呼ばれるようになったから、受講生の間では笑子さんと呼ばれるようになったのよ。あなたは知らないでしょうけど。あなたは遥《はる》か昔に、私をそう呼ぶことをやめてしまって、今は「あんた」としか呼ばないけれど。

「事務局からのメール見た？」

笑子はそう言ってからはっと気がついて、「ごめんなさい、お仕事中じゃなかった？」と聞いた。高岩さんはたしか、ガス器具の営業マンだったはずだ。

「大丈夫です。今、車を停めて休憩中。僕もあのメールを読んで、誰かに電話しようと思ってたところなんです」

「そう、よかった。それで……どうする？　どうしたらいいのかしら」

「僕はやめるかもしれません」

「ええっ？」

そういう答えが返ってくるとは思っていなかった。聞きたかったのは、月島先生のために何ができるか、ということだ。それとも、抗議行動として、という意味だろうか。ストライキみたいなものだろうか。

「僕が受講したのは月島先生に憧れたからだし、その先生に失望したわけだから、もう続ける意味がなくて」

「失望？　どうして失望するの？」

この人は何を言い出すのだろうと笑子は思う。

「講師をやめるってことは、セクハラを認めたってことでしょう」

ガス器具の特徴でも説明するような口調で高岩さんは言う。

「やめるんじゃなくてしばらく休むんでしょう？　セクハラを認めたからじゃなくて……私たちに迷惑をかけられないと思ったからでしょう？」

「そうなのかな。だったら休む必要もないと思うんだけど。たぶんこのままやめると思う。釈明しきれなくなったんですよ。僕が思うに、まだ記事にはなってないけど、ほかにも告発者が出てきたんじゃないのかな」

「ほかにも？　誰のことを言ってるの？」

「いや、僕は何も知らないですよ、そうじゃないのかなという話。とにかく、なんかうんざりしてきちまって。この前の先生の説明も、どうにも都合がいいっていうか、胡散《うさん》臭《くさ》かったし」

「そんな……」

胡散臭かった？　この人はそんなふうに思っていたのか。あの日、受講生だけで居酒屋で話したときも？　月島先生のことを助けようとしてあの場にいたわけではなかったのか。失望した？　先生に？

「先生を信じる信じないは個人の自由だと思いますけど、できれば客観的に考えたほうがいいですよ、加納さんも」

電話を切りしな、高岩さんはそう言った。意図的なのか無意識なのか、「笑子さん」が「加納さん」になっていた。

使命感とともに、憤然と、笑子は歩く。

「市役所通り」とあるから、この道で間違いないだろう。待ち合わせは市役所ではなく、その向かいにあるカフェで。ちょうど昼休みになるから、そこで話しませんかと、柏原あゆみは言った。

月島先生のために署名を集めようと、笑子は決心していた。いてもたってもいられず、今すぐできることはなんだろうと考えたとき、思いついたのが柏原あゆみのことだった。隣市の市役所勤めであることを知っていた。だからすぐに連絡が取れる、と思ったのだ。市役所に電話をして名前を言うと本人が出てきて、会えることになった。

これまで、柏原さんと個人的に話したことはなかった。でも、笑子が名乗り「月島先生のことでご相談があって」と切り出すと「ああ、はい」と、待っていたかのように応じた。「先生のために署名運動をしようと考えているんです」と笑子は言った。すると柏原さんはしばらく黙っていた。それから、「こちらにいらしていただければ、お話しできますが」と言ったのだった。

笑子は薄手のダウンコートのボタンをはめた。今にも降り出しそうな、肌寒い日だった。どこかで卒業式があったのか、道の向かい側から袴姿《はかますがた》の娘が三人、空の暗さなどどこ吹く風という様子で、きゃあきゃあ笑いながら歩いてくる。

市役所の駐車場が見え、向かいのカフェも見当がついた。ガラスの箱のような外観で、近づくにつれ、こちら側の窓際の席に柏原さんが座っているのが見えた。

彼女はいくつくらいなのだろう。二十八？　三十？　さっきの袴の娘たちよりはずっと上だが、自分のような「七十過ぎたばあさん」にとっては、同じようなものだ。同じように若い。若くて、美しい。

もう受講をやめた人なのに、どうして私は柏原さんに会いにいくのだろう、と笑子は思った。やめた理由を聞くためだ。そしてできれば、また戻ってきてもらうためだ。ほら見てごらん、と笑子は自分に言った。柏原さんはあんなにきれいで、そのうえ、先生から目をかけられるほどの小説の才能があるのに、やめてしまうなんてもったいない。彼女が戻ってきてくれれば、そうして、月島先生はセクハラなんかする人じゃないと証言してくれれば、署名運動もうまくいくだろう。高岩さんだって、講座をやめるのを思いとどまるかもしれない。

さっきの電話での、柏原さんの沈黙が笑子は気になっていた。自分がこれから、彼女と相談するのではなく、彼女を説得するつもりであることにも気がついていた。憤りは強くなっていて、その憤怒は月島先生を告発した九重咲歩へ向かい、そして柏原あゆみにも向かっていた。講座のとき、何度も小説が取り上げられていたふたり。居酒屋で、いつも月島先生の隣に座っていたふたり。あんなにきれいなのに。あんなに先生からかわいがられていたのに。あんなに若いのに。なんでも持っているのに。

そして頭の片隅では、もうひとつのことを考えていた。納戸の中のダンボール箱。母の雑誌。帰ったら、あれを捨ててしまおう。まとめて新聞紙を当てて紐でくるんでしまえばいい。でなければページをむしり取って、生ゴミと一緒に捨てよう。そうだ、そっちのほうがいい。

その作業をしている自分を思い浮かべながら――ページをむしり取り、引き裂き、ぐしゃぐしゃにしたいと自分が望んでいることを認めながら、どうしてそんな気分になるのか笑子は考えなかった。考えないまま、憤怒のままに、柏原あゆみに近づいていった。

柴田俊

しばらく前から奇妙な感じがあって、それは次第にいやな感じになっていった。といっても具体的に何がいやなのかはわからず、咲歩の問題であるのは間違いないが、彼女がいやな感じを発しているというよりは、いやな感じのもうひとりの誰か、あるいは何かが家の中に存在しているふうで、咲歩に問い質《ただ》すのも違うように思っていた。簡単に言うなら、問い質さないほうがいい、と思っていたのかもしれない。

この感じには覚えがある。俊はそうも思ったが、いつのことだったのかわからなかった。そうするうちにある日、母親から電話があり、あっ、と思った。それは譲《ゆずる》の二十七回忌の相談だった。俊とふたつ違いの弟の譲は、五歳でこの世を去っていた。小児がんだったのだ。あのときだ、と俊は思い出した。弟の病気について自分に知らされる少し前。譲が寝ついていることが多くなり、両親が彼を連れて外出するようになり、それから、「譲《ゆー》ちゃんは病気だから、俊ちゃんはやさしくしてあげてね」と言い渡され、やがて譲が死んでしまうまでの日々。ということは、咲歩は病気なのか？　それを隠しているのか？

その夜だった。咲歩が「あのね」と話し出した。

夕食はハンバーグと野菜サラダとコーンスープだった。平日の習慣通り、この日も俊が作った。

ハンバーグとスープは冷凍品だが、そのぶんサラダに手をかけて、生野菜と茹で野菜、缶詰の豆、ハムや茹で玉子などを盛り合わせ、ドレッシングも手作りした。そのほうが咲歩が喜ぶことを知っているからだ。

咲歩の帰りはいつもより早くて、盛りつけや料理をテーブルに運ぶのを手伝ってくれた。一緒に食事をスタートできるのは久しぶりで、小さな缶ビールで乾杯をした。おかしな話だが、そのとき俊は、大丈夫だ、と思ったのだった。気のせいだったんだ、何も起きてはいない、何も起きない、と。だが、咲歩は缶ビールをひと口飲むと、「あのね」と言った。

「話があるんだけど、いいかな」

きっと子供のことだ、と俊は思った。生理が遅れてるんだ。妊娠検査薬を買ったんだ、もしかしたらその結果を報告されるのかもしれない。最後にセックスしたのはいつだったか——三週間ほど前か。俊のほうから求めて拒否されることが三回ほど続き、そのあとは断られるのがこわくてずっと求めていなかった。

「ちょっと前に、半休の日に急患が入った、っていう日があったでしょう? あれは嘘《うそ》だったの、ごめん。あの日、本当は週刊誌の取材を受けてたの、調布《ちょうふ》のホテルで」

「取材?」

俊はとりあえずそれだけ聞き返した。妻が何を言いたいのかさっぱりわからなかった。

「前に、いやなことをされてたの。断れなくて……。そのことが忘れられなくて、どうしようもなくなって……。週刊誌に電話をかけたの。相手は有名な人なの」

妻はまるで子供に戻ったみたいだと俊は感じた。俯《うつむ》いて、訥々《とつとつ》と喋る。叱られている子供が言い訳をしているみたいだ。そしてあいかわらず何を言っているのかよくわからない。

「いやなことって?」

「ホテルに呼び出されて……部屋で……」

「え? 何それ? 無理やり……ってこと?」

「暴力とかはなかったけど……でもいやだったの」

「レイプされたってこと?」

咲歩はしばらくじっと俯いていたが、やがて頷いた。目の前の景色がぐらりと揺れるような気が俊はした。

「……いつの話？」

「クラス会で俊と会う一年くらい前」

「え？　そんな前？　っていうかじゃあ、なんで」

なんで今まで黙ってたんだよ、と言おうとして、俊はテーブルの上の水滴を見つけた。

咲歩が俯いている下だ。妻は泣いているのだ。

それから俊は、自分がまったく容赦なく質問を繰り出していたことにも気がついた。

だが、ほかにどうすることができるだろう？　こんな事実を知らされたあとで。

翌日、会社に着いてデスクのパソコンを開くと、未開封のメールがごっそり溜まっていた。

一瞬ぎょっとしたが、通勤電車の中でスマートフォンを使ってある程度の処理をしなかったせいだった。いつもすることが頭からすっぽ抜けていた。そのかわりに考えていたのは、もちろん咲歩のことだった。

今朝はいつも通りに、咲歩が用意した朝食をふたりで食べた。昨夜の話はしなかった。俺が何か言うべきなのだろうと俊は思ったが、同時に、咲歩はそれを話題にすることを拒んでいるようにも感じられた。いずれにしても何を言えばいいのかわからなかった。天気やお互いの今日の帰宅時間についてなどをポツポツ話しただけだった。まるでケンカのあとみたいな朝だったと俊は思い返した。そして理不尽なことに、そのケンカで悪かったのは俊のほうで、修復する言葉を探さなければならないような気分になっている。

十時から会議だ。急いでメールを片付けなければと思いながら、カーソルはメールソフトを離れて、グーグルの検索窓を開いていた。「月島光一」と打ち込む。昨日、咲歩から聞き出した名前だ。「カルチャーセンターの小説講座のカリスマ講師」と言われればそういう男の話をどこかで見聞きしたような気もするが、それだけだった。具体的には何ひとつ知らない。こんなことがなければ興味を持つこともなかっただろう。ヒットしたサイトには画像も動画もあった。性格俳優のような、押し出しの強そうな男だった。見栄えがする。こういう顔立ちに生まれたかった、と思うような顔だった。

咲歩との一件はまだ記事になっていないから、もちろんどこにも出てこない。同じような告発も、噂や中傷の類も見当たらない。この男の講義を受けてプロ作家になったり、大きな賞を取ったりした者が複数いるらしく、たいていのサイトではそのことが取り上げられている。賞賛ばかりだ。月島の講座を受講している者たちによる、個人のブログもいくつかある。ホワイトボードを指差しながら何か喋っている月島の写真。居酒屋の座敷らしき場所で数人が笑っている写真などもあり、咲歩も写っているんじゃないかとドキドキしたが、彼女が講座に通っていたのは七、八年前のことだから、さすがに見当たらなかった。それでも妻の名前を探してしまう。妻の名前を手掛かりにすれば、月島がやったこともどこかに書いてあるのではないか。だが、柴田咲歩、旧姓の九重咲歩であらためて検索をかけても、一件もヒットしなかった。ネット上に咲歩があらわれるのは、彼女が勤務している動物病院のサイトの「スタッフ紹介」のページだけだ。ブックマークしてあるそのページに、俊は飛んでみる。水色のユニフォームを身につけた咲歩が、ほかの看護師三人と一緒に笑っている。今よりもずいぶん若い。これはいつ撮った写真だろう。月島光一とセックスしたのは、これより前なのか後なのか。

自分が何を探しているのかわからなくなり、俊はもう一度、月島の動画に戻った。再生したのは、テレビで彼を特集したときの予告らしきものだった。やはりホワイトボードの前にいて、大きなよく通る声でがなっていた。「小説に書いて悪いことなんかひとつもないよ。ただし小説に書いてもつまらんことはあるよね」「不倫の恋、いいじゃないですか。これは不倫だからやめとこうと思うほうが不純だと思うね。純愛って何なのかということだよね」

俊は動画を閉じて、メールソフトに戻った。もうたくさんだという気分になったからだが、その気分は嫌悪感というよりある種の敗北感に近かった。月島光一のような人間にも、彼が発するような言葉にも、これまでずっと無縁だった。そういう世界があることは知っていたが、自分とは無関係だと思っていたし、無関係でかまわなかった。だが、咲歩はずっと前からあの男を知っていた。動画に映っていた受講生たちのように真剣な目で頷いたりしていたのかもしれない。そしてあの男にレイプされた。

だが、レイプというのは俺が言った言葉だ、と俊は思う。レイプされたってことかと聞いたら咲歩は頷いたが、実際のところレイプだったのか。自分の足でホテルまで行きホテルの部屋までついていったわけだから、レイプというのは違うんじゃないか。週刊誌の記事にはセクハラという言葉が使われるらしい。セクハラ。そういうことになるのか。いやだって言えなかったの、と咲歩は言った。いい小説を書くためにはそういうこともしなくちゃいけないような気持ちになったの、断るほうがおかしいみたいな……これは今まで自分が知ってたそういうこととは違うんだって思ったの、でも無理やりだった、麻痺《まひ》させられていたのよ。

麻痺させたのは月島光一。逃げようと思えばいつでも逃げられたのに、セックスすることになったのは、相手が月島光一だったから。つまり咲歩は、彼に心酔していたということではないのか。「不倫の恋、いいじゃないですか」と言うように、「俺とセックスしたって、いいじゃないですか」と彼は言ったか、態度で示し、咲歩はそれに抗《あらが》えなかった。それがセクハラということになるのか。

高校を卒業してから九年目にはじめてのクラス会が開かれたとき、九重咲歩は来るだろうか、来ればいいな、と俊は思っていた。

咲歩とは高校三年の一年間、同じクラスだった。俊は咲歩のことが好きだった。咲歩は可愛かったから、男子の中で人気があったが、そういうのとはべつに、自分だけが本当の意味で咲歩を好きなのだ、と当時の俊は思っていた。

そういえば——と俊は思い出す。現代国語で作文や詩が課題になると、咲歩の作品はときどき教師に選ばれて、みんなの前で朗読された。本来ならそういうときには書いた本人が朗読するのだが、咲歩はいつでも頑《かたく》なに拒否して、教師が読み上げることになったのだった。その間、俯いている咲歩の横顔を俊はいつも盗み見ていた。あのときの彼女の表情、伏せた目や長い睫毛《まつげ》や、少し尖《とが》らせた唇を思い返すと、彼女と結婚してからでさえ、初々しい甘い気分がその度よみがえってきたほどだが、あれは、彼女はその頃から教師に選ばれるような文章を書いていた、という記憶でもあったのだ。

クラス会はゴールデンウィークの半ばに、渋谷《しぶや》の居酒屋で開催された。俊が到着したとき、出席者は座敷にポツポツと揃《そろ》っているところだったが、咲歩はもう来ていて、その隣がなぜかぽっかり空いていた。後から知ったのだがそこに座っていた男が誰かに呼ばれて、そちらへ行ったタイミングだったのだ。それで俊はためらうことなく——というか、ためらう余裕もなく、その席に収まった。このクラス会をきっかけにして作られたラインの同級生グループで、後に咲歩との結婚を報告したとき、この席順の顛末《てんまつ》のことを盛んに揶揄《やゆ》されたものだった。

咲歩と付き合うことになって、俊は大学時代からだらだらと関係が続いていた女性と別れた。咲歩は専門学校生のときにできた恋人と数年前に別れて、そのあとはずっと恋人はいなかったと言っていた。ふたりの交際は信じられないくらい順調に進んだ。高校のときの恋情がママゴトのように思えるほど、俊は二十七歳の咲歩に惹《ひ》かれていったが、一方で咲歩が自分を求める強さには正直戸惑うほどだった。といってもそれは、精神的な部分にかぎられていたけれど。キスをした後、次の段階に進むまでにかなり時間がかかった。そういうことがあまり好きじゃないの、というのが咲歩の説明だった。以前の恋人の影響だろうかと俊は思ったが、何も聞かなかった。それを咲歩へのやさしさだと思っていたが、今考えれば、聞きたくなかったのかもしれない。

今考えれば。

そうだ、あんなことを知らされた今、考えてみれば、咲歩とのあれこれはべつの色合いを持ちはじめる。セックスをこわがったのは、以前の恋人ではなく月島光一のせいだろう。それともこの場合、月島のことを「以前の恋人」と考えるべきなのか？　びっくりするほどの勢いで俺に心を傾けてくれたのは、月島との記憶を振り切るためだったのかもしれない。咲歩は俺に恋をしていたのではなく月島から逃げていたのかもしれない。どうしても考えずにはいられないのは、クラス会で俺と再会したとき、咲歩はすでに月島と関わりを持ったあとだったということだ。俺と咲歩のはじまりには、もう月島がいたのだ。もしも彼がいなかったら、俺たちはそもそもはじまらなかったのかもしれない。咲歩とのセックスがうまくいくようになって、すぐにもできるだろうと思っていた子供はまだできない。そのことにも月島が影響しているのだろうか？　それとも、咲歩と付き合ってすぐセックスすることにならなくてよかった、すぐに子供ができなくてよかった、と考えるべきなのか。なぜなら、月島の子供である可能性もあったから。馬鹿な。俺はなんてことを考えているんだ。

「大丈夫？」

と俊は聞く。

「何が？」

と、俯いたまま咲歩は答える。その横顔はもう俊に、高校のときの現代国語の時間を思い出させない。

「大丈夫ならいいんだ」

俊は口の中で呟く。あいかわらず、それ以上の話はしないし、できない。咲歩がそれを望んでいるのかどうかもわからない。そしてあいかわらず、家の中にはふたり以外の誰かか何かがいるような感じがある。その感じが通常になりすぎて、俊は自分が七歳に戻ったような気分になる。弟が死に至る病に罹《かか》ったあの頃に。

通勤電車の吊り広告を見たのは、咲歩から月島とのことを打ち明けられてから十日あまり後だった。「カリスマ講師　月島光一を教え子がセクハラ告発」という大見出しの下に、「芥川賞作家が続々輩出　超人気カルチャーセンター講座の〝課外授業〟」「ホテルに呼び出され、何度も……」と続いていた。電車を降りるとすぐに売店でその週刊誌を買った。五百円玉を渡す指先がふるえた。

ほとんど上の空で仕事をしながら昼休みを待ち、会社の者に会わないように、遠くの喫茶店まで足を延ばした。最初はこのまま読まずに捨てたほうがいいんじゃないかとも考えていたのに、読んでしまった後は、繰り返し何度も最初から読んだ。咲歩から俊が聞いていないことがいろいろ書かれていた。むしろ、彼女が自分に話したのは、出来事のほんの一部であるように思えた。最も衝撃を受けたのは、咲歩が月島とホテルに行ったのが「三回」だと書かれていたことだった。三回。一度きりのことではなかったのか。

その日の夜、咲歩の帰りは遅かった。俊はなにも作る気がせず、そもそも食欲もなくて、コンビニで買った適当な弁当をテーブルの上に置いて待っていた。週刊誌は通勤鞄《かばん》の中にあり、もう見るのはやめようと思っていたのに、咲歩がなかなか帰ってこないからつい取り出してしまい、そのときドアが開く音がした。

「食べてくれてよかったのに」

そう言うのとほとんど同時に咲歩の表情は強《こわ》ばった。

「買ったの？」

咎める口調で聞くと、答えを待たずに洗面所へ消えた。

「広告を見たからさ」

戻ってきた妻に俊は言った。なんで言い訳しなくちゃいけないんだと、あいかわらず理不尽に思いながら。咲歩は黙って向かいに座り、弁当を包んでいるラップをのろのろとはがした。

「忙しくてさ。献立考える余裕なくて」

弁当のことでも言い訳した。

「うちにあるのに」

「え？」

「その週刊誌、うちにあるのよ。記事を書いた人が送ってくれたから」

「あるってどこに。なんで教えてくれなかったんだよ。隠してたのか」

「私、読んでないのよ。読みたくないの。読まなくていいわよ、そんなの」

弁当箱の蓋に向かって、雨だれが落ちるように咲歩は言った。嘘だ、と俊は思った。

読んでないはずはない。

「俺は読んだよ」

咲歩は黙っていた。そのせいで、妻を傷つけるためにそう言ったような気持ちになった。ただ、事実を伝えただけなのに。

「読まないわけにいかないだろ。咲歩のことなんだからさ。どう書かれているのか心配だし」

「……それで？」

下を向いたまま咲歩は言った。さっきよりもいっそう、詰《なじ》られているように俊は感じた。

「本当なのか、あれ、全部」

咲歩は顔を上げて俊を見た。その夜、はじめてまともに目が合った。何か答えるつもりなのだろう。もしかしたら釈明かもしれない。インタビュアーに誘導されてしまったとか、言ってもいないことが書かれているとか。

だが、咲歩はそのまま立ち上がり、ダイニングを出ていった。蓋も開けられないまま置き捨てられた弁当をぼんやり見下ろしていると、寝室のドアが閉まる音が聞こえた。

通勤時の習慣が変わってしまった。

仕事用のメールチェックをする代わりに、グーグルやツイッターで検索をかけるようになった。

俊も咲歩も、SNSはいっさい使っていない。だが、週刊誌の記事のことは、どこかで誰かが話題にしているだろう。それをたしかめずにはいられなかった。結局、ツイッターを追うことになった。グーグルで検索してもほとんどはツイッターに辿《たど》り着くし、記事に関して、何種類ものハッシュタグができていたからだ。

「#セクハラ」や「#月島光一」のタグがついたツイートには、「被害者A子さん（咲歩のことだ）」の勇気を賞賛したり、月島を糾弾するものが多い。だが、記事への疑問や違和感を表明しているツイートもある。七年も前のことをどうして今頃言い出したのかとか、何者かが月島を陥れるためにA子さんを利用したのではないかとか。そのようなツイートには「#被害者は男」というタグもついており、そちらを辿っていけば、もっとあからさまな被害者への中傷コメントがずらずら出てくる。曰《いわ》く、恋愛のもつれ、作家になれなかった恨み、売名行為……。

縁もゆかりもない、見も知らぬ者たちの悪意にゾッとしながら、ゾッとすればするほどさらに検索しなければならないような気持ちになるのはなぜなのか。スマートフォンを夢中で操作し、はっと我に返って、俊はこっそり周囲を窺《うかが》う。誰かに見られているような気がする。記事中に「A子さん」が柴田咲歩であることを窺わせる記述はまったくないのに、この電車の中の誰も彼もが、いっそ世界中の人間が、A子さんは咲歩で、ここにいる自分が彼女の夫であると知っているかのような。そして吊革に摑《つか》まってスマートフォンの画面をせわしなくいじっている自分を、こっそり嘲笑《あざわら》っているような。

やっぱり似ている。俊は思う。弟が悪くなっていったときと同じだ。弟が早晩死んでしまうことを両親は最後まで俊に隠していた。それでも、状況がどんどん悪くなっていることは七歳の俊にもわかったのだ。あのときの感じ。全世界がそのことを知っていて、俊を憐《あわ》れんでいる感じ。俊だけが透明な箱に閉じ込められて、出ていく方法が見つからぬまま、めずらしい動物のように、いっそ醜悪な見世物としてみんなからジロジロ見られているような感じ。

その透明な箱の感触をずっと感じながら、俊はどうにか仕事をし、この日の昼休みには同僚ふたりとの昼食にも出かけた。飯行かない？　と誘われてとくに理由もなく断れば、へんに思われるだろうからだ。咲歩のことでこれまでの自分が変質したり損なわれたりすることを受け入れたくなくて、これも七歳のときと同じだった。

入ったのは少し遠くにある餃子《ギョウザ》屋だった。久しぶりにあの店の餃子が食いたいと同僚のひとりが言い出して、そうなった。旨《うま》くて評判がいい店だったが、俊もしばらく来ていなかった。カウンターのほかにテーブル席がふたつあり、そのひとつにうまく着席できた。自分ではなく自分の皮みたいなものが喋っている心地で会話している途中で、餃子屋に誘った男が思い出したように「あの子、いなくなったな」と言った。

「ああ、そういえばいないな」

もうひとりの同僚が言った。

「去年だろ、ここで働いてたのは」

「辞めたんだな、きっと」

「ここで働いてたっていうのがそもそもおかしいよ」

「ああ、いい根性してたな。でも辞めたんだな、結局」

「そうなのかな」

何も言わないのはへんだから俊もそう言った。「あの子」というのはかつて同じフロアの隣の課で働いていた女性社員のことだった。同じ課の男からセクハラを受けたと訴え出たが、会社は彼女のほうを切ったという話が流れてきた。その真偽はわからないのだが、実際、去年の春に彼女は会社を辞めて、その後しばらくしてからこの餃子屋で働きはじめたらしい。再就職先（？）にわざわざ会社の近くの餃子屋を選んで、セクハラした男を張っているのだと噂されていた。

カウンターの中にいる彼女を俊は見たことがなかった。今日誘われた同僚にやっぱり以前、見に行ってみないかと声をかけられたのだが、苦笑して断った。彼女に何が起きたにせよ、ほとんど興味はなかったし、そういう女性を見ながら餃子を食べるというのは悪趣味にしか思えなかった。だが、見ておけばよかった、と今になって考えた。

「どんなふうだった？　彼女」

「え？」

ほかの話題に移ろうとするタイミングで聞いてしまったので、同僚は戸惑う表情になった。

「……ああ彼女ね、なんか暗かったな。化粧っ気もなくて、老け込んだ感じだった」

「演出か？　それ」

もうひとりが聞いた。

「セクハラが本当だったって言いたいんなら、そんな演出逆効果だろ。もっとムンムンした感じにしないとさ」

「ムンムン」

ふたりは笑い、俊もそうした。餃子が運ばれてきて、それからしばらく会話は途切れた。

「餃子とかも作ったりしてんの？」

ふいに同僚が俊に向かって言った。

「え、俺？　いや、餃子は焼くだけ。冷凍のを買ってきて……」

何となくどぎまぎしながら俊は答えた。何の話だよともうひとりが聞き、柴田は毎日飯作ってるんだよ、と俊に質問した男が教えた。

「毎日？　帰ってから？　ありえねー」

「いや、うちの彼女のほうが帰りが遅いからさ」

「愛だよな、愛」

「うん、愛だな」

ふたりはそうまとめた。俊は曖昧に笑い返しながら、俺の妻は月島光一と寝てたんだ、と心の中で言った。俺は変わってしまった、と感じた。変質し、損なわれてしまった。

「大丈夫？」

俊はその夜も咲歩にそう聞いた。食欲はあいかわらずわかなかったが、食事は用意した。ほとんど何も考えず手に取った「鍋の素」と具材を入れた土鍋が、ふたりの間でグツグツ煮えていた。

「これ、何？」

と咲歩は返した。鍋のことを言っているらしい。俊は苛立《いらだ》ちながら「カレーなんとか」と答えた。ふーん。咲歩は頷き、俊は妻が質問に答えるのを待ったが、それきり沈黙が訪れた。

「何か言われたりしなかった？」

それで、俊はそう聞いた。

「何かって」

「週刊誌のことで……誰かが気がついたとか、探りを入れられたとか、なかったのか」

「ない。あるわけない。絶対にわからないように書いてくださいって、約束したんだもの」

俊は黙っていた。とりあえず頷くなり、了解の返事をしようと思いながら、体が強ばったようになって反応できなかった。

「でも、咲歩が自分から電話かけたんだろ、週刊誌の人に」

しばらくしてから俊はそう言った。

「そうだけど……だから何？」

「自分から連絡しといて、絶対わからないように書いてくれとか、なんかへんだなって」

「どういう意味？」

「いや……ごめん、へんな意味じゃないんだ。ちょっとそう思っただけで……なんでもない、ごめん」

実際のところ、自分が何を言おうとしたのか俊にはよくわからなかった。土鍋の中の黄色い汁が煮詰まりかけている。咲歩が卓上コンロの火を止めた。

「週刊誌に連絡しなければよかったってこと？」

「そんなことは言ってないよ」

だが、俺はそう言いたかったのだろうか？

「恥ずかしいと思ってるの？　私のこと」

「なんでそういう話になるんだよ」

電話が鳴り出した。ソファの上に置いた咲歩のバッグの中だ。咲歩は席を立って取りに行った。勤務時間外でも動物病院から連絡が入る場合があるから、咲歩はいつでも電話が鳴れば出る。急患か入院中の動物の容体の急変とかで、妻がこれから家を出て行ってくれればいい、と自分が望んでいることに俊は気づいた。

「はい……えっ？　……ああ、どうも……」

だが、かけてきたのは病院関係者ではないようだった。

「その話はしたくないんです。すみません、もうかけてこないでください」

電話を切った咲歩はこちらに戻ってこようとせず、そのままソファに座ってしまった。

「誰？」

と俊は聞いた。

「カルチャーの人」

カルチャーセンターの人ということか。とすれば「その話」と咲歩が言ったのは月島とのことに決まっている。

「何を言われたんだ」

思わず強い声で聞くと、

「何も言われてない」

と咲歩は答えて、部屋を出ていった。


ほとんど減らないまま放り出された土鍋の中身を俊はシンクに空けた。洗いものを終えても咲歩は戻ってこなかった。入浴し、ぼんやりテレビのニュース番組を見て時間を潰してから寝室へ行くと、灯《あか》りは点《つ》いたまま、二台並べたシングルベッドの片方で、咲歩はもう布団にくるまっていた。

俊は灯りを消して自分のベッドに入った。このところずっとそうであるように今夜も寝つくのに苦労しそうだったが、とにかく目をつぶった。咲歩が動く気配がした——布団がめくられ、隣に咲歩が入ってきた。

抱きつかれ、うわっ、と俊は胸の中で声を上げた。そのうえ咲歩の手が伸びてきてペニスを摑んだ。欲望はまったく起きなかった。しばらくして、俊は咲歩の手を摑んでそこから離し、「ごめん」と言った。

ベッドから出て行ってほしいと俊は願ったが、咲歩は動かなかった。俺が出て行くなしかないのか。とにかく灯りを点けたほうがいいのかもしれない。でも今、咲歩とまともに顔を合わせたくない。暗闇はもう一枚の布団みたいにふたりに覆いかぶさっていた。あるいは、映画などでよく見る死体を包むシートを俊は思い浮かべた。

「私が間違ってたの？」

その闇の中で咲歩が言った。

「先に俺に話してほしかった」

と俊は答えた。

「話してたら、どうなったの」

きっと週刊誌に連絡することを止めてただろう。俊はそう思ったが、それは口に出せなかった。

「とにかく俺……何も知らなかったからさ。どう考えたらいいのかよくわからないんだよ。咲歩が小説書いてることだって知らなかったわけでさ」

「もう書いてないよ。俊と会ったときには、書いてなかった」

「その程度のものだったのに、なんで」

言葉が口から滑り出た。その程度のものだったのに、なんで月島の言いなりになったんだよ。それは結局、小説がどうとかじゃなくて、月島にいかれてたってことだったんじゃないのか。続きは胸の中ですらすらと続く。俺はこんなことを考えていたのか、と自分で自分の心の中身に驚いていた。

咲歩がベッドを出て行った。

譲の二十七回忌に俊はひとりで出かけた。

そもそも咲歩に伝えていなかった。ほかに考えることが多すぎて忘れていたんだ、と思ったが、わざと伝えなかったのかもしれなかった。その日曜日、最近はほとんど会話がなくなった咲歩に、法事に出かけることを伝えると、事前にわかっていたかのように、驚く様子もなく頷いた。実家に集まった列席者——両親と祖父母、叔父夫婦と伯母夫婦がひと組ずつ——には、咲歩の欠席は「急患が出たんだ」と説明した。

「早いねえ、もう二十六年か」

僧侶が辞したあと、リビングで仕出し弁当を食べながら、叔母が言った。前回の二十三回忌のときも数字だけ変えて誰かが同じ科白《せりふ》を言ったはずだ。五歳で死んだ子供について、二十年以上が経って語るべきことはそれほどない。

ただ、家の中の印象は二十数年前とほとんど変わっていなかった。ソファが買い換えられたりテレビが大型になったりはしていても、空気も匂いも、弟が弱っていったあの頃と同じに感じられた。

「生きてればいくつになるのかね」

「三十二？　三十一？」

「三十一だね」

「俊とふたつ違いだからね」

　会話するためだけのような会話が、ガラスの壁になって迫ってきて、俊は再び、透明な箱の中に閉じ込められている心地になった。

「俊もよかったよね、ちゃんと大人になって、結婚してねえ」

　祖母が俺のことを何か言っている、と俊は思う。

「そう、そう。譲が亡くなったときは、俊までおかしくなっちゃって」

「しばらく口を利かなくてねえ」

「専門家に相談しに行ったりしたんだよ、でも結局は時間が解決したねえ」

「無理もないよ、弟がいなくなったんだから。まだほんの子供だったし。よく立ち直ったよねえ」

　こんな話は今までもしていたか？　なぜ今日はこんな話になるんだ？　だが言われてみれば、そのときのことは思い出せた。譲の死を知らされたとき、ああこれで終わった、へんな感じはなくなる、箱の中から出ていけると、ほっとした自分にしばらくの間、嫌悪を覚えていたのだ。

　テーブルが狭いから一同は弁当箱を膝の上に置いていて、テーブルの上にはお茶と急須と魔法瓶、それに小さな額入りの譲の写真があった。あどけない顔で笑っている譲。その写真ばかり毎年見るせいで、ほかの顔の譲が思い出せなくなっている。どうしていいかわからなくなり俊がそれを手に取ると、

「でも譲よ、いちばんかわいそうなのは。もっと生きたかっただろうに」

と母親が涙声で呟いた。

小荒間洋子

「なんだかね」

と桜川《さくらがわ》みずえは言った。洋子と彼女は電話で話していた。かけてきたのは桜川みずえで、用件は彼女の文庫解説を洋子が書いたことへの礼だったが、その話題が終わった後のことだった。洋子は岩手の家にいた。先週から滞在している。三月なのにひどく寒くて、朝から結構な量の薪《まき》をストーブにくべていた。

「月島さん……おかしなことになっちゃって」

ああ、この人はその話がしたかったのだと洋子は理解した。東京にいるときには誘い合って会食したりする仲ではあるのだが、解説の礼ならこの人の通常であればメールか

手紙だろうと思っていた。わざわざ電話してきたのは、探りを入れるためだったのだ。

「それね、すごい迷惑。取材の電話がじゃんじゃんかかってきて」

洋子はそう答えた。

「そうよね。月島さんといったら誰でもすぐ思いつくのはあなただもの」

自分の電話もその迷惑のひとつであるとは少しも思っていない様子で、桜川みずえは言った。

「で、取材、受けてるの？」

「全部断ってる。電話でコメントするだけで結構ですから、って言われたって、おかしなふうにまとめられたらいやだからチェックしなくちゃいけないし、修正してまた送り返して確認して……今すごく忙しくて、そういうことやってられないの。それに、きらいなのよ、こういう話」

「いやな話よね」

と桜川みずえは同意した。

「告発した人、あなたご存知？」

「いいえ。私がカルチャーをやめてしばらくしてから入った人みたい」

「ああ、そうなのね。どこまで本当なのかしらね。私、月島さんと一緒に選考委員やってるでしょう？　ほら、あのローカルな小さな文学賞の。その選考会が来月なのよ。どんな顔していいかわからなくて」

「月島先生のほうから話題を振ってくるんじゃないかな、いつもの調子で。あの記事に先生の弁明もあったでしょう。その通りだと思うのよ。ようするに男と女の間のことなのよ。ただちょっとアフターケアがまずかったっていうか、付き合う相手を間違えたっていうか……こう言っちゃなんだけど、カルチャーの小説講座って、ちょっと変わった人が来てたりするのよ。まあ、私もそのひとりではあるけど」

桜川みずえは「そうね」と同意して控えめな笑い声を立てた。

「しばらくしたら落ち着くんじゃないかな。それまでちょっとお気の毒だけど。選考会で会ったら慰めてあげて」

「そうね、そうする」

桜川みずえは電話を切った。心配だったのは――というより知りたかったのは、月島のことではなく私のことだったのだろう。有り体に言えば、私もやられたかどうか。その好奇心は一応満足させられたのだろうか。

洋子はうんざりしてきて、発作的に電話線を抜いてしまった。昨日から電話が多すぎるのだ。だが、電話線を抜いているということがひとつの回答になってしまいそうに思えてきて、すぐに線を繋《つな》いだ。すると三分も経たずに、また電話が鳴り出した。

「週刊スパークの及川《おいかわ》と申しますが……月島光一氏のセクハラ疑惑の件でお話をうかが

えないでしょうか」

　やはり取材の申し込みだ。桜川みずえに言った通りに断ろうとして、洋子はふっと、そうだ、この一誌の取材だけ受けようと思いついた。そうすれば、それがほかを断る理由にもなるだろう。

「現状では、私は月島先生を信頼したいと思っています」

　洋子は言った。

「セクハラではない、とお考えということですか」

「断言はできませんけど。告発者の方を存じ上げないし、彼女が話したことを、記事で読んだだけですから。それだけの情報だと、私の中での月島先生への信頼のほうが上回っている、ということです」

「記事が出てから月島さんとはお話しされましたか」

「いいえ」

「それなら、月島さんと対談していただくというのはいかがですか」

「えっ」

　洋子は引き受けた。思ってもいなかったことになってしまった。だがこれがベストかもしれない、と考えた。私が彼と対談すれば、うまくいけば、彼の名誉は回復するだろう。そしてもうこの件は終わりになるだろう。

午後、洋子は車を出した。

道路には薄く雪が積もっている。昨日の夜、少し降っていた。寒波がやってきているらしく、まだこれから降りそうだ。

スマートフォンは持ってきたが、月島の件にかんする電話のほとんどは据え置きのほうに入るから、しばらくでも解放されるのはありがたかった。といっても逃げ出してきたわけではない。駅まで客を迎えに行くことになっている。

「洋子さーん！」

ロータリーに着くと、ふたりが駅舎の外でぴょんぴょん跳ねているのが見えた。義妹の清佳《さやか》、五歳になる姪《めい》の花《はな》。清佳はタイに遊びに行ったときに現地ガイドと親しくなって結婚し、今は自分もガイドになってタイで暮らしている。両親がこちらにいるから一年に一度くらいの頻度で日本に帰ってくるが、そのときには洋子のことも訪ねてくれる。これまではいつも東京で会っていたので、岩手にふたりが来るのははじめてだった。

「寒かったでしょ？　中で待ってればよかったのに……」

「花が雪に触りたがるから」

後部座席にふたりを乗せて、家への道を戻る。

「花、雪はじめて？」

「あのね、ええとね、タブレットで見た」

「タブレットときたか」

「いいところだねえ、ここ」

「お義父《とう》さんとお義母《かあ》さん、元気だった？」

「うん、洋子さんによろしくって。父は洋子さんからもらった半纏《はんてん》着てたよ」

「花ね、花ね、おじいちゃんと自転車の練習したの」

「へえ、乗れるようになった？」

「うん」

「もうちょっとかな」

頭が良くてさっぱりした性格の義妹は付き合いやすい相手で、母娘《おやこ》との会話は楽しかった。その一方で今日はいつにない緊張があって、それは月島の一件を清佳が知っているかどうかが気になっていたせいだった。洋子の小説の師が月島光一という男であることは、たぶん義妹もおぼろに認識している。

でも、今回の件は何も知らないようだった。雑誌などが月島のプロフィールを説明するときにもたいていはセットで洋子の名前が挙がる。清佳が知るとすれば義理の両親からだが、世事に疎い人たちだから、週刊誌の記事もワイドショーも目にしていないのだろう。助かった、と洋子は思う。もうこの話はたくさんだ。

清佳は洋子の家を囲む森や家の佇《たたず》まいに歓声を上げた。中に入って洋子がお茶の支度をしている間にあちこち歩き回って、サイドボードの上の亮二《りょうじ》の写真を見つけたようだった。リビングに紅茶を運んでくると、清佳と花は写真の前にぺたりと座って手を合わせていた。こっちは寒いね、亮ちゃん。でもいいところだね。遺影に向かって話しかける母親の姿ははじめてではないのだろう、花は「ここにもおじちゃんいるの？」などと言っている。

洋子は声には出さないが、死んだ夫の写真に向かってやはりよく語りかける。何か迷うことがあるようなとき、遺影に感じるそのときどきの印象によって「ああ、やっぱりやめといたほうがいいよね」とか「いけるかな？」とか思ったりする。だがこの数日、自分が遺影に近づいていないことに気がついた。

「よかったね、賑《にぎ》やかになって」

それで、洋子は少し離れた場所から写真に向かって投げかけるように、そう言ってみた。だがその言葉は芝居がかって響いた。芥川賞を取った後、洋子の日常をテレビが撮影に来たときにも請われて遺影に話しかけたが、そのときよりもずっとわざとらしかった。

亮二はドーナツを買いに行った。勤めていた郷土資料館の昼休み、洋子が持たせた弁当を食べ終わった後、自転車に乗って出かけたのだ。駅前に小さな、おいしいドーナツ屋があって、ときどき土産にも買ってきたから、洋子もその店のことは知っていた。ドーナツ買ってくるけど、食いたい人いる？　同僚たちにそう言って、亮二は資料館を出ていった。そして帰り道で事故にあった。資料館の百メートル手前の交差点で横断歩道を渡ろうとして、左折してきた大型トラックに巻き込まれたのだ。

十七年前のことになる。洋子は二十六歳、亮二は二十八歳で、結婚して一緒に暮らしはじめてから半年も経っていなかった。ドーナツを買いに行って亮二は死んじゃった。彼の死後しばらくの間、洋子は誰彼に、ヘラヘラ笑いながらそう言っていたらしい。その頃のことは渦を巻く泥のようで、自分がどうしていたかほとんど記憶にないのだが。

子供を堕《お》ろしたのも、その泥の中でのことだった。もちろん自分の意思で病院へ行き、自分の意思でそれを決めた。亮二が死んだのだからそうするしかないだろうと思ったのだ。思ったことは覚えている。だがあとから考えれば、あのときの自分は自分ではなかった。自分がやろうとしていることの意味がわかっていなかったし、あるいは意味など考えていなかった。洋子が妊娠していたことを知っていたのは亮二だけだった。だから洋子は中絶したことを誰にも言わなかった。今でも知っている人は誰もいない。

泥の中から抜け出すことができたのは、小説を書きはじめたからだった。亮二のことを書いたわけではない。自分に似た女を様々な境遇に置き、彼女が様々な出来事に遭遇する様をほとんど想像で書いた。書いていると、その女が小説中で得る人生への理解やある種の力のようなものが、自分の中に流入してくるような感覚があった。

そんな自分の小説が他人にはどう読まれるのか知りたくて、カルチャーセンターへ行った。そこで月島光一に会った。彼とはたくさん小説の話をした――講義中も、それ以外の場所でも。「君の小説には空白があるね」とあるとき月島に言われた。「絶対に近づかないことがあるでしょう。なんとなくそれがわかる。それが魅力にもなっているんだけど……俺としては、その空白が気になっている。それ自体を書かなくてもいいよ、ただその空白に近づいていこうとするようなものも読んでみたいね」と。

月島は洋子が結婚後半年で夫を亡くしたことは知っていたが、もちろん堕胎のことは知らなかった。でも彼が言っている「空白」というのはそのことだと洋子は思った。自分でも、いつもそのことの周囲をぐるぐる回るようにして書いているという自覚があったからだ。小説の師としての月島への信頼は、そのときから絶対的なものになった。そして月島と話せば話すほど、自分と自分が書く小説との関係がわかってきた。文芸誌の新人賞を取ったのも、そのあと職業作家になって芥川賞をもらったのも、自分の力だと洋子は考えている。でも、もしも月島に会っていなかったら、今の自分はなかっただろう。

翌朝、雪は五十センチほど積もっていた。まだ降っている。花は家の外に飛び出していった。昨日は雪遊びをはじめて間もなく暗くなってしまったから、今日こそ存分に遊ぶつもりだろう。

リビングのイージーチェアを庭側に向けて、二重窓ごしに洋子と清佳はその光景を眺めた。雪は昨夜からずっと降り続いている。さっき清佳が雪を固めて、小さな滑り台をこしらえた。ソリは洋子がゴムシートで作ってやったもので、花はそれに乗って飽きず何度も滑っている。

「今度はアーティもここに連れておいでよ」

洋子は言った。アーティというのは清佳のタイ人の夫の愛称だ。昨日の夜、食事中に電話がかかってきて、清佳と花が代わる代わる話していた。あいかわらず幸福な家族なのだとそれだけで伝わってきた。

「うん、来年の冬は連れて来たいな。雪にどんな反応するか見てみたい」

清佳は笑った。

「洋子さんもまたタイに来てよ。恋人連れて。何人でもいいよ」

「いいねえ。まずひとり目を作らなくちゃね」

「いないの？　今」

「今も昔もいないわよ、タイに連れていけるようなちゃんとしたのは」

「理想が高すぎるんじゃない？」

「死んじゃった人は頭の中でどんどん美化されていくからね」

「そうなの？　兄さんよりいい男、いっぱいいると思うけど」

「そんなこと言うと今夜出てくるわよ、彼が」


笑い合ったあと、清佳はコートを羽織って庭に出ていった。雪だるまを作りはじめる母娘を洋子はひとりで眺める。タイに連れていけるかはともかくとして、亮二の死後、「ちゃんとした」恋人はこれまでに数人いた。むしろ夫が死んでからあまり年数が経たない頃に、積極的に恋をしていた。続かなかったのは実のところは死者を美化しすぎたせいというよりは、相性の問題とかタイミングとか、それぞれの理由があった。亮二を愛したように愛せる相手が再びきっとあらわれるだろうとその頃は思っていたが、そのうち、恋をするのが億劫《おっくう》になった――たとえば出会った相手とお互いにそのような予感を感じ合ってから、探り合い、確認しあって、肉体的な接触に至るというプロセスが。きっと小説を書くことに夢中になりすぎたせいだろう。

電話が鳴り出した。半纏――義父に贈ったのとお揃い――のポケットの中のスマートフォンだ。今日はじめての電話だが、据え置きの電話ではないから取材の依頼ではないだろう。だが何か予感があって、洋子は窓から離れ、キッチンのほうで電話を取り出した。未登録の番号からだった。一瞬迷って、応答した。

「月島です」

やっぱりそうだった。月島はこの番号を知っている。そろそろかかってくるのではないかとずっと思っていた。未登録になったのは、スマートフォンの番号を変えたからだと月島は説明した。

「取材の電話がひっきりなしだからさ。飯食う暇もないくらい鳴るから、がまんの限界が来たよ」

「大変ですね」

洋子は言った。実のない、何の役にも立たない言葉だと思ったが、とっさになんと言っていいのかわからなかった。月島と話すのは久しぶりだった。いつ以来だろう――芥川賞を取ったときに、文芸誌の企画で対談したとき以来か。お互いのスマートフォンの番号を登録してあっても、小説講座の受講をやめてからは個人的に会う機会はなく、彼から連絡が入ることもなかった。

「対談、引き受けてくれたんだってね。ありがとう、助かるよ」

洋子が言葉を続けるのを待っていたらしい月島は、しびれを切らしたようにそう言った。

「お役に立てればいいんですけど」

なんだろう、口がうまく動かない、と洋子は感じる。唇に錘《おもり》がぶら下がっているような感じ。それでまた間ができる。月島が息を吸い込む気配があった。

「それで、ちょっと打ち合わせしておいたほうがいいと思ってね」

「はい」

「君と取材旅行に行ったときのこと、どんなふうに話すべきだろうかね」

「話さなくてもいいんじゃないですか」

いよいよ重くなる唇でどうにかそれだけ洋子は言った。取材旅行。月島のほうからあのときのことを言い出すとは思わなかった。

「いや、俺は、あえて話したほうがいいように思うんだよ」

「あえて?」

洋子はなぜか窓の外を見た。清佳と花、それぞれが雪の玉をまるめている。花が、洋子が貸してやった大きすぎるミトンをはめた手で、雪の玉をパンパン叩《たた》いている。

「つまり、俺たちが一時的にそういう関係だったこと、君の口から話したほうがいいんじゃないかと思うんだよ。恋愛だったのか、そうでなかったのかわからないけど、とにかく俺たちはそうしたくてそうなった、そういうことを君の言葉でさ。大人の関係、小説的関係、そういう言葉を使ってもいいと思う。うん、大人の関係よりは小説的関係のほうがいいかな。

俺は、自分の釈明でもそうだけど、今度の君との対談でも、告発した彼女のことを悪く言いたくはないんだ。かわりに、君が話してくれればと思っている。そうしたら彼女の考えも変わるかもしれない。少なくとも彼女の主張に対する一般的なイメージは変わるだろう。どうかな？　まず君が話題を振ってほしいんだ、私たちも何もなかったわけじゃないですよねとか何とか、ちょっと笑いまじりに……。そうしたら俺も、苦笑しながら受ける。まあそれでも、女にだらしない男だってことで非難されるだろうけど、セクハラだレイプだって言われるよりマシだから」

ガラス戸を開けて、ふたりが家の中に入ってきた。雪の勢いが増してきたせいだろう。キャーッという花の声。それに応える、ひゃーっという清佳の声。

「わかりました、やってみます」

と洋子は答えた。

大きな鉄鍋に出汁《だし》を張り、皮をむいた大きなじゃがいもを丸ごと四つ沈めて、薪ストーブの上に置いた。

仕上げにたっぷりのバターを入れて、夕食に出すつもりだ。あと一時間ほどしたら、塊の豚肉をストーブの中でローストする。あとはサラダとチーズ。ほとんど手間はかからないが、清佳と花は喜ぶだろうと洋子は思う。

「忙しそうなのに、すっかり甘えちゃって……」

清佳が言う。雪の降りかたも積もりかたも、もう外で遊ぶどころではなくなってしまって、花は今、持ってきた動物アニメのＤＶＤ——これさえ観《み》せておけばご機嫌だとのこと——をテレビで観ている。

「こっちは気にしないで仕事してね」

「そんなに働かせようとしないでよ」

　洋子は苦笑してみせた。月島の電話のあと、据え置きの電話が何回か鳴り、耳をそばだてたりはしていなくても、洋子がせっせと断っていることは清佳に伝わっているせいだろう。あるいはそれ以外の何かを感じ取っている、ということもあるだろうか。

　結局、洋子は母娘をリビングに置いて二階の書斎に入った。もちろん、執筆途中の原稿があるのだから、しばらく書こうと思った。滞在中、あまりべったりくっついていたら、清佳も私もお互いに疲れてしまうだろう。

　デスクに座りパソコンを起動させ、ディスプレイが明るくなるのを待っていると、自分の声が頭の中に聞こえてきた。〝……正直言って、月島先生は、酔っ払いだし、ちょっと女性が好きすぎるところもあります。でも、これだけは言わせてください。月島先生は、本当に、すばらしい最高の先生です……。〟月島の講座を洋子が受講した最後の日、送別会の体《てい》となった講義後の居酒屋で、洋子は短いスピーチをしたのだった。請われたわけではなく、自分から。

〝そのことはあまり言わないほうがいいよ。〟次は男性編集者の声だった。月島と取材旅行に行ったあと、そのときのことを彼に話したら、そう言われた。洋子が何かひどく下品なことを言ったかのような表情で、話の途中でそう言われたから、ちゃんと話すことができなかった。だが、洋子は言われた通りに、それ以上話さなかったし、ほかの誰にも言わないことにした。そしてそれからしばらく経って、芥川賞を受賞したとき、その編集者から月島との対談を依頼され、引き受けた。〝俺と洋子の関係は、特別だよな。〟月島はそう言った。対談中の発言だ。〝先生、それはちょっと誤解を招く言いかたじゃないですか。〟洋子は言った。笑いながら。会場となったホテルの一室で、ふかふかのソファに座って向かい合い、編集者たち、カメラマンとその助手などのギャラリー――総勢十人余りはいたのではなかったか――に見守られながら。

洋子は記憶を振り払うようにして立ち上がった。じゃがいもの様子を見てこようと思う――まだ煮えていないのはあきらかだったが。階段を降りたところで、突然真っ暗になった。キャ、と清佳の短い悲鳴が聞こえた。停電だ。ママー、と花も声を上げた。母娘は離れたところにいるらしい。大丈夫よ、大丈夫よ。洋子は声をかけながらリビングへ足を進めた。薪ストーブの火が、ほのかな明かりになっている。トイレに入っていたらしい清佳より、洋子のほうが先に花のそばに辿り着いた。子供は洋子にぎゅっとしがみついた。

「雪が木に積もって、重くて木が倒れて、電線が切れちゃうの。それで電気が来なくなるのよ。ロウソクもランタンもあるから平気よ」

子供を安心させるためにそう言ったが、実際には洋子もひどくドキドキしていた――こんなことはよくあることなのに。ロウソクやランタンを取りに行こうと思ったが、花は離れようとせず、洋子のほうも自分のほうが取り縋《すが》るように子供を抱いていた。子供は小さくて温かくて柔らかかった。もしかしたら今ここに一緒にいたかもしれない自分の子供を抱いているように感じ、抱いているのは自分自身であるようにも感じた。いやだったのだ、と思った。

いやだったのだ、月島と同じ部屋に泊まるのは。取材旅行は一泊二日で、場所は鹿児島の指宿《いぶすき》だった。旅行者にはほとんど出会わない六月のはじめで、飛び込みで入った観光ホテルに部屋はいくつも空いていたのに、月島はひと部屋しか取らなかった。いいよな? 俺と洋子なんだから。部屋でも飲みながら話すだろう、一晩中話してるかもしれないんだから、ふた部屋取るのはもったいないよ。月島にそう言われ、洋子は頷いたが、いやだ、と思っていた。同室になる理由をそんなふうに並べ立てる月島のことを、出会ってはじめて、気持ちが悪いと感じていた。

だが、従った。もうひと部屋取ることを主張すれば、変に意識しているかのようで、それこそ気持ち悪いと思われるかもしれない。月島とはそれまで、こと小説に関しては、とことん語り合ってきたというのが洋子の自負だった。遠慮会釈ない言葉の応酬でときに喧嘩《けんか》のようにもなり、傷つけられることもあったが、それは小説の糧にもなった。「ここまで話せるのは洋子ぐらいだなあ」と月島からよく言われた。そんな「俺と洋子」の関係をこわしたくなかった。

　チェックインしたときにはすでにその日の取材は終えていたので、一度部屋に入ってから、近くの繁華街に飲みに出た。居酒屋でも二軒目のスナックでも、月島はいつもと同じにふるまったから、洋子はいったん、安心した。だが部屋に戻ると、彼はいきなり覆いかぶさってきたのだった。ずっとこうしたかったんだよ、俺、洋子に。こうなれて嬉しいよ。月島は酒臭い息でそう言った――まるでそうすることを洋子がとっくに了解していたかのように。

　了解などしていなかった。私はいやだった。月島に触れられることが気持ちが悪くてしかたがなかった。月島の腕から逃れようとしたが強い力で抱きすくめられ、そのままベッドに押し倒された。月島の唇が首筋に吸いつき、彼の手が洋子のセーターをたくし上げブラジャーの中から乳首を摘《つ》まみ出すと、洋子は抵抗をやめた。月島に無理やりそんなことをされているという事実に衝撃を受けていて、抵抗すれば、それが事実よりももっとどうしようもない事実になってしまうように思えた。そのどうしようもない事実は月島を傷つけるだろう――いや、彼よりももっと、私自身を傷つけるだろう。月島を信じてきた私、月島との出会いに感謝してきた私、月島のおかげで小説というものを理解していった私、そうして獲得した方法、私の小説をも。

月島は洋子の体外で精を放った。そして後始末しながら「君と俺の子供じゃ洒落にならないよな」と言った。さっさと服を身につけてベッドを離れると「もう少し飲むだろ?」と言いながら備え付けの冷蔵庫を開けた。洋子も急いで服を着た。月島は洋子に缶ビールを渡すと、「乾杯」と自分の缶を合わせた。あの男は本当に面白かったな。月島はそんなふうに喋り出した。その日の取材のことで、居酒屋で喋っていたことの続きだ。洋子はうまく受け答えできなかった。すると月島が、「なんだ、調子が上がらないみたいだな。疲れたのか」と言った。いいえ。洋子は答えた。そして懸命に、これまで通りにふるまおうと努めた。こんなのはどうってことはない。懸命に、そう考えた。酒場で口喧嘩をしたあと互いに照れ臭そうに笑いあって乾杯するように、これもやりすごせばいいのだ、と。

やりすごせたように思っていた。その後も月島の講座に通ったし、受講をやめてからも、小説家としてプロデビューしてからも何度も会った。体の関係を求められることは以後はなかった。ふたりきりになる機会を洋子が徹底して避けたせいかもしれなかったし、そんな態度に月島が鼻白んだのかもしれなかったが、「調子が上がらないみたいだな」と言われることももうなかった。ふつうに喋れた。冗談すら言った。でも、あれもまた泥だったのだ。洋子は思う。月島と会うときはいつでも、体の中に腐った黒い泥のようなものが詰まっていた。さっきの電話のときもそうだ。大人の関係なんかじゃない。小説的関係なんかであるものか。あの夜、月島のペニスを体の中に押し込まれたときの感触はずっと消えない。だから恋をすることにも消極的になった。いやだったのだ。私はいやだったのだ。

不意に腕に触れられ洋子は思わず小さな悲鳴を上げた。花を引き取ろうとする清佳の手だった。大丈夫？　と清佳が真剣な顔で聞く。洋子は首を振った。そして立ち上がり、亮二の遺影の前へ行った。

「週刊スパーク」から依頼された対談の会場は版元の出版社内の会議室だった。洋子がそこに着いたとき、月島はまだ来ていなかった。

「むさくるしいところですみません……。月島さんが、人目を気にされていまして。今はよりいっそう有名人になってしまわれたので」

電話をかけてきた及川という男が言った。洋子とは初対面の、若い頃の月島もかくやと思わせる野心的な風貌の青年だったが、洋子が笑わないので、やや戸惑った様子になった。

「今日は何を話してもいいんですよね？」

洋子は言った。確認というよりは宣言だった。あるいは、自分自身に確認したのかもしれない。「もちろんです」と戸惑った顔のまま及川は頷いた。細長い部屋に細長いテーブルが置かれ、その中央で向かい合う形に洋子と月島の椅子が用意されている。例によってカメラマンのほかに編集者が五、六人、壁に貼りつくように立って月島の到着を待ち構えている。

「月島さんの弁護はしません。かわりに、彼が私にしたことを話します。彼は途中で退席するかもしれないけど、それでも私は最後まで話そうと思っています」

「え、それは……」

及川が何か言おうとしたとき、「月島光一さん、いらっしゃいました」とドアの外から声がした。洋子はそちらを向いた。ドアが開き、壁際のひとりが駆け寄る。その背中の向こうに月島の顔が見えて、洋子と目が合うと、「よう」と笑顔になった。

体がずしりと黒い泥で重くなるのを感じながら、洋子はもう笑い返さなかった。

月島光一

レンガ色の革のソファは、リビングでどうしようもなく浮いている。

同じ三人掛けでも以前のソファの一・五倍ほどの大きさがある。スチールの脚も、革の質感もその色も、それらに経年が加味した味わいさえ、悪目立ちしている。そのうち慣れるだろうと思っていたが、いつまで経っても慣れない。購入を決めたときと配送されたときとでは、月島を取り巻く状況は一変していた。業者によって部屋に運び込まれたとき、旺盛な臭いを立てながら死にかけている巨大な動物が連れてこられたように感じたが、その気分が今も続いている。

赤ワインを入れたグラスを持って、月島はそこに座る。遅い朝食のときに一杯飲み、食後に自分で注《つ》ぎ足してここへ持ってきた。そういう自分の姿が他人にどう見えるか想像してみる。本来ならこんな姿がテレビで放映されるはずだった。月島を追うドキュメンタリーの撮影中止の通告が来たのは三日前だった。会議をしまして、少し延期したほうがいいという結論になりました。プロデューサーはそう言った。決定したから報告するという体で、詫びの言葉もなかった。むしろ月島のほうこそ詫びるべきだと考えていたのかもしれない。だが月島もまた、詫びなかった。延期の理由を相手がどんなふうに言うのか待っていたが、結局そのことには触れられぬまま電話は終わった。延期というが、実質的には中止だろう。

月島はワインを啜《すす》った。旨いと思わないのに飲んでいる――反抗期の少年みたいに。今日はこれから出かける用事があるが、かまうものか。酒でも飲まなければやっていられない——これしきの量では酔いもしないが。

カルチャーセンターの講師の職もなくなった。小荒間洋子から突然「告発」されたあと、その記事が世間に出る前に、自分から事務局に報告した。九重咲歩の記事が出た後、セクハラ講師を辞めさせろという電話やメールが十数件届いたという話を聞いていたから、事前に対応を考えておいたほうがいいと思ったのだ。迷惑かけるから、辞めろと言われれば辞めます。月島のほうからそう言ったが、社交辞令みたいなもので、慰留されることを疑ってもいなかった。しかし辞意はあっさり受け入れられた——というか、こちらが切れ端しか見せていないところに手を突っ込んでむしり取られた、という塩梅《あんばい》だった。

グラスに三分の一ほど残ったワインを、月島は一気に呷《あお》った。勢いあまってワインの大半が口中に入らずにこぼれ、セーターとソファの上に落ちた。血しぶきが飛んだかのような有様になったベージュのセーターを舌打ちしながら脱ぎ、苛立たしいままに、そのセーターでソファを拭った。そこに妻の夕里が入ってきた。

「何してるの？」

自慰をしているところでも見つけたかのような口調で問い質され、

「なんでもない」

と月島は仏頂面を返した。

「なんでもないってことないでしょう。やだ。セーターで拭いたの？　ワイン？」

夕里はつかつかと近づいてきて、月島の手からセーターを取り上げた。目の前で広げ、セーターとソファと月島とを順番に見た。

「また飲んでたの？」

月島はぎょっとした——夕里は、夫に対してこんなふうな物言いをする女だったか。

「昼間から飲んでるなんて知られたら、また何か言われるでしょう？」

月島の表情に気づいたのか、やや言い訳がましい口調になって夕里は言った。

「どうやって知られるっていうんだ。ここは八階だぞ」

「また何か言われる」という言葉に突き刺されながら、月島はかろうじて笑った。

「だって、隠しカメラとか……」

「いつ誰が仕掛けるんだよ、それを」

今度はもう笑えなかった。夕里は答えず、月島が拭ったせいで逆に広がってしまったソファのシミをじっと見下ろしていた。

月島は妻の横をすり抜けて書斎に入った。

ソファベッドの上に放り出してあったグレイのスウェットを被《かぶ》ったが、出かけることを思い出して苛々と脱ぎ捨て、ストライプのシャツに着替えた。

もう一杯飲みたくなったが、さっきの妻の様子では、キッチンに戻らないほうが賢明だろう。現状について、夕里とは一度だけ話した。最初の告発記事が出たとき、その雑誌を月島のほうから彼女に見せたのだ。隠し通すことはできないだろうし、それなら自分から打ち明けたほうがましだと思ったからだ。表紙を見てさっと表情を変えた妻が、ダイニングテーブルの椅子に腰掛けて記事を読み終わるまで、その向かいで月島は待っていた。

「離婚するか」

顔を上げた夕里に、半笑いで月島は言った。カルチャーセンターに辞意を伝えたときと同様に、言葉だけの言葉として。何、言ってるの。カルチャーセンターの職員とは違って、夕里は即座にそう返したが、その声は少し小さすぎるようにも月島は感じた。

「この人の言ってること、へんだわ」

「うん、まあ、そうなんだ」

月島は言葉を探した。記事中の自分のコメントで「男女の関係だったことは事実」と言明していたから。

「悪かった。でも、ここにも書いてある通り、男と女の関係だったといっても、ふつうに思い浮かべるようなものじゃなかったんだ。浮気したとは思っていない。そういうのとは、べつものなんだ」

「わかってるわ。それに、ずっと昔のことだし」

夕里は下を向いたまま言った。雑誌はもう閉じていた。

「こんなこと、みんなすぐ忘れるわ」

「すまなかった、本当に。でも、わかってくれて嬉しいよ。さすが夕里だな」

夕里はうっすら微笑《ほほえ》んで、席を立った。以来、夫婦の間でこの話が出ることはない。小荒間洋子から告発されたときには月島はもう妻に何も言わなかった。だが、新聞を開けば週刊誌の広告は出ているのだから、妻はすべて知っているのだろうと月島は思う。

仕事机の椅子にどさりと座る。デスクの端には週刊誌が積み重ねてある。すべて「月島光一のセクハラ行為」にまつわる記事が掲載されたものだ。最初の一冊が九重咲歩による告発を大きく取り上げたもので、その後追いをしたものが二誌。そしていちばん上が、小荒間洋子の告発を載せたもの。これも大きな扱いだ。コメントを求められ答えたものは先方が雑誌を送りつけてきたが、そうでない二誌は意地のようになって自分で自分の名前を探して書店の棚を漁《あさ》り、買い求めた。記事を読んだあとも捨てず、目の届くところに置いてある。実際のところ、毎日繰り返し読んでいる。捨てたら負けだという気持ちがある。これらの記事が言いたてていることにはまったく承服できない。だからこそ俺は雑誌を集めているし、捨てないし、読み返すんだと月島は思う。

ネットニュースやSNSも追っている。月島自身はツイッターやフェイスブックといったものはやっていないが、自分の名前で検索をかければ、面白いように出てくる。奇妙なものだと思う。これまで順風満帆だったときには、エゴサーチなるものをほとんどしなかった。賞賛の言葉はことさら漁らなくても向こうから目や耳に飛び込んできたからだ。今回は、自分から探さなければ、何も起きていないと思うこともできる。この件のことを話すためにわざわざ電話をかけてきたりメールを寄こしたりする者はいない。ほかの用事があって連絡してくる者たちは、見事なまでに誰もが、そのことに触れない。知人も友人だと思っていた者たちも、糾弾したり質問したりはしないが、慰めもしない。月島を慰め、擁護するのはむしろネット上の見も知らぬ者たちだ。ツイッターで「#被害者は男」というハッシュタグを追っていけば、女の愚かさを糾弾するコメントとともに、自分も似たような目に遭ったという少なからぬ体験談に行き当たる。「罠《わな》にかかった」彼らの多くはそう言っていて、月島もまた、その思いを強くする。

「月島さん、あれはレイプですよ」

それが小荒間との「対談」記事の大見出しだった。表紙にも大きく躍っている。「芥川賞作家・小荒間洋子が月島光一を対面で糾弾！」という小見出しがついている。

月島は雑誌のページをめくる。トップ記事ではないがそれに準ずる扱いで中程に出てくる。見開きで、右に小荒間洋子、左に月島の顔写真。小荒間は唇を引き結び、月島は憮然《ぶぜん》とした顔をしている。実際には呆然《ぼうぜん》としていたわけだが。あの日撮られた写真だった。撮影はやめろと言う余裕もなかった。擁護してくれるはずだった小荒間が、大見出しそのままの言葉をいきなり放ったのだから。

「月島さん、あれはレイプですよ。今日はそのことをはっきり言おうと思ってここへ来ました」

「えっ、何。何を言ってるの？　何の話？」

「あなたは事前に私に電話をかけてきた。そして、私たちが〝大人の関係〟であると念を押し、対談ではそういうふうに話す約束をしましたよね。約束を破ることになってごめんなさい。でも、もう自分をごまかせなくなったんです。自分のためにも、それにほかの被害者のためにも、今日はありのままを話します」

「ほかの被害者？　被害者だったっていうのか、あなたが。ちょっと待って。ちょっとテープ止めて」

　記事中で「対談」はそんなふうにはじまっている。そのあと「月島氏の強い要望により」録音のためのテープは止められ、その後月島が「憤然と」席を立ち、対談が中止になったと書かれている。月島の振る舞いについての描写に記者の主観が入っているにしても、概ね事実ではある。席を立つ以外にないだろう、私はあんたにレイプされたなどという暴言を放つ女と顔を突き合わせて、冷静に話せるはずもない。

記事の残りはだから、小荒間洋子の「独白」になっている。問題になっているのは二〇〇九年の六月十三日、指宿へ取材旅行したときのことだ。スケジュール帳に記してあるから日にちはたしかだと小荒間洋子は言っている。記してなくても、あのときの日付と場所を忘れることはできないだろうとも。そして「当然のようにホテルの部屋を同室にされ」、その夜「当然のようにセックスを求められた」経緯《いきさつ》が、生々しく語られている。

ホテルのフロントで部屋を取るときや、彼女をベッドに押し倒したときの自分の科白までが再現されており、何度でも読むたびに髪をかきむしりたくなる。だが、違う、と月島は思う。ここに書かれていることは表面的には事実かもしれない。だが内側のことが何も書かれていない、と。

当然のようにそうしたのは、当然だったからだろう。ふたりきりで行く取材旅行であることは事前にわかっていたのだから。それを了解し、というかむしろ嬉々《きき》として計画を立てたのではなかったのか。

いや、同室までは想定していなかったにしてもだ。あの夜、ふたりがそうなるのは自然だった。日中、いい取材ができて、彼女が書くべき小説の鍵となる言葉が聞けて、俺たちは高揚していた。その高揚に導かれて、俺たちはセックスしたのだ。私はいやだった、気持ち悪くて仕方がなかった、と彼女は告発している。たしかに最初は抵抗していた。だが俺は暴力を振るったわけではないし、彼女は間もなく力を抜いた。そうなったら、続けるだろう。男の欲望というのはそういうものだ。欲望。いや、その言葉は適切じゃない。欲望だったとしても、一般的にその言葉から想起されるものとは違う。俺は彼女にいい小説を書いてほしかった。これまでの最高傑作を書いてほしかった。そういう欲だ。俺はいつもその欲に、その欲だけにつき動かされて、そのために会社だって辞めることになったんだ。性欲がまったくなかったとは言えないが、それだけじゃなかった。彼女を抱くことで、確信したかったんだ、彼女がこれから書く小説は、間違いなくいいものになると。注入したかったんだ、俺の力を。力を、愛と言い換えることもできるだろう。それが伝わったからこそ、彼女は抵抗をやめたんじゃなかったのか。

対談の翌日の夜には、メールに添付されて記事のゲラが送られてきた。小荒間洋子が喋った部分に月島が手をつけることは原則的にはできないが、反論や釈明があれば載せるから、その場合は明後日《あさって》までに返事をするようにと書いてきた。九重咲歩の記事が出たときと同じだ。それで今度も同じようなことを月島は書き送った。欲望について。自分のような男と、小説を書く女たちとの間に発生するものの複雑さについて。だが、自分が感じていることを彼女たちも感じていると確信していたのは間違いだったのかもしれない、そうだとしたら謝罪する、と。そのコメントはもちろん記事中に掲載されたが、告発の分量や熱量のようなものからするとまったく頼りなく、そして週刊誌のザラ紙に刻まれた文字で読むと説得力は削《そ》ぎ落とされ、いかにも言い訳めいて感じられるから、月島はその部分だけはもう見る気がしなかった。

午後二時過ぎに家を出た。

同じ階の廊下の角の家のドアに、赤いスプレーで卑猥《ひわい》なマークが落書きされていた。ロビーでは自動ドアの前の敷物の端に、今日も動物の糞《ふん》が落ちていた。いったいどうなっているんだ、と月島は思う。そういうことがすべて自分への攻撃のように感じられる。

調布駅に近いビジネスホテルに着いたのは午後三時少し前だった。今日はここの一室で、この市が主宰する文学賞の選考会があり、月島は選考委員のひとりだった。市のほうから何も言ってこないから、もう自分からおうかがいをたてることはせず、出かけてきた——生活しなくちゃならないし、犯罪を犯したわけじゃないんだからなと自分に言って。小さなエレベーターに乗り込み「閉」ボタンに手を伸ばしかけたとき、駆け込んできた着物姿の女性は、同じく選考委員のひとりである桜川みずえだった。

「やあ、どうも」

「あ……こんにちは」

エレベーターの同乗者が月島であったことにあきらかに動揺している様子の桜川みずえは、短く挨拶を返すと、すぐに足元に目を落とした。心なしか、狭いエレベーターの中で少しでも月島から遠ざかるべく、壁のほうに身を寄せているようにも見える。

「小荒間さんと、最近話をしましたか」

月島は言った。桜川みずえの態度によって、逆にアグレッシブな気分になってきたのだ。桜川みずえは教師に当てられた劣等生のような顔で振り向いた。

「いえ、そんなには……」

桜川みずえと小荒間洋子との間に親交があることは知っている。「そんなには」ってどういう意味だ、それが小説家の言葉か、と月島は腹の中で毒づく。

「小荒間さん、何か言ってませんでしたか、僕のこと」

「いいえ、とくには」

「読みましたか、週刊スパークの対談は」

「あまりちゃんとは、読んでませんけど」

嘘吐《つ》け。月島は再び声に出さず吠える。表情にも出たのかもしれない。桜川みずえが体を硬くするのがわかった。

「どうなっちゃったのかな、彼女は。迷惑してるんですよね、ああいうこと書かれて」

月島はさらに強く出た。「迷惑してる」という言葉を口から出したことで、このエレベーターの小さな箱の中限定かもしれないが、ある種の力を得たような気分になった。

そうですね、と桜川みずえは弱々しく言った。

「当事者同士にしか、わからない部分はありますわよね、ああいうことは」

「その通りですよ。女の人の心理っていうのはまあ、やっかいなものですね。小荒間さんほどの人でも、ああいうふうになってしまうんだね」

エレベーターが止まった。喋りすぎたかと月島は思ったが、先に降りていく桜川みずえが「そうですね」と呟いたのを聞き逃さなかった。

そのことで何か良いスイッチが入ったような気がした。家を出るときは憂鬱な気分が優《まさ》っていたが、選考会に来てよかったと月島は思った。その場にいる者たちの視線や言葉が、自分に向けられたものであってすら自分を迂回《うかい》して床に落ちるような空気は、最初のうちこそあったが、小ぶりな会議室にメンバー——市の事務局の人間が三人、桜川みずえ、もうひとりの選考委員である文芸評論家の猿渡了《さわたりりょう》——が揃って選考がはじまると、少しずつ空気が変わっていくのを感じた。

もとより、三年前にこの文学賞が発足して以来、選考会を牽引してきたのは月島だった。今回も例年通りにそうなった。五編の候補作中、桜川みずえと猿渡了がともに低評価をつけていた一編を、月島だけが推したのだが、最終的にふたりは月島の熱弁に説得されて、その一編が最優秀賞になった。「月島さんはやっぱりすごい読み手ね」と桜川みずえが感心したように言ったが、それは本心に聞こえた。それはそうだ、と月島は思った。いい小説を見抜く目には、俺は絶対の自信がある。偏向せず、フラットな目で光るものを見つけることにかけては、猿渡了はもちろん、小説家である桜川みずえよりも優れているはずだ。それは俺が、誰よりも小説が好きだからだ。俺の行動は、全部そこから発しているんだ。そのことを月島同様に、この場にいる全員が再確認したように思えた。

午後六時、調布駅に近い線路沿いのスペインバルの小さなテーブルで、月島は猿渡了と向かい合っていた。選考会が終わりホテルを出ようとしたとき、猿渡から声をかけられたのだ。これまで人付き合いが得意ではなさそうな印象を通していた猿渡と酒を飲むのはこれがはじめてだった。最近の月島は人目がある場所は避けていたが、猿渡についていってみると小さな薄暗い店だったのでほっとした。それでも店主と近くなるカウンターは避けて、ふたつだけ置かれたテーブルの片方を選んだ。何度か来たことがあるらしい猿渡にタパスの注文を任せ、月島のビールと猿渡のカヴァが運ばれてくると、ふたりはグラスを合わせた。

「今日の選考は、けっこう時間がかかりましたね」

当たり障りのないことを月島が言ってみると、

「いやあ、充実してましたよ」

と猿渡は返した。月島よりはふたつ三つ年嵩《としかさ》の、仕事ぶりも見た目も「中庸」というほかないような男だ。

「いつも勉強になります……というか、気持ちがせいせいしますね、月島さんの明確なご意見を聞いていると」

「いや、どうも……」

べんちゃらを言うために誘ったのだろうか。そうではないだろう。鰯《いわし》の酢漬けと生ハムが運ばれてきて、つまみながらしばらくは「旨い」「いけるでしょう」などと言い交わした。実際、旨かった。ものを食べて旨いと感じるのは久しぶりのことだ。

「災難でしたね、月島さん」

鰯の皿が空になり、白ワインを一本頼んだタイミングで、猿渡は言った。

「迷惑していますよ」

桜川みずえに言ったのと同じことを月島は返した。やはりその話をするためだったのかと思いながら。野次馬的な好奇心からだろうか。それにしても、面と向かって相手のほうからこの話題を振られるのははじめてのことだった。

「小荒間洋子に、僕は失望しましたよ」

猿渡は言った。ああ……と月島は曖昧な声を発して、続きを待った。

「ああいう発想をする人だとは思わなかった。まあ僕は、彼女の書いたものと、インタビューなんかでしか彼女を知らないわけですが。プロモーションとしてのキャラクターを、かなり無理して作っていたのかな。いやまったく……レイプされたという言い草には恐れ入りますね」

「僕の解釈では、同意はあったんですけどね」

言葉を選びながら月島は言った。

「だいたい、男とふたりで旅行に行くことを承諾しといて、部屋はべつにしてほしかったとか言われたってね」

「そうですよね」

「彼女とは、どのくらい付き合ったんですか」

「付き合ったっていうか……男女の関係になったのは、その一度きりです」

「ほらね」

猿渡はほとんどはしゃいだような声を出して、月島のグラスにワインを注ぎ足した。

「小荒間さんはそれが面白くなかったんだ。もっと、継続的に月島さんと恋人関係になれると思っていたんでしょう。それがそうはならなかったから、プライドが傷ついた。ずっと蟠《わだかま》っていたんでしょうね。そこに今度のセクハラ騒ぎがあって、便乗した。そういうことじゃないですか」

「たぶん、そうですね。継続的にって言われても、僕には妻も娘もいるから。だったら最初から手を出すなって言われそうですが……」

油断したらだめだぞ、と自分に言い聞かせながらも、月島の舌は滑らかになっていく。ははは、と猿渡は大きな声で笑った。あまり酒が強いほうではないらしく、もう酔っている。

「男っていうのはそういうもんですよね。やれそうなら、やる。そうやって人類を増やしてきたんだ」

「その通り」

酔ってはいなかったが酔ったつもりになって月島も声を大きくした。

「月島さんはモテるからね。モテ税ですよ。カルチャーセンターの娘《こ》だってそうでしょう。モテる男が思ったように自分のものにならないから、キイキイ言ってるわけでしょう。大人なんだから、失恋したってことを潔く認めて、酒飲むなりなんなりして自力で処理してくれないとね。それをセクハラだなんだって……今は妙な風潮になってますよね」

「そう言ってもらえると……。いや、ありがとう。ずいぶん気持ちが晴れました」

月島は心から言った。たとえば釈明のコメントを書くとき、心にはあったが書こうとは思わなかったことを、猿渡が言ってくれたという感じがした。そして他人の口から――酔いに濁った口調だとしても――こんなふうに明言されると、その考えがまったく正しいように、その考えを書けない「風潮」こそが間違っているように思えてきた。

白ワインは空き、あらためて赤ワインのボトルを注文し、それから猿渡は自分の話をはじめた。彼が講師を務めている短大の女子学生たちの、幼稚さ、非常識さ、狡猾《こうかつ》さについて。猿渡が悔しい思いをしたり呆気《あっけ》にとられる経験をしたことが打ち明けられ、それはようするにあんたが学生たちからなめられているということじゃないのか、と月島は思ったが、辛抱強く聞き役になった。そして赤ワインのボトルが空いた頃には、俺もなめられている、という怒りが心の大部分を占めていた。そうだ、ようするに月島光一はなめられているんだ——九重咲歩にも小荒間洋子にも。彼女たちの「告発」とやらを嬉しそうに載せるマスコミのやつらにも。

翌日は久しぶりに二日酔いし、頭は重かったが動きたいような気分になって、月島は午前中、自転車で散歩に出た。

羽根木《はねぎ》公園を子供のようにぐるぐると何周もし、爽快な気分でマンションに戻った。駐輪場へ入っていくと、そこから出ようとしていた女性が「おはようございます」と声をかけてきた。同じ階に住む同年代の小野《おの》夫人だった。

「おはようございます」

月島は警戒しながら挨拶を返した。小野夫婦は月島の仕事もフルネームも知っている。とすれば、今回の件も当然知っているだろう。

「ご覧になりましたか？　石出《いしで》さんの家のドア」

これから出かけるところだったらしく赤いママチャリを引いた小野夫人は、内緒話をするように声をひそめた。

「ああ……見ましたよ。ひどいですね、あれは」

卑猥な落書きの話だ。そういえば今朝もまだそのままだった。あの手の塗料は、おいそれと消すこともできないのだろうが。

「誰か外のやつが入ってきてやったのかな。ほかにもやられた家があるんですか」

「いいえ……石出さんの家だけですよ。ちゃんと理由があるんです」

「理由って」

「石出さん、猫をときどき外に出してるんですよ。マンションの外には出ないんですけど、建物の中をうろうろしてるみたいで、ロビーで糞やおしっこをして。注意した人がいるんですけど、いっこうに聞き入れてくれなくて」

「ああ、糞は落ちてますね、最近。それで？　誰かが仕返しっていうか、戒めっていうか、そういうつもりで、あのドアにあんなものを書いてるわけですか」

「そうとしか考えられませんでしょう。たまらないですよね、無関係な身としては。一度理事会にかけたほうがいいんじゃないかしら。石出さんも呼んで、ちゃんと話して……」

「そうですね」

「月島さんみたいな方にとりまとめていただけると、ありがたいんですけど」

「ええ……できるかぎり協力しますよ」

心強いわと破顔して、小野夫人は自転車で走り去っていった。狐《きつね》につままれたような気分で、月島は自転車をスタンドに収め、ロビーへ向かった。小野夫人は例の件を知らなかったということだろうか。いや、知らないなんてことはないだろう。以前から会うたびに「新聞に出ていましたね」とか「テレビで見ました」とか嬉しそうに言っていた人だ。「月島光一にセクハラ疑惑」の惹句《じゃっく》に目を留めないわけがない。気にしていないのか。モテ税というか有名税みたいなものだと見做しているのか。ツイッターのハッシュタグにあるように、俺のことを被害者だと考えているのかもしれない――彼女は、月島光一の人となりをよく知っているから。

エレベーターに乗ったときには、小説みたいな話だな、と考えていた。自分のことではなく、猫の糞と落書きの件だ。石出さんが飼い猫を外に出しているというのはどうして知られるようになったのか。「注意した人」というのは案外、小野夫人本人だったりするんじゃないのか。五十枚、いや百枚程度にふくらませて、小荒間洋子が書いたら面白くなるんじゃないか。

自宅のドアを開けながら月島は、ああ、俺はこんなことを考えているな、と思った。俺はそういう男なんだ、と。

リビングで何かしている妻に「ただいま」と声だけかけて、月島は書斎に入った。

パソコンを開きメールチェックをする。ネットショップのDMの類を除けば、最近は受信するメールの数は少なくなった。今日、目ぼしいものは二通だけだ。一通はカルチャーセンターの「小説講座」受講生の上野美江子からのもの、もう一通は昨日選考会をした文学賞の事務局からだった。

「Re: 月島先生に『小説講座』を続けていただくための署名活動」というのが上野美江子からのメールの件名だった。同じ件名でもう何通かやりとりしている。「小説講座」の受講生有志が件名通りの活動をしているとのことで、ときどき経過を報告してくる。今回のメールで上野美江子は、小荒間洋子の記事が出たことが署名活動に「いくらか影響している」こと、「少なくともあと十人の署名が集まってから、カルチャーセンター側に掛け合おうと相談している」ことなどを記していた。あと十人。いったい今、何人の署名が集まっているんだと思った。小荒間洋子の影響で署名活動から抜けた受講生はどのくらいいるのだろう。月島は我知らず舌打ちしていた。こんなふうに自分を慕い、行動を起こしてくれることをありがたいと思っていたが、こんなメールを寄こされれば、聞きたくないことを無理やり聞かされたような気分になってしまう。

文学賞のほうは「ご相談」という件名だった。何がご相談だ、と読み終わって月島は思った。舌打ちするというより、一気に気持ちが萎《しお》れた。丁寧な言葉で婉曲《えんきょく》に書いてあったが、ようするに来年度から選考委員を外れてほしいという「ご相談」だった。月島が今年も選考委員を続投していることについて、すでに市に何件もの抗議が電話やメールで入ってきているためだという。

月島はパソコンを閉じると、発作的にスマートフォンを摑んだ。小荒間洋子との対談を依頼してきた編集者の携帯番号を探し、電話をかけた。

「はい、及川です」

以前は何度か一緒に酒を飲んだこともある仲だったのに、「週刊スパーク」の及川は紙のような声で電話に出た。

「あのさ、小荒間さんとあらためて対談させてくれないかな」

月島は言った。

「うーん、それはどうですかね」

「こないだ席を立ったのは悪かったよ、いきなりのことで、動揺してさ。もっとちゃんと彼女と話したいんだ、話せばわかってくれることもあると思うんだよ」

「それはつまり、謝罪のためじゃなくて、レイプじゃなかったと言わせるための対談ですか」

「言わせるためって……そういう言いかたはないだろう。謝罪はするよ、もちろん。ただ誤解というか、彼女たちが思い込んでる部分を修正させてほしいんだ。小荒間さんじゃなくても、最初の、九重咲歩さんでもいいんだ、うん、できれば彼女と話したい、どうかな」

「彼女は無理ですよ。後追いのインタビューも電話取材もすでに断られているんです、ましてや月島さんと対談なんて……」

そのとき玄関のほうで物音がした。ドアには習慣的に施錠してある。それが外側から開く音が、奇妙なほど侵食的に響いた。夕里は家の中にいるのだから、ほかに鍵を持っている者は娘しかいない。

月島はとっさに電話を切ってしまった。慌てたのだ。今度の騒動がはじまったときから、心の片隅でずっと娘のことを考えていたような気がするが、一方で、今、いちばん会いたくない相手は娘だとも思っていた。だが来てしまった。「お父さんは？」と夕里に問う声が聞こえ、足音が近づいてくる。月島が椅子から立ち上がったとき、部屋のドアが開いた。

「お父さん。あれ、どこまで本当なの？」

月島を部屋から出すまいとでもするように、ドアの前に立ちはだかって遥は言った。赤いパーカにサイケデリックな柄のロングスカートという格好の娘は、今年で二十五歳になる。最後に会ったのは一年以上前だった。十代で家を出た頃に比べれば、関係は僅《わず》かながら良好になったと言えるのだろうが、それでも年に一度帰って来ればいいほうだし、長くても数時間しか滞在しない。いろんなバイトを転々としていたが、ここ数年は下北沢のライブハウスに落ち着いている。その店のオーナーが恋人で、同居もしているようだ。雨だれのようにしか明かさないので、月島も夕里も、男の名前はもちろん、店名すら知らない。

「嘘だよ、全部嘘だ」

遥の強い口調に気圧《けお》されて、月島は思わずそう言った。

「嘘？　ふたりの女の人が嘘を吐いているというわけ？　お父さんとかかわった時期も、年齢も違うのに？　じゃあお父さんは、あの人たちと寝てないの？　雑誌に出てたお父さんのコメントも嘘だったということ？」

まくしたてられ、月島は足から力が抜けていくような心地になった。立ち上がったばかりの椅子にどすんと座り込んだ。

「無理やりじゃなかったという意味だよ」

「ああそう。セックスしたのは事実だという理解でいいわけね。無理やりじゃなかったということは、彼女たちはお父さんと寝たくて寝た、そういうこと？」

「俺は、そうだと思っていた」

「どうして？」

「どうしてって……暴力を振るったわけじゃない。脅すようなことを言った覚えもない。

自然だったからだよ」

「自然？　自然だったなら、どうして彼女たちはあんなにつらそうなの？」

「うるさい」

たまらず、月島は怒鳴った。寝ただのセックスだのという言葉を喚《わめ》き散らして、実の娘が親を責め立てるなど常軌を逸している。

「お前にはわからない。特殊なんだ、俺と彼女たちとの関係は。小説を書くっていうのがどういうことか、お前にはわかってない」

「小説を持ち出せば何をしても許されると思ってるのね。神様だとでも思ってるの？　自分のこと」

「やめてくれ。もう、お前と話したくない」

「同じこと、あたしがされたって言ったらどう思う？　たとえば音楽の神様に。ホテルに呼び出されて、神様だから断れなくて、ベッドに押し倒されて胸を舐《な》められてあそこに突っ込まれても神様だからがまんしてたって言ったら、どう？」

月島は立ち上がり、娘を押しのけるようにして部屋を出た。両手が見てわかるほどふるえていたが、怒りのせいだ、娘から投げつけられたのがめちゃくちゃな暴言だったからだと自分に言いながら。追いかけてくるかと思ったがその気配はなかった。さらに俺を追い詰めるために、証拠みたいなものを探して俺の部屋を漁っているのかもしれない。

勝手にしろ。

リビングへ行くと、夕里がソファの上に身を屈《かが》めていた。体が小刻みに動いている。遥が何をしに来たのかはわかっているだろうし、さっきの喚き声が聞こえていないはずはないのに、顔も上げようとしない。

「おい……何やってるんだ。大丈夫か？」

手だけではなく声もふるえた。妻の姿は、何か妙な病気にかかったかのように見えたからだ。

「おい。夕里」

二度呼びかけて、ようやく夕里はぽかんとした顔を上げた。手には雑巾のようなものを持っている。

「このシミをね、どうにかきれいにしようと思っているのよ」

夕里はまたソファの上に屈み込んだ。恐る恐る近づくと、妻が消そうとしているのは昨日、月島がこぼした赤ワインのシミだった。この作業をいつから続けていたのか、シミは薄くもなっておらず、その周囲に洗剤の輪ジミができていっそうひどい有様になっていた。

柴田咲歩

スマートフォンの電源はほとんど切りっぱなしになっている。

その朝、咲歩は、久しぶりに電源を入れた。留守番電話に吹き込まれているメッセージが一件だけだったのでほっとする。といってもそれは、一昨日、面接を受けたパン屋からの、バイト不採用の連絡だったのだけれど。とくにがっかりもしなかった。どちらかといえばほっとしていた。職を見つけなければと思いつつ、人前に出て働ける気が全然しなかったから。そういう気持ちは面接のときにも顔や態度にあらわれていたに違いなく、自分が店主でも採用したくならないだろうと思えた。

六畳間に敷いた布団からのろのろと出て身支度をし、ダイニングへ行くと、テーブルの上に母親からのメモがあった。「冷蔵庫にサラダが入っています」。冷蔵庫を開け、小ぶりなガラスボウルに盛りつけられたそれを見たが、食欲がわかず、だが食べないとさらに心配されるだろうと思い直して、いったん閉めた冷蔵庫のドアをまた開けた。コーヒーメーカーに一杯ぶん残っているコーヒーをカップに注いで、テーブルについた。

咲歩は今、両親の家にいる。

娘時代を過ごした明大前の家ではなく、半年ほど前に両親が、父親の定年退職を見据えて買い換えた仙川《せんがわ》のマンションの一室だ。咲歩の部屋ももうなくて、父親の「趣味の部屋」ということになっている和室に寝泊まりさせてもらっている。

突然おしかけてきてから、もう一週間以上ここにいる。朝、目が覚めるたび、自分がどこにいるのか一瞬考えてしまう——日中もよくそうなる——けれど、明大前の家にいるよりはずっといい。もしも両親がずっとあの家に住んでいたら、私はべつの場所を探しただろう、と咲歩は思う。なぜなら月島光一とセックスしていたのは、あの家にいるときだったから。月島とセックスしたあと、私はあの家に帰り、浴室を使いトイレを使い、自分の部屋のベッドに横たわった。そのことをきっと思い出すから。

父親は六十五歳まであと二年働くことにしたらしく、今も毎日出勤している。母親は家事代行のポータルサイトに料理専門のヘルパーとして登録していて、今日のようにときどき出かけていく。家でひとりでいられる時間があるのもありがたかった。夫の俊と「ちょっと距離を置きたくなって」咲歩はここに来たことになっている。一泊二泊ではなくこんなに長い間夫を放り出しておくほどの何があったのか、動物病院の看護師の仕事まで辞めたのはどうしてなのか、両親はもう、娘から聞き出すことをあきらめたらしい。今は腫れ物のように扱われている。

咲歩はどうにかサラダを食べ終わった。スマートフォンの電源を入れたままだったことに気がついて、急いで切った。バイトを探している身の上である以上、手放すわけにはいかないのだが、鳴り出すたびに心臓が止まりそうになるから、そうならないようにしておく必要があるのだった。

川沿いの道を、咲歩は駅のほうへ向かって歩いた。対岸から川面《かわも》に張り出している桜の蕾《つぼみ》が、もう膨らんでいる。今週末には咲き出すだろう。咲歩は文字を読むようにそう考え、だからなんなの、と自分が思っていることに気がつく。おいしいとか美しいとか楽しいとか、そういう感情は、はらはらと毛が抜けるように自分から失われてしまった。

ベージュのトレンチコート、デニム、グレイのスウェット、スニーカー。服装も、毎日ほとんど同じ格好をしている。着替えをあまり持ってきていないということもあるけれど、目立ちたくないという気持ちが大きい。スカートは、ここへ来る前から穿く気がしなくなった。

たとえば最初の電話のことが忘れられない。あの週刊誌が刊行されて間もなく、「小説講座」を現在受講中だという女性からかかってきた電話。夜、夫と食事しているときだった――テーブルの上に載っていたのはどろどろしたカレーの鍋で、夫は口を開けば「大丈夫？」としか言わないから、まったく食べる気にならなかったのだが。そのテーブルからとにかく離れられることにほっとしながら電話に出ると、その女性は名乗り素性を伝えたあと、「月島先生を告発したのはあなたですよね？」と言ったのだった。

何という名前だったか——会ったこともない人だった。その人自身は、咲歩が講座をやめてから受講するようになった人だろう。咲歩が受講生だったのは七年前だから、その頃一緒に受講していた人は今はもうほとんどいないはずだ。でも、まったくいない、ということはないのかもしれない。その誰かが週刊誌を読んで、告発者が咲歩であると確信した。それを現在の受講生たちに伝えた。月島のことを慕っている人たちに。七年前の受講生の名簿をどうやって手に入れたのかはわからないが、とにかく誰かが、あるいはみんなで手分けして、咲歩の連絡先を探し出した。そして代表者である女が——あるいは、咲歩のことを誰よりも腹に据えかねている女が——電話をかけてきた。月島先生を告発したのはあなたですよね？　違います、と答えるべきだったのだ。でも、ぞっとして、電話を切ることだけしか考えられなくなり、結果的に肯定してしまった。柴田咲歩、旧姓九重咲歩、月島光一に望まぬ性交を強いられた「A子さん」は自分であると。

それから電話は、動物病院にもかかってきた。たまたま咲歩が受付にいて、自分で取ったのだった。今度は男性だった。「ハート動物病院です」と咲歩が決まり通りに応答すると、「どうもー」とその男性は気軽な、あかるい声を発した。それから「あのですねー、月島光一さんにセクハラされたっていう看護師さん、そちらにいますか？」と言った。

いいえ、と咲歩は応えた。声が震えるのを抑えるので精一杯だった。あっそう、了解でーすと言って電話は切れた。近くにいた深田先生に「何？」と聞かれ、「間違えたみたいです」とどうにか答えた。するとまた電話が鳴った。咲歩はもう取ることができなかった。深田先生におかしく思われることは承知の上で、その場を離れた。トイレの個室にしばらくの間閉じこもっていた。患畜の飼い主が入ってきたので、しかたなく出ていくと、通路に深田先生がいた。

「大丈夫？」

と深田先生は言った。あきらかに咲歩を探してここまで来たようだった。咲歩は頷き、深田先生が月島の名前を口にするのを待ち構えた。すでにこの病院中の人が、自分と月島とのことを知っているに違いないという気がしていた。

「今ね、電話があったんだけど……」

「はい」

「尾上さんだったの。モルちゃん、亡くなったって。最後はお父さんの膝の上だったたって。柴田さんにもよくしてもらったから、お世話になりましたって……」

モルちゃんは糖尿病で闘病中の老猫だった。来るたびに痩せていて、もう長くないことはわかっていた。でも、次の診察の予約が翌日に入っていた。

「具合悪いの？　大丈夫？」

さっきよりも気遣わしげな口調で深田先生が言った。咲歩はもう一度頷いたが、大丈夫なんかではなかった。その日はどうにか終業まで勤めたが、翌日、どうしても出勤できなかった。無理やり動こうとすると胃が痛み吐き気がした。出勤すれば病院内でまた電話が鳴る。それが誰からのものであっても、鳴るたびに叫び出したくなるだろう。

翌日には出勤したけれど、そのときにはもう辞めることを考えていた。こんな状態で働いてミスをしないはずはなく、自分のせいで患畜に何か起きることは、絶対に避けなければならなかった。院長室に行ったときのことを思い出すと笑い出しそうになる。退職を希望する理由を「子供を持ちたいと思っているのだが仕事が忙しすぎるので」と院長に話したのだ——もうずっと夫を拒んでいるのに。信じたかどうかはわからないが、受理はされた。看護師を続けるには危ういと、咲歩同様に院長も感じていたのかもしれない。深田先生にもほかの看護師にも何も話さず、何もかも放り出して突然いなくなったから、無責任な人だったとも思われているだろう。あるいは今頃、カルチャーセンターの女性もしくは誰だかわからない男性からあらためて私を探す電話があって、月島とのことがみんなに知られて、ああ、そういう女だったのだと納得されているのかもしれない。

それ以来、スマートフォンの電源をできるかぎり切っていた。でも、自宅の電話は切ることができない。それはときどき鳴り、そのたびにぞっとして吐き気がしたが、夫に用事がある人がかけてくることもあるから、受話器を取らないわけにはいかなかった。

一度は、咲歩が月島のことを話した週刊誌の記者からの電話だった。追加取材をしたいと言い、ほかの雑誌からも問い合わせが来ているが連絡先を教えてもいいかと聞かれた。いいえ。もう何も喋りません。咲歩はそう言って電話を切った。その日のうちに荷物をまとめて家を出た。それからずっと両親の家にいる。移動したあと、夫に電話をかけてそのことを伝えたが、彼は「うん、わかった」と言っただけだった。毎日夫が帰宅するのを、電話のベルが鳴るのと同じように咲歩が感じていることに気がついていたのかもしれない。あるいは咲歩が、今日は電話が鳴りませんように、と念じているように、彼もまた、今日帰ったら妻がいなくなっていますように、と願っていたのかもしれない。

目の前に座っている子供は女の子で、ちょうど咲歩のスウェットを長くしたような、でも色はかわいらしいピンク色のワンピースを着ていて、隣の愛美《まなみ》が自分の皿から取り分けてやったグラタンの小皿を、じいっと見下ろしている。名前は瑠里《るり》で、二歳だったか三歳だったか、さっき聞いたばかりなのにぼんやりしていて思い出せない。とにかく自分にとっては「小さい子供」と言うほかない生き物だ、と咲歩は思う。瑠里がパッと顔を上げて、咲歩をじっと見た。

「食べないの?」

瑠里にとも愛美にともなく、咲歩は聞いた。子供に睨《にら》まれただけで簡単に動揺しながら。

「食べるよね？」

愛美が子供に言った。子供はゆっくり首を振ったが、愛美がスプーンでグラタンをすくい、口元まで持っていくと、ぱくりと食べた。人形みたいだ、と咲歩は思う。

三人でビルの二階にあるファミレスにいる。愛美は中学の同級生で、パン屋の店先でばったり、十数年ぶりに再会したのだった。不採用になった面接を受けた日のことだ。五分ほどの立ち話の間に、愛美が結婚してこの町に住んでいることを知り、咲歩は結婚しているが今はこの町の両親の家に戻ってきていることをあかしてしまった。あらためてもっとゆっくり話そうよという誘いを断る口実がとっさに浮かばず、今日のランチになった。

「びっくり。全然変わってないね、咲歩」

「愛美も」

咲歩は急いで笑う。愛美とは中学二年三年と同じクラスで仲が良かったが、卒業後は一度も会っていない。当然、互いの現在については何ひとつ知らない。うん、子供はまだなの。うん、ちょっとケンカしちゃったの。愛美が話す分量とあまり差が出ないように、ぽつぽつと、言えることだけを咲歩は話した。

「バイト、いつから？」

「え？」

「こないだのベーカリーでバイトするんでしょ？」

「あ、なんか不採用になっちゃって」

「えー？」

愛美は邪気なく笑った。

「働いたこと、ないんだっけ？」

「あるわよ、一応」

動物病院の看護師だったことは愛美に言っていなかった。辞めた理由を話さなければならないから。愛美は何も知らないのだと咲歩は思う。それは愛美ではなく自分のせいだし、愛美が何も知らないからこそこうして笑いながらランチができるのに、愛美のことが憎くなるのはなぜだろう？

こういうことは以前にもあった。月島を告発する以前。私が彼にされたことを誰にも知られたくないのに、誰もそれを知らないということに傷つけられていた。そんな状態から抜け出したくて、月島とのことを週刊誌の記者に話したのに、そのあともずっと同じ状態が続いている。いや——以前よりもひどい。絶対に知られたくなかった夫に知られてしまったし、カルチャーセンターの人も、きっと何人もが知っている。知っても、誰も味方になってくれなかった。それどころか知っている人はみんな私のことを責めている。なんで告発なんかしたんだと。悪いのはおまえのほうじゃないかと。記事が出たあとはツイッターとかは見ないほうがいいですよ。咲歩を取材した記者がそう言った。もちろん、絶対見たりしない。それでも誰かが自分のことを悪く言っていることが伝わってくる——たとえば夫の態度から、それがわかる。そうして、夫がそちらに与《くみ》していることを咲歩は感じる。

「……っていうか、こっちでバイト探してるって、離婚とか考えてるってこと？　違うよね？」

愛美が言った。気がつくと子供の小皿の中のグラタンはすっかりなくなっていて、代わりにコロッケ——グラタンとセットになっていたもの——がひと欠片《かけら》入っていた。

「どうかな」

と咲歩は呟いて、ほとんど減っていない自分のパスタをフォークに巻きつけた。

「えーマジ？　何があったの？　浮気したとかされたとか？」

「どうかな」

と咲歩はまた言った。ふいに、目の前にいるふたりともが人形か、あるいは異星人のように感じられて、取り繕う気持ちが消えてしまった。

それに、実際のところ「どうかな」としか言えなかった。月島とのことを、どうして今まで打ち明けなかったのかと夫から何度か言われた。あのことを彼は、私の「浮気」

のように考えているのかもしれない。それに私も、俊に浮気されたように感じることがある——彼が私を裏切り、ほかの誰かに心を傾けているかのように。

じゃあまたね、連絡するねと言い合って、ファミレスの前で咲歩は愛美母娘と別れた。この前のように偶然会うことはあるかもしれないが、こんなふうにランチしたりすることはもうないだろう。愛美は連絡してこないだろうし、連絡をくれたとしたって、私はスマートフォンの電源を切っているから。いや、やっぱり彼女はもう私に連絡する気にはならないだろう——私はへんだったから。そう、私はへんなのだ。川沿いの道を戻りながら、咲歩はそう考えた。

マンションという名称だが、両親の住まいがあるのは六世帯しかない、エレベーターもついていない小さな建物だ。三階まで階段を上っていくと、ドアの前に人影があった。ぎょっとして、思わず身を引いたが、振り返った顔は夫の俊だった。

「咲歩。よかった」

言葉とは裏腹に、逃げ遅れたかのような表情を俊は咲歩に向けた。そう見えるのは私の心の問題だろうか。どうしたの、会社は？　と咲歩は聞いた。今日は休みを取ったんだと俊は答えた。

「あと少し待って、誰も戻ってこなかったら帰ろうと思ってた。よかったよ、会えて」

ダイニングに通し、咲歩はコーヒーを淹《い》れた。この家に来るのははじめてではないのに、俊は監禁されたかのように体を縮めていた。

「急に悪いな。電話が繋がらないから心配になって」

「うん、ごめん。スマホの電源、入れたくなくて」

「いいよ、仕方ない。家電《いえでん》にかけようかと思ったけど、お義父さんやお義母さんが心配するかなって……」

「そうだよね、ごめん」

「ちゃんと食べてる？」

「今日は外でランチして来たよ。中学のときの同級生とばったり会ったの」

「へえ」

こんな会話には何の意味もない、と咲歩は思う。ふたりの家にいるときも、最近はこんな会話ばかりしていた。戻っても、きっと同じことが続くだけだろう。

「俺のこと、もうきらいになった？」

咲歩の心を読んだかのように、俊は言った。

「俊はどうなの？」

「俺は、咲歩が大切だよ。ずっとそうだった。今もそうだ。大切に思ってる。本当だよ」

咲歩は黙っていた。大切って、どういう意味？　と考えていた。月島とのことをなかったことにして、この先ずっとその話をせず、そのことを迂回しながら暮らしていくのが、「大切に思う」ということだろうか。その一方で、夫の言葉に体が温められるような感触もあった。不具合がわかった家電製品のように夫から見捨てられるのではないかと、自分がずっと恐れていたことに気がついた。

俊は椅子の背に掛けていたデイパックを手に取った。取り出してテーブルの上に置いたのは週刊誌だった。「月島さん、あれはレイプですよ」という文字がぱっと目に入った。「芥川賞作家・小荒間洋子が月島光一を対面で糾弾！」という小見出しも。咲歩は息を呑《の》み、夫を見た。

「読んだ？」

と俊が聞き、咲歩は首を振った。月島にかんする情報に触れることは意図的に避けている。自分の記事の後の「続報」のことは何も知らなかった。

「昨日出たんだ、もし読めそうだったら、読んでみて。いやだったら持って帰るけど、でも、できれば読んだほうがいいと思う」

俊はゆっくり話し出した。

「俺は何度も読んだんだ、咲歩の記事も、あらためて……。以前も何度も何度も読んでたんだけど、なんか、ちゃんと読めてなかったっていうか。目に膜がかかったような読みかたしてたと思う。それが、少しずつわかってきたんだ。咲歩が出ていって、ひとりになったせいもあるかもしれない」

咲歩は夫の唇がぎこちなく、けれどもある種の意思をあらわしながら動くのを見ていた。

「あと、これ」

俊は再びデイパックに手を入れて、綴《と》じた数枚の紙束を取り出した。何かを彼がプリントアウトしたもののようだった。「#セクハラを許さない」「#MeToo」「#月島さんあれはレイプですよ」などの文言が濃い青色で目に飛び込んでくる。ツイッターだよ、と俊が言った。

「同調したいと思うときにハッシュタグをつけて、ツイートするんだ。咲歩の記事を読んで、勇気を出してくれてありがとうとか、応援しますと言ってる人がたくさんいる。自分の体験を打ち明けてる人もいる。咲歩の告発を読まなかったら、辛《つら》い記憶をずっとひとりで抱えたままだった、と言ってる人もいるよ。そういうツイートを集めて、プリントしたんだ。咲歩に見てほしくて」

咲歩は驚いていた——自分に同調する人が「たくさんいる」ということよりも、そのようなツイートを、俊が集めたということに。ダイニングテーブルにノートパソコンを置いて、真剣な表情でカチカチとマウスを動かしている夫の姿が浮かんできた。

「でも……こわいのもたくさんあったでしょう？　セクハラじゃないとか、私が悪いとか、そういうのも」

「あったけど、そんなのは少しだ」

「本当？」

「うん」

俊は微《かす》かに口を尖らせて目をそらせた。嘘を吐くときの夫の顔だ、と咲歩は思った。でも、咎めたい気持ちにはならなかった。小さな、罪のない嘘を吐くときに夫がいつもそんな顔になったことを思い出して、体の中がまた温かくなった。

「お義母さんに会うのは決まり悪いから」

と夫は苦笑して、帰っていった。

もたらされた温かさを抱きかかえるようにして、咲歩はそのあと、プリントアウトされたツイートを読んだ。

「月島光一のセクハラ。被害者の告白を読んでいてたまらなくなった。声を上げる決心をするまでに、どれほどの辛さを飲み込んできたのだろう。声を上げるのに、どれほど勇気が必要だっただろう。#月島さんあれはレイプですよ」

「七年も前の話をなんで今頃……とか言ってる人がいるけど、被害者は七年間もずっとその記憶に苦しんできたんだよ。自分を騙《だま》して、がまんして、だけどどうにもならなくなって、声を上げたんだと思う。#セクハラを許さない」

「あれはレイプだったんだ。私も、そう思ってます。大学院の研究室にいたとき、もう二十年以上前のこと。忘れることはありません。#MeToo」

体験談は、百四十字の制限があるツイートをいくつも連ねて詳細に書かれているものもあり、読みすすめるのはつらかった。それでも、最後まで読んだ。どうして断れなかったのか。どうして一度ならず二度、三度と言いなりになったのか。どうして誰かに相談しなかったのか。彼女たちはそのことで自分を責めていた。咲歩も同じだった――自分自身に責められることが辛くて、たいしたことではなかった、恋愛感情があった、セックスしたのは私の意思でもあった、と思い込もうとしたことも、彼女たち同様に、やはりあった。そしてそう思い込もうとしたことで、さらなる自己嫌悪に陥ったことも。

そうするしかなかったのだ。

これも彼女たち同様に、何度考えても答えはそれになる。月島と二度目にセックスしたのは、一度目から二週間余りが過ぎた頃だった。一度目と同じホテルに呼び出された。それを月島は「作戦会議」と呼んでいた。

その前に咲歩の短編が候補に選ばれた賞の結果はまだ出ていなかった。それはそれとして、半年後、ある文芸誌の新人賞の締め切りがあるから、それに応募することを目標に一作書いてみないかと月島は言った。そのためのアドバイスをしたい。どうしても咲歩にいい小説を書かせたい。講座だけでは足りないから、時間をべつに設けたい、と。ホテルへ向かうとき、またこの前と同じことが起きるのではないかという危惧はもちろんあった。だがその一方で、いや、そんなことはありえないと思っていた。月島先生が二度もそんなことをするはずがないと。そうして、起きたとしても仕方がない、とも思っていたのだった。月島先生なのだから、と。

なぜならセックスは、月島による小説指南の一部だから。ホテルの部屋で男と女がふたりきりで、セックスしないなんてへんだから。月島から目をかけられ、時間も取ってもらっているのに、セックスだけ断るなんてへんだから。小説を書こうとする者は、セックスのことをそんなに重大に考えてはいけないから。ホテルの部屋に入ると月島はしばらく小説の話をした。それから咲歩の体を引き寄せた。次にホテルへ行ったときには、部屋に入るなり覆いかぶさってきた。そして終わった後で小説の話をした——何事もなかったように。そういう順番や二回目と三回目の違いすら、あの頃の自分にとっては何かの理由になっていた。

今思えばあのときすでに、心が檻《おり》に入っていた。あるいは俊が言ったような膜が目だけではなくて体中を覆っていて、感覚のすべてが歪《ゆが》んでいたのだ。

咲歩が告発した記事中に、月島のコメントも載っていた。あの記事自体を、一度だけしか読んでいないが、ほとんど一字一句はっきり覚えている。「同意がなかったと言われて大変驚いています。暴力も恫喝《どうかつ》もなかった。肉体的にも、言葉上もです。彼女にいい小説を書いてほしいというのが彼女との関係性における僕の一番の願いであり、ですから通常の恋愛とは少し違っていたかもしれませんが、それでも僕らは恋愛関係にあったという認識でした。その認識を共有できていなかったことに僕は気づいていませんでした。そのことについては彼女にお詫びします」読み終えた瞬間、咲歩はページを閉じたのだった。こんなものは二度と目にしたくないと思った。鉄の棒で体を串刺しにされたような感触があった。あれは怒りだったのだ。咲歩は今、はっきりと理解した。あのときにはわからなかった、あるいは理解することを恐れていた。でもあれは怒りだった、怒り、怒り、怒り。恋愛感情なんかなかった。そのことは月島だってわかっていたはずだ。それにあれは暴力だったし恫喝でもあった。そのことだって月島はわかっていたのではなかったか。

ツイートを読み終えたとき、咲歩の体の中は熱くなっていた。というかそれは今、温度とともに硬度も持っていた。熱さと硬さ。それを携えて、咲歩は週刊誌をめくりはじめた。

日曜日、起きてダイニングへ行くと、テーブルの上にホットプレートが出ていた。父親はもう席についていて、母親はボウルの中の生地を混ぜていた。

「久しぶりだから、クレープ焼こうと思って」

咲歩を見て母親はぎこちなく微笑み、父親も物言いたげに咲歩を見上げた。咲歩は思わず泣きそうになるのを堪《こら》えた。娘に何が起きたかを、両親は知らない。でも、何かが起きたことは察知していて、それがたんなる夫婦喧嘩のようなものではないことにも、気づいているのかもしれない。

ホットプレートで焼くクレープは子供の頃から咲歩の好物だった。バナナやジャムや生クリーム、レタスやハムやスクランブルドエッグなど、クレープに載せる具も賑やかに用意されている。今日はいい天気で、南の窓からあかるい日差しが差し込んでホットプレートの上に光と影の模様を作っていた。

「私が焼くよ」

咲歩は母親からボウルを受け取り、生地をおたまで掬《すく》って、ホットプレートの上に丸く流した。そこにも光線で模様ができる。

「お父さん、何枚?」

「一枚。あ、二枚かな」

「お母さんは?」

「まずは一枚。焼きたてを食べたいもの」

「だよね。じゃあまず、四枚ね」

母親の微笑がやわらかくなるのを、咲歩は目の隅で見た。私の世界、と思う。私はもともとここにいたのだ。

「あのね、今日、帰るから」

クレープをそっと裏返しながら、咲歩は言った。

「え？　俊さんのところに？」

母親が聞き、

「仲直りしたのか」

と父親が言った。

「うん」

と咲歩は頷く。

「迎えに来るの？」

「ううん。私、今日ちょっと行くところがあるの。その用事を済ませたら、そのままあっちに帰る」

「そうなのね。よかった」

「うん」

「よかったのよね？」

「うん」

咲歩は笑顔を作った。うまく笑えた気がした。朝食が済んだら、小荒間洋子に会いに行くことになっていた。金曜日に記者に電話して、連絡先を聞いた。了解を取ってからまた連絡しますと記者は言い、そのあと小荒間洋子本人から咲歩のスマートフォンに電話がかかってきた。

小荒間洋子の東京の仕事場を訪ねることになっている。そこで彼女の話を聞き、自分のことも話すだろう。それで何がどうなるのかはまだわからない。でも、そうしたい、と咲歩は思っていた。そうして、夫の元に戻るのだ、と。

池内遼子

グレイのスチール什器《じゆうき》と紙束とで仕切られた職場で書類仕事を片付けながら、その日遼子《りようこ》はほとんど一日、ランジェリーのことを考えていた。オーバドゥの紫か、マイラロンドンの白か。

自分に似合うのは紫だと思うが、先生はきっと白を気にいるだろう。ただ、白の総レースはさすがにそろそろ痛々しく見えないだろうかと迷っている。ふくよかなところがいいねと、先生はよく褒めてくれたし、五十歳には見えない容姿だと自負しているが、それでも……と考えてしまう。エステやコスメに大金を注ぎ込んでも、永遠に若々しくいられるわけもない。

明日からゴールデンウィークで、その最終の二日間が吟行会《ぎんこうかい》だった。蓼科《たてしな》で一泊することになっている。遼子は意味もなく振り返った。ここは私立大学の事務室で、六人の同僚たちはみんな自分のパソコンの画面だけに集中している。もうすぐ終業時間だ。この仕事のいいところは毎日ほぼ定時に帰れることで、逆に言えばそれ以外にはない。でも、それで十分だ。リストラの不安もなく、ひとり暮らしには十分な収入が保証されているおかげで、俳句に熱中できるのだから。

遼子はここで最古参になる。五十歳になったのは先月だった。誕生日は誰にも祝ってもらえなかった——職場では誰かにわざわざ教えたりはしないから当然だが、先生も今年は忘れていたみたいだ。もしかしたら吟行会のときに何か言ってくれるかもしれない。

そして夜は——。

デスクの上でスマートフォンが鳴り出した。結社のメンバーのひとりである蔦木《つたき》奈美《なみ》からだった。就業時間中に私用の電話を鳴らす非常識さに舌打ちしたくなったが、いつもなら用があればメールかラインで送ってくる相手でもある。いやな予感がして思わず

その場で応答すると、

「あの記事、もう見た？」

と奈美はいきなり言った。

毎月の定例句会のあとの二次会の場となる立川《たちかわ》の居酒屋に、その夜集まったのは四人だった。

遼子、奈美、糸川暁子《いとかわあきこ》、山田一穂《かずほ》。この四人しか来なかったというより、結社のメンバーの中で奈美が連絡したのが残り三人の女だったということなのだろう。四人はほぼ同じ年回りだった。五十歳の遼子が最年長で、四十五歳の一穂がいちばん年下になる。

奈美は専業主婦で、暁子と一穂の職場は立川にある。大学のある豊田《とよだ》から駆けつけた遼子がいちばん遅い到着になった。定例句会のあとの二次会で使うのと同じ、障子で仕切られた小上がりで三人は待っていた。

いつもの習慣で、遼子は女たちの出《い》で立ちをチェックした。同様に、自分も見られていることを感じる。奈美は胸元が深く開《あ》いたジャージィの幾何学模様のワンピース――ダイアン フォン ファステンバーグだろう。髪もコテで巻いたばかりというふうだ。招集したのは彼女だし、家から出てきたのだろうから、めかしこむ余裕があったのだろう。あとのふたりは遼子同様に今日はただの通勤日だったはずだから、気が抜けた格好をしている。私はそれほど悪くない、と遼子は思う。黒のサマーニットのアンサンブルに、明るいグレイのワイドパンツ。華美ではないが、どちらもリビアナ　コンティのものだ。以前は、先生から呼び出しの電話がかかってくることがときどきあったのだ。それで今も、いつ先生に会っても大丈夫と思えるだけの身支度はしている。もちろん、服の下も含めて。

「これよ」

遼子のビールが運ばれてきたタイミングで、奈美が座卓の下から雑誌を取り出した。週刊誌ではなく、厚みのある月刊誌で、表紙には政治のトピックとともに、「特集　セクシャルハラスメント実例集」とある。

暁子も一穂もすでに読んでいるようで、遼子はひとり膝の上でそれをめくった。注文してあったらしい料理が次々に運ばれてくる中、座卓の上で広げるわけにはいかない、という気分に読む前からとらわれて。少し前に、カルチャーセンターの小説講座の講師によるセクハラが告発された。記事はそれを受けて、「告発されぬまま横行しているセクハラ」の事例を並べているようだった。企業、学校、病院、ギャラリーで……と続き、中ほどに、「俳句結社でも」という小見出しがあった。

Sさん（28）が所属していたのは会員数五十人あまりの結社。結社としては小規模だが、主宰のH氏は俳句界では重鎮として知られた存在である。

「Hさんの〝お手つき〟の女性が複数います。そのことは結社内では公然の秘密です。ハーレムみたいな扱いで、本人たちもいやがるどころか、そういう立場を誇示していますね。そのうえ、若い女性の新人会員が入ってくると、Hさんの指令で、彼女たちが手を回してその子とHさんがふたりきりになるようにしむけるんです。私もそれをやられて、これはやばいと思って退会しました」

H氏は七十代。この結社の男性会員によれば、〝ハーレム〟は彼が入会した十五年前にはすでに存在していたという。

「月に一度出す結社誌に載せる句はH先生が選抜するわけですが、〝ハーレム〟メンバーの句はとくに秀でてなくても掲載される傾向はありますね。〝ハーレム〟の中にも序列があるみたいで、毎号選ばれてた女性の句がある時期からぱったり載らなくなると、ああ、彼女もそろそろ引退なんだろうねって、男性会員同士で話したりしますよ」

セクハラされている女性が自らセクハラに加担する、という構造が見えてくる。

……

「なに、これ」

遼子は雑誌を閉じた。膝の上に載せたままにしているのもいやで、座卓の上で裏返し、奈美のほうへ押しやった。

「なんなのよ、これ……。名誉毀損じゃないの。アルファベットにしてたって、H氏が先生のことだっていうのは、俳句やってる人なら誰だってわかるじゃない」

もっとほかに言うべきことがあるように思いながら、とりあえず言えることを遼子は言った。

「Sさんって、篠原桃子《しのはらももこ》だよね」

奈美が言う。質問ではなく確認の口調だった。遼子は頷いた。それ以外には考えられない。

「その男性会員っていうのは、たぶん坂本《さかもと》さんとか船橋《ふなばし》さんあたりだよね。小学生みたいな俳句しか作れないくせに、口だけ達者な……」

一穂が続けた。

「っていうかこういう取材って、どうやってコンタクトしてくるの？　結社の人の連絡先は私に聞かないとわからないはずよ」

事務方を引き受けている暁子が言うと、

「自分から売り込むのよ」

と奈美が断定的に言った。

「そうよね、篠原桃子は絶対そうだと思う。これ、見る人が見れば彼女のことだってわかるじゃない？　そこまで考えてるのよ。流行《はや》りに乗っかって、名前を売ろうと思ってるのよ」

遼子も言った。篠原桃子は結社をやめたあと、ネットの俳句サイトに投句するようになり、その界隈《かいわい》ではそこそこ有名になっていた。それこそ、俳句が秀でているからではなく、若くてそこそこ美人だからだ。

「先生はこの記事、ご存知なのかしら」

「ご存知ないと思う。毎月、雑誌を購読してるならべつだけど、たぶんそれはないし

……。名前が出てるわけじゃないし、広告を目にしたとしたって、まさか自分のことが書いてあるなんて思わないでしょう」

「そうよね。もしご存知だったら、私たちに連絡があるわよね」

「奈美はなんで見つけたの？　この記事」

「たまたまよ。立ち読みしてて」

「先生には、お知らせしないほうがいいわよね」

「うん、私もそう言いたかったの。騒ぎ立てないほうがいいって」

「坂本さんたちが言いふらすかもしれないけどね」

「結社に籍を置いておきたいなら、それはないんじゃないかな。こっちから問い詰めたって、記事のことなんて知らなかったってシラを切ると思うよ」

「結社、やめる気でいるとか」

「ないない、それはない。だって結社やめたら何もなくなっちゃうような人たちじゃない。ただ篠原桃子にいい顔したかっただけじゃないの」

「そうよね。記者っていうより、篠原桃子が彼らに連絡したのかもしれない」

「まあ、いずれどこかから伝わるかもしれないけど……そのときはそのときね。私たちでなんとかしようよ」

「うん、そうするしかないわよね」

ふっと四人とも黙り込む瞬間があって、遼子の視線は座卓の上をさまよった。串を外してバラバラにした焼き鳥、冷やしトマト、アボカドサラダ、海老《えび》マヨ、しゅうまい。二次会で注文するのと同じラインナップの料理が並び、会話の合間に適当に箸をつけられて、どの皿もいつの間にか見苦しく食い散らされている。

その上にいくつかの言葉も載っているように思えた。途切れ目なく喋っていた、間もなく再び旺盛に喋り出す——篠原桃子を罵《ののし》り、坂本さんや船橋さんを蔑《さげす》み、あるいは記者にべらべら喋りそうなほかの誰かを推理し、記事が結社内であかるみに出たときの対策を練る——だろう私たちが、決して口にしない言葉が。〝お手つき〟〝ハーレム〟——もちろん私たちがそれらの言葉を黙殺しているのは、自分たちと先生との関係はそんな陳腐な言葉があてはまるようなものではないからだ、と遼子は思う。ただ、結社の人たち同様に、私たちはその〝ハーレム〟のメンバーが現在は自分たち四人であることを知っている。この四人の内では、頻度や継続期間や、今は誰が先生のいちばんのお気に入りか——この前までは一穂だった、でも先々月頃から、先生はたぶん誰とも同衾《どうきん》していない——まで、暗黙の了解事で、それがそのときどきの四人の力関係にも影響してきたのだ。

「飲み物、おかわりするでしょう?」

奈美が言った。私ビール、と答えながら、飲み物なんかどうでもいい、と遼子は思う。もっとべつのことを言えばいいのに。たぶんみんな——奈美自身でさえ——腹の中でそう思っているのだろう。でもきっと私たちは、その「べつのこと」を、今夜最後まで誰も言わない。

「みんな何もわかってないのよ」

遼子は言った。三人の顔がほんの僅か歪んだような気がした。言うなと思っているのか、言えと思っているのかはわからない。

「篠原桃子も、オヤジ連中も、結社のほかの人たちだって、わかりっこないのよ。私たちと先生との関係は」

結局、そんな曖昧な言葉になった。三人はほっとしたような顔になった。そうよね。そうよ。わからないわよね。それぞれに頷いた。

今年の吟行会の幹事は遼子だ。宿を探し、散策のルートや食事の場所を決め、予算を立てた。

去年もそうだった。きっと来年もそうだろう。得意というわけでもなく、正直面倒なのだが、先生から頼まれたので仕方がない。この種の幹事は若手メンバーが引き受けるのが通例なのだが、一昨年《おととし》とその前年の幹事の手際が悪く、安くもないのにつまらない宿だったりして、先生のお気に召さなかった。遼子さんに頼めないかなと直々に言われたのだ。

それだけ私は先生に信頼されているのだ、と遼子は思う。いつか暁子が、事務方に先生から指名されたことを自慢げに言っていたけれど、事務方なんてただの雑用係だ。吟行会は結社にとって大切な行事だし、先生は旅好きだから毎年楽しみにしている。たんにガイドブックを見て予算をやりくりすればいいというものではない。詩情がある場所を選ぶには詩情とは何かを理解している必要があるし、先生のお好みも知り尽くしていなければ、到底務まるものではない。

休日の銀座《ぎんざ》通りは歩行者天国で賑わっていた。晴天で、人波の中を歩いていると汗ばんでくるほどの陽気だった。すれ違った家族連れの、若い父親に抱かれた幼女がふりまわしているソフトクリームが、今日はシニョンにせず下ろしている遼子の髪をかすめた。

親は気づかないのか気づかないふりをすることにしたのか、あやまりもせず歩き去っていく。遼子はハンカチを取り出して髪を拭った。なぜか必要以上に腹立たしくなり、はっきりと音に出して舌打ちをした。

「いらっしゃいませ！」

高級ランジェリーショップの路面店のドアを開けると、いつものように満面の笑みで出迎えられる。ランジェリーは普段使いのものから特別なものまで、ここで買うと決めている。馴染《なじ》みの店員が駆け寄ってくる。冷やかしでふらりと入りづらい店構えなので、普段は遼子のような得意客がほかにひとりかふたりいる程度だが、今日は連休初日だからか、カップルや女性のふたり連れなど店内にはいつもより人がいた。その中で特別扱いされて、すこし気分が上向いてくる。

「オーバドゥの新作、出てるんだよね」

「もちろん！　とても素敵で、クラクラしちゃいますよ」

定期的に送られてくるカタログで何度も見ていたのだが、実物を目にするとやはり格別だった。紫の色がなんとも上品だし、レースのデザインも繊細で美しい。揃いのタンガやガーターベルトもじっくり検分した。

「マイラロンドンも見せてもらえる？」

「ぜひ！　もうご検討中のものがおありですか？」

「ええ。白の……」

口に出すとき、少し躊躇《ちゅうちょ》があった。店員は二十代の終わりか、せいぜい三十そこそこくらいだろう。愛らしい顔立ちにスレンダーな体をしている。あの白いレースのデザインは、こういう娘にこそぴったりだ。

「旅行の予定があるのよね」

マイラロンドンのコーナーに向かって店員と一緒に歩きながら、言い訳がましく遼子は言った。

「わあ、素敵！　彼氏さんと……ってことですよね？」

「ふふ」

この店では、遼子には「彼氏さん」がいることになっている。もう長い付き合いになるが、ふたりの主義で、結婚はしないのだと言ってある。そのほうがいつまでも恋人の情熱を保ち続けられるから――と。

「どちらへ行かれるんですか？　海外？」

「ううん。ふたりとも時間が取れなくて。彼の蓼科の別荘へね」

「わあ、いいなあ。じゃあ、新しいランジェリーはそこで……ですね」

「うん、そのつもり。旅先だから、ちょっと冒険もいいかなって」

「ですよね、ですよね」

まるきりの嘘だとは思わなかった。というかこうして口に出してみれば、自分と先生との関係はまさにそのようなものなのだと思えてくる。ふたりの主義で、結婚はしない。いつまでも恋人の情熱を保ち続けられるから――。

遼子は試着室に入り、まず白のブラジャーを身につけた。鏡の前で様々なポーズを取ってみる。悪くない、セクシーだ、と考える。痛々しく見えるとすればそれは自分の心のせいだ。先生はこれがきっと好きだろう。興奮しながらこれを外してくれるだろう。あんなことを雑誌に書かれて、おとなしくなんてしていられない。先生にも、自分にも意思表示しなければ。

店を出ると午後三時に近かった。日中の温度の名残が、もったりと街を覆っている。あてもなく通りをぶらつくうち、空腹になってきたので通りがかりのカフェに入った。朝起きたときに菓子パンをひとつ、野菜ジュースで流し込んできただけだったから。食べることにはほとんど興味がなく、身なりを整えるために出費がかさむので、食生活はどうしてもいいかげんになる。

アイスティーとトーストサンドを注文し、バッグの中から句集を取り出して開いた。林田隆《はやしだたかし》句集『夜の犬』。先生の句集はもちろんデビュー作から最新刊まですべて読んでいるが、これがいちばん好きで、出かけるときはたいてい持ち歩いている。

林田隆が主宰する結社に遼子が入会したのは、この句集が出る一年前だった。三十五歳のときだ。その五年ほど前、ヘアサロンの待合室で渡された婦人雑誌に特集されていたある女性俳人に興味を持ったのが、俳句をはじめたきっかけだった。見よう見真似《みまね》で作るようになり、地元の句会に参加するようになった。

その頃はまだ、遼子にとって俳句はたんなる趣味だった。同じ頃、十年近くダラダラ付き合ったがどうにもならなかった相手と別れていて、その穴埋めのためもあったかもしれない。年配者ばかりの句会で、若い女性だというだけでちやほやされ、やっぱり感性が違うねえなどとお世辞を言われるのを楽しんでいるだけでよかった。多摩《たま》地区の五つの句会が集合し、プロの俳人を招いて開催される大会に参加したのも、たんに成り行き上のことで、何の期待もしていなかった。だから選者ごとに発表する「特選句」の一句として、自分の名前と俳句が読み上げられたときにはびっくりした。その選者が林田隆だった。

それ以降、俳句は、私にとってそれまでとはまったくべつのものになったのだ、と遼子は思う。あなたには独特の感性があるねと先生から言われることは、ローカルな句会でどうでもいい年配の男性たちから言われることとは、それこそまったくべつの意味を持った。先生の結社に入って半年経たないうちに、池内《いけうち》さんと呼ばれていたのが遼子と呼ばれるようになり、そうして『夜の犬』の出版記念パーティの会場で、すっと近寄ってきた先生から、ホテルの名前と部屋番号を書いた紙片を握らされたのだ。

あの夜。少し前から予感はあって、だから私はその夜も、国産ではあったが、ちょっと奮発して買ったランジェリーを身につけていた（あの当時は知識もなくて、オーバドゥなんてブランドの名前を聞いたこともなかった）。先生は私の黒いドレスを脱がせ、パールがかったラベンダー色のレースのそれがあらわれると、感嘆のため息を洩《も》らした。先生に触れられると私は体じゅうが熱くなったが、それよりも興奮したのはそのあと、先生の生身の肌に触れたときだった。俳人林田隆の肌。尊敬する、憧れの先生の肌。その瞬間、結社の中の誰よりも、自分は先生の近くにいるのだという事実が、それまで経験したことのない官能となって私の中でめちゃくちゃに暴れた。

そういう相手が自分ひとりではないということは、間もなくわかった。当時、女王のように振る舞っていた四十代半ばくらいの女性は、翌年結社を去ったが、同じ年に奈美が、その次の年に暁子と一穂が入ってきて、次々に先生と関係を持ったことが察せられたからだ。でも、だからなんだというのだろう、と遼子は思う。もとより先生には奥様がいらっしゃるのだし、自分ひとりのものになってほしいなどとは望んでいない。先生に求められたということだけが自分にとって重要なのだ、と。奥様に対して罪悪感はもちろんあるが、愛してしまったのだからしかたがない。そう、愛しているのだ。先生の、困ったところも含めて。世間的に言えば不倫の恋なのかもしれないが、でも、純愛だ、と思っている。奈美などは、「男性会員」が記事中で言っていたように、結社誌に自分の句を選抜してもらうために先生と関係しているようなふしもあるけれど、私にはそんな打算はない。私の気持ちは純愛だ。

トーストサンドはぱさぱさして妙に飲み込みづらかった。遼子は句集に目を落とし、顔を上げ、それからまた句集のページを見た。何度も読み返し諳《そら》んじている句が、見知らぬ言語のように意味をなさなくなり、頭の中でばらばらに取り散らかっていく。何から考えればいいのかわからず、明後日、明後日、明後日、と声に出さず唱えた。

明後日は、再びランジェリーショップへ行く日だった。結局、紫のほうは試着もしないまま、白のひと揃いを買うことに決めたのだが、店員にフィッティングをしてもらうと、ブラのアンダーのサイズをもうひとつ上げたほうがいいということになった。そのサイズは店にないので、取り寄せて郵送しますよと店員は言ったが、遼子は取りに行くことにしたのだった。あらためて試着したかったし、どうせゴールデンウィークには吟行会以外の予定は入っていない。

タンガもガーターベルトも、そのとき一緒に受け取ることにしたから、お金はまだ払っていない。だからこのまま放り出すことだってできるのだ、と遼子は考えてみる。電話がかかってくるかもしれない――ショップカードを作るときに登録してある――けれど、それだって無視できる。もう二度とあの店に行かなければいいだけだ。

もちろん、私はそんなことはしない。遼子は思う。なんでそんなことを考えるのか。ランジェリーが無駄になるかもしれないからだ。遼子は思う。今度の吟行会で先生から誘われる保証なんかないからだ。去年だってそうだった。私は新調した服の下に、新調したランジェリーを着けていたのに、先生は私に目もくれなかった。那須《なす》高原のホテルで、先生がこっそり私に近づいてきたとき、私は幸福ではちきれそうになったのに、先生は囁いたのだった——まるで愛の告白みたいに恥ずかしそうに、でも、それが受け入れられることを疑っていない口調で——、「今夜、篠原桃子とふたりきりになれるようにしてほしい」と。

それで私は、そのことを奈美、一穂、暁子に伝えた。ホテルの宴会場での食事がすむと、私たちは篠原桃子を誘って、先生の部屋へ行った。「二次会」という名目で。一緒に来たのは篠原桃子だけではなく、ほかの女性会員や、船橋さんや坂本さんたちを含む男性会員数名もいた。持ち込んだお酒を飲みながら先生を囲んでしばらく談笑していたが、ひとり減りふたり減りして、最後に残ったのは私と奈美たち三人と、篠原桃子だった。私は奈美たち以外の人には何も言わなかった。でも、自然にそうなったのだ。そういうことははじめてではなかったから、その場の空気で、誰もが先生の望みを承知していたのだ。そして暁子、一穂、奈美、私の順番で立ち去った。トイレに行くとか飲み物を取ってくるとかいう理由で部屋を出て、そのまま戻らなかった。先生の望み通り、篠原桃子と先生をふたりきりにした。そのあとのことは知らない。ただ、吟行会のあとから篠原桃子が句会に来なくなった、という事実だけを知っている。「これはやばいと思っ」たからやめたのだと彼女はあの雑誌の記事中で言っていた。あの口調の軽さからすれば、何も起きなかったのかもしれない。いやむしろ、起きなかったからやめたのではないのか。

明後日。明後日。

それは今や本来の意味を失って呪文となり、でも効力は弱くて、思い出したくない記憶がさらに続いた。那須高原での吟行会の少し前、遼子は篠原桃子から相談を受けていた。句会とはべつの日、請われて、立川の複合ビル内のカフェでふたりだけで会った。相談の中身はだいたい察していたから、答えを用意して遼子は桃子と向かい合った。桃子が結社に入って来たのは夏で、そのときは冬の終わりだった。曇天で、ひどく冷え込んだ日の夕刻だったのに、先に待っていた桃子は半袖のニットという姿だった。白くてすべすべした肌にオレンジ色のモヘアがよく似合っていた。ベージュ色のアイシャドウをほんのりのせた大きな眼《め》。朱赤の唇。そんなことばかりを覚えている。結局のところこの女は、自分の若さや美しさを存分に了解しているのだ、と苛立ったことも。

「先生との距離感が、ちょっとわからなくて」

そういう言いかたで桃子は本題に入った。おそるおそる、遼子の反応を窺いながら……というところだったろう。そんな態度に腹立ちが募った。

「先生が女性を名前で呼ぶことを、池内さんはどう思われますか」

「どうって……べつに、どうも思わないけど」

遼子は答えた。そんなことまでこの女は気にいらないのか、と内心ちょっとびっくりしながら。

「遼子さんもそうですし、奈美さんも暁子さんも……先生は名前で呼ぶから、句会の慣習みたいなものなんだとは考えたんですけど。でも、呼び捨てにされるというのが、ちょっと違和感があって」

「世代的なものかしらね。私はむしろ嬉しいけど。先生の弟子として認めていただいたみたいで」

「全員を名前で呼び捨てにするならわかるんですけど。男性のことは名字に〝さん〟づけで呼んでますよね。あと女性も、人によっては名字で。たとえば岩崎《いわさき》さんとか間宮《まみや》さんとか……ベテランの方々。結社歴とも関係ないんですよね」

桃子の話しかたは、次第に独り言じみてきた。目が泳ぎ、遼子をまともに見ようとしなかった。

「すごく細かく見てるのねえ」

遼子は呆れたように言ってやった。実際には、桃子が今語った「名前の法則」については、とっくに気がついていたけれど。いちいち考えて呼び分けてらっしゃるわけじゃないと思うわ」

「感覚的なものだと思うわよ。いちいち考えて呼び分けてらっしゃるわけじゃないと思うわ」

「わかりました」

桃子はそこで遼子を見た。薄く笑った。いやな表情だった——人を見下したみたいな、見切ったみたいな。

「相談って、それ？」

しばらく間があってから、「はい」と桃子は答えた。

「それだけ？」

「はい。すみません、お手間かけて」

「お手間っていうか……ちょっとびっくりしたけど。まあ、解決したのなら、よかったわ」

遼子はそう言って皮肉っぽく笑った。でも心の中では、嘘でしょう、と言っていた。本題はまだこれからだったんでしょう、と。句会のあとの二次会で、座卓の下で先生が桃子の手に自分の手を重ねているところを遼子は見ていた。そういうことって、どう考えたらいいんでしょうかと、本来なら——名前の件で、私がもっとべつの反応をしていたら——桃子は聞くつもりだったのだろう。へんなふうに考えないでほしいわ。そう答えるつもりだった。あれは先生の癖みたいなものなの。お酒が入って、話に夢中になると、誰にでもそうするのよ。隣にいるのが男の人だったら肩を抱いたり。結社の人は誰もへんに思ってないわ。みんな、先生のことをよくわかっているからよ。そういう場所なのよ、私たちの結社は。

明後日。明後日。

遼子はアイスティーをストローで啜った。もうほとんど残っていなくて、ズズッ、と大きな音をたててしまった。トーストサンドは減らず、やたら喉だけが渇く。

「セクシャルハラスメント実例集」を特集していた雑誌を、奈美は「たまたま」「立ち読みしてて」目に留めたのだと言った。でも、嘘だ、と遼子は思う。セクハラを記事にしている雑誌を片端から読み漁っている中で見つけたのだろう。なぜそう思うのかといえば、私もそうするかもしれなかったからだ。でも私は、いっさい見ないことを選んだ。漁るか黙殺するか。どちらでも同じことなのだ。

明後日。明後日。明後日。

つまらないことはもう考えるのをやめよう。篠原桃子はもういないのだ。だから今年の吟行会は、先生は私のところへ戻ってきてくれるかもしれない。奈美でもない、一穂でもない、暁子でもない、私のところへ。マイラロンドンの白いレース。あれに願をかけるのだ。

バッグの中でスマートフォンが鳴り出した。ランジェリーショップから何か言ってきたのだろうと思いながら取り出すと、ディスプレイには「充《みつる》さん」という文字があらわれていた。林田充――先生の奥様だ。奥様は詩人で、結社との交流はないが、先生のスケジュールのことなどで事務的な連絡を取り合うことがあり、遼子や暁子と電話番号を交換している。頻繁ではないが電話がかかってくることはこれまでにもあったけれど、今はいやな予感しかなかった――奈美からの電話のときよりずっと大きな。やはり雑誌の記事のことだろうか。

「池内さん？　あのね、林田が入院しました」

と奥様は言った。

病院へ向かったのは翌日だった。

すぐにも駆けつけたかったのに、とても皆さんに会える状態ではないからと奥様に断られた。先生は突然の腹痛と下血で、救急車で病院に運ばれたらしい。遼子と一穂が病院に着いたときには手術中だった。先生の病室は個室で、そこに奥様だけがいた。奥様に促され、三人で談話室へ向かった。ちょうどそこに奈美と暁子がやってくるのが見えたので、そのまま五人で談話室の窓際に横並びに座った。

「すみませんね、皆さんに来ていただいて。吟行会まで間もないので、とりあえずお知らせだけは……というつもりだったんだけど」

奥様の口調はあからさまに迷惑そうだった。奈美たち三人に知らせたのは遼子だった。それがルールだろうと思ったのだ。でも奥様は、四人も病院に押しかけてくるとは思っていなかったようだった。

「先生のお具合、ずっと前から悪かったんですか」

奈美が聞いた。

「悪いというか……食欲がないとは、言ってましたけどね」

「診断はまだついてないんですよね」

一穂が聞いた。

「まあ、癌《がん》でしょうね。腸の腫瘍が破裂したと言われましたから。たぶんもうお腹《なか》全体にばらまかれてるでしょう」

奥様はひとごとみたいに淡々と言った。

「医者がそう言ったんですか」

暁子が聞いた。すると奥様はクスッと笑った。遼子が彼女に会うのは、二年ほど前、何かの用事で彼女が句会の終わりにやってきたとき以来だった。先生よりちょうどひと回り下だと聞いている。とすれば現在六十歳か。銀縁眼鏡で知的な顔立ちで、背が高く痩せすぎのような体型の女《ひと》だった。若いときにはきれいだったのかもしれない。先生の情事について、奥様がまったく気づいていないはずはない、と遼子は思っていた。それにきっと、あの「セクハラ実例集」も読んでいるような気がした。私が〝ハーレム〟の一員であることはわかっているだろう。目下の相手は私だと思っているのかもしれない。私に電話がかかってきたのは、そういうことだったのかもしれない。

「あなたがた、順番に質問するのね」

クスクス笑いながら奥様は言った。その瞬間、なぜか遼子は了解した。この女《ひと》には、私たち四人の区別がついていない。昨日電話した池内遼子がこの中の誰なのかも、たぶん判別できていないのだ。それが証拠に、今日、この女《ひと》は一度も、私にも、ほかの誰にも、名前で呼びかけていない。

「私の父が同じ病気でしたのでね、わかるんですよ。手術でどのくらい病状が抑えられるか……一時的には退院できるかもしれませんけど、長くは生きられないでしょう。そのつもりで今後をお考えいただいたほうがいいと思います。申し訳ありませんけれど……」

奥様の口調はあいかわらず平坦《へいたん》だった。自分の感情をこの場にいる女たちになど決して見せるものかと決意しているかのように。遼子は思わず、奈美たち三人を見た。顔を見合わせ、それぞれすぐに目をそらせた。遼子は足元の床を凝視した。玉子色のリノリウム。細かな傷が無数についていて、その中のいくつかには汚れが詰まって薄い灰色の筋になっている。

長くは生きられない？　先生は死ぬ？　あと一年？　半年？　じゃあ結社はどうなるのだろう。誰かが継ぐのだろうか。でも誰が？　誰にせよ、その結社に自分がいる意味はあるのだろうか。遼子はショックを受けていた。先生が死の病に斃《たお》れたことを聞かされたのに、ちっとも悲しくならないことに。あるのは恐れだけだった。先生が死んでしまったら、私はこれからどうしたらいいのだろう。

明後日——いや、もう明日だ。マイラロンドンを取りに行く日。明日、明日、明日。今度はその言葉を繰り返した。呪《まじな》いの言葉みたいに。吟行会は中止になるのに。リノリウムの床の汚れの筋に、マイラロンドンのランジェリーのレース模様が重なって見えた。あれを買う意味は今こそ本当になくなってしまった。遼子はその床を踏んだ。幻のレースを踏みちぎるように、無意識に何度も足で床をこすった。

月島遥

昼過ぎに母親から電話があった。どうしても道がわからないから迎えにきてほしいと言う。今どこにいるのかと聞くと、下北沢の駅前だと言うので呆れかえった。わからないって、まだ歩き出してもいないじゃない。そう言ってやると、どちらの方向へ歩き出せばいいのかわからないのだと母親は言い返した。

それで、迎えに行った。遥と道生《みちお》が暮らしているアパートから駅までは、実質徒歩五分もかからない。だが下北沢の町は入り組んでいるので、たしかに道はわかりづらい。ああ、やっぱり来てもらってよかった。遥が差し出した手に当然のように小さなボストンバッグを渡して、小走りで遥に並びながら、自分の正しさを母親は強調した。この前会ったときから、さらにいくらか痩せたようだ。もともとぽっちゃり体型だったから、やつれた感じは体型よりも顔にあらわれている。目の下がたるんでいるし、化粧もへんだ。眉をくっきり描きすぎているし、唇もてかてかしすぎている。

「スマホに地図アプリ入ってるでしょ」

「使ったことないもの」

恥ずかしそうにではなく、えらそうにそう答えるのが母親という女《ひと》なのだ、と遥は苦々しく思う。家事以外何もできないのが女の嗜《たしな》みのように思っているのだ、きっと。

アパートに着き、何も言わずに外階段を上がっていくと、「ここ？」という、息を呑んだような呟きが背中に聞こえた。母親がここへ来るのははじめてだった。好きで呼んだわけではない——家にいるのがつらいと電話で泣きついてきたのを拒絶できなかった。父親のセクハラが告発されて、最近は見知らぬ人からの中傷の電話がかかってくるようになって神経が参っている。しばらく娘の家に避難したらどうだと父親から言われたらしい。

「どうも、いらっしゃい」

ドアを開けると道生が出迎えた。今日のために長髪は後ろで結び、何枚も持っている派手な柄物のシャツではなく、ユニクロで急遽《きゆうきよ》買った白い長袖シャツを身につけている。そんなことする必要ないよと遥は言ったけれど、穏便にすまそうよ、と道生は笑った。遥より五つ年上の三十歳で、穏やかというよりはのらりくらりとした性格の男だ。

「はじめまして。娘がお世話になっています」

母親はあからさまに身を固くして挨拶を返した。長髪で袖口から刺青《いれずみ》が覗《のぞ》いている男など、たぶんテレビ以外で生まれてはじめて見るのだろう。

「腹減ってませんか。簡単なものなら作りますよ。チャーハンとか焼きそばとか……。アイスコーヒーも淹れたてですよ」

「ありがとうございます。お腹は空《す》いてないんです。……ちょっと横になってもいいかしら。疲れちゃって」

「いいよ。こっち」

遥は母親の腕を取った。アパートは1DKだ。ふたりが寝室にしている和室を母親に使わせて、道生は店に泊まり、遥はダイニングのボロソファに寝ることになっている。

六畳間に入ると母親は、長押《なげし》からぶら下がっているふたりの服や、道生のギターや本や雑誌が埃のように寄せてある一角をジロジロ見回して、さっきと同じように「ここ?」と言った。客用寝室があるような家に私たちが住んでいるとでも思っていたのか。

「悪いけど、ここしかないから」

遥は押し入れから乱暴に布団を下ろし、バサバサと敷いた。

「無事着いたって、お父さんに電話でもしたら」

半分嫌味のつもりでそう言うと、

「あとで」

という答えがある。

「お父さんは大丈夫なの？　ひとりで」

「大丈夫」

「そうだよね、あの人なら大丈夫なんでしょうね」

気遣ったつもりが、結局そんな言葉を投げつけてしまった。父親のセクハラ問題について、母親は自分の意見をほとんど表明しておらず、遥もずっと聞く気にならなかった。聞いたって何も答えないだろうし、何か答えたとしたって、私は今より苛立つだけだろう。母親はやはり無言で、そこが汚れた場所でもあるかのように布団の端に腰を下ろした。

襖《ふすま》を閉めてダイニングへ行くと、道生は食卓でアイスコーヒーを飲んでいた。遥もピッチャーからグラスに注いで、彼の前に座った。ごめんね。ほかに言いようもなくてそう言うと、あやまることじゃないよ、と道生は返した。

「落ち着いたの？」

「知らないけど、寝るでしょ、布団敷いたから」

「ひどい言いかただな」

道生は笑う。襖の向こうに聞こえないように、小声でのやりとりになる。

「しかし彼女、俺を一瞬しか見なかったな」

「ごめん」

「いや、いいよ。無理ないよ。逆に俺もそのほうが気楽だし。っていうか俺、しばらく店で暮らそうか？　夜だけじゃなくてさ」

「道生がそっちのほうがいいなら、それでもいいよ」

「じゃあ、そうするかな。彼女がいつまでいるかにもよるけど」

「そうだね。いつまでいる気なのかな。長くなりそうなら追い出すけど」

「いや……やさしくしてやんなさいよ。気の毒な人じゃない。彼女のせいじゃないんだからさ」

遥は頷くにとどめた。本当は、この件にかんして母親にもいくらかの責任がないとは言えない、と考えていた。父親がやっていることを、母親もある程度はわかっていたはずだ。それなのに放置していたのだから。そういうことを道生と話すべきなのかもしれなかった。だがやっぱり、母親に対するのと同様に、彼と話すことにもためらいがあった。父親のセクハラがはじめて記事になったときには、週刊誌を買ってきて道生の前で怒りくるった。あの怒りは本物だったと思っているが、怒りくるうことでそれ以外を放棄したような感触があった。それはたぶん道生にも伝わって、だから彼の表情や言葉も頼りなく、曖昧なものになるしかないのだろう。

店で出す料理の仕込みは道生の担当だから、たいていは遥より先に家を出る。今日はいつもよりずいぶん早く出かけていった。母親が目を覚ます前に消えようということだろう。

遥が家を出る時間まであと二時間あった。普段なら雑事を片付けるためにあっという間に過ぎ去るその時間を、ひどく長く感じた。母親に置き手紙をして、自分も早めに店へ行ってしまおうか。そう考えはじめたとき、あっと気づいて、慌てて和室に向かった。

そっと襖を開けると、母親は布団の中で寝息を立てていた。井の頭線を数駅移動してきただけで、疲れちゃったもないものだわと思っていたが、実際のところ疲れていたのかもしれない。よく眠れていないということもあるのだろう。

起こさないように、布団の横をそろそろと歩き、積み上がった本の間から数冊の雑誌を取り出した。父親を告発する記事を載せた週刊誌、その続報を載せた雑誌、父親の件を導入にして、セクハラについて特集した雑誌。目に留まったものはすべて買って読んだのだった。どうして頭からすっぽ抜けていたのだろう、母親が寝る部屋に、置きっ放しにしておくなんて。

雑誌を持ってダイニングに戻り、食卓の上に置くと、そうだ、このところずっと、ひとりの時間は和室にこもってこれらを繰り返し読んでいたのだ、と気がついた。父親がやったことを誰よりもちゃんと認識しなければならない、という義務感にとらわれながら、同時に、これ以上父を憎まずにすむ理由を探していたような気もするけれど、結局、そんなものは見つからなかった。遥は雑誌を重ね、黒いゴミ袋に入れてソファの下に押し込んだ。どのみち記事の内容は、頭の中に浸《し》み込んでいる。

最後に読んだのは、月刊誌の「特集　セクシャルハラスメント実例集」だった。この記事では「カルチャーセンター講師のセクハラ」という言葉がリード中に出てくるだけで、その事件自体や、父親の名前は取り上げられていなかったが、遥にとってはぎょっとすることが書かれていた。知っている男が出ていたのだ。「自称音楽プロデューサーのA氏」。昨年病没したとあったが、五年前の年齢が四十代半ばであること、「痩せぎす、鼻髭《はなひげ》」という容姿や、「黒いハンチング」や「グッチのショルダーバッグ」という持ち物の特徴からして、赤坂規《あかさかただし》に間違いなかった。「ガールズバンドが出演するライブハウスに出没」とある通り、六年前、都内の複数のライブハウスで遥は彼に会ったのだった。

当時遥がメンバーだったのはガールズバンドではなかった。高校時代組んでいたバンドは卒業後の活動の中で脱退があったり新メンバーを迎えたりして、当時はヴォーカルの玲美《れいみ》とリードギターの遥だけが女性で、ベースとドラムとサイドギターが男性という編成だった。だが、赤坂規の目当てが玲美と遥であることはあきらかだった。

遥は十九だった。玲美が二十二歳で、男性メンバーたちもみんな同じ年頃だった。遥は親元を離れて一年で、すでにこの世界の現実を十分に知った気になっていたが、今考えれば無知もいいところだった。ほかのメンバーたちもそうだ。赤坂規に見込まれれば、メジャーデビューできると信じていたのだから。バンドの音楽に関心を示した「プロ」の人間は赤坂規だけだったが、渡された名刺に印刷された「音楽プロデューサー」という肩書きや、彼が吹聴する有名レーベルやプロダクションとのやりとりについて、誰ひとり疑おうともしなかった。

ライブハウスで自分たちの出番が終わった後、赤坂規が来ていれば遥と玲美が横に侍《はべ》って飲むというのが通例になっていった。否応《いやおう》なく電話番号を交換させられ、ライブのない日にも彼から電話がかかってきた。最初は玲美とふたりで呼び出されたが、そのうちひとりずつになった。遥は三回、夜の食事に付き合った。下心を隠そうともしない中年男との数時間が苦痛でしょうがなかった。なんとかしてほしいとメンバーたちに訴えたが、たいしたことじゃない、がまんしろという反応しか返ってこなかった。玲美までが男たちと同意見とあっては、それ以上言い募ることはできなかった。

四回目に赤坂から呼び出されたのが新大久保《しんおおくぼ》の韓国料理の店で、最初からいやな予感はしていたのだが、食事を終えて店を出ると、もう少し付き合ってよと腰に手を回された。それをがまんして歩いていくうちラブホテル街に入っていった。了解すら求めずにホテルの中へ遥を押し込もうとする男の手から身をよじって、遥は逃げた。家に帰り着いてからも、その夜が明けても、腰に男の手が張りついているようなじっとりした感触は消えなかった。

結局、バンドを抜けたのはその件がきっかけになった。数日後、ホテルへ連れ込まれそうになったことをメンバーに話し、もう絶対に赤坂には付き合わない、ライブ後の酒の相手もしない、と宣言したあと、彼らとの関係がぎくしゃくしはじめたのだ。赤坂と寝ることをメンバーたちから強要まではされなかったが、それを拒絶するのはバンドや音楽への熱意が足りないのではないかと暗に言われたことに耐えられなかった。はっきりとは聞かなかったが、玲美はその時点で何度か赤坂と寝ていたらしかったことにも。私は赤坂さんをきらいじゃないよ、仕事ができる男はそれだけで魅力的だよ。遥に向かってそう言ったときの玲美の顔を、今でもよく思い出す。いや——そのときの自分の感情が記憶を覆って、何かピカソが描く女に似た、非現実的なグロテスクな顔が口をパクパクさせて、玲美の言葉を発するのだ。

バンドを抜けると、それまでバイトの帰りに寄っていた店にも行かなくなった。その店はバンドメンバーたちの溜まり場だったからだ。かわりに別の店へ行くようになった。それが道生の店だった。

結局、母親に置き手紙をしてアパートを出た。

東北沢《ひがしきたざわ》寄りの繁華街の外れにある道生の店は夜六時開店で、遥も夜はそこにいることは母親に言ってある。冷蔵庫の中に食材も入れておいた。何でも使っていいから夕食は自分で作って食べてくださいと手紙に書いた。

説明が面倒なので、ライブハウス、と両親には言い、彼らもそれを信じているようだけれど、実際のところ道生の店はバーだった。カウンターのほかにテーブル席がひとつだけの、十坪にも満たない小さな店。常連客にミュージシャンが多いので、カウンター横の小さなスペースでときどきミニライブが開催されることもある、というのが実態だ。もともと道生ひとりで切り盛りしている店だったのを、今は遥が接客を手伝っている。

店にはポリスが流れていた。前年の再結成後、二〇〇八年にリリースされたライヴ盤だ。

厨房《ちゅうぼう》から顔を出して道生が苦笑した。料理の仕込み中らしく、ミートソースとカレーの匂いが混じっている。

「なんだ、早いな」

「あたしもこっちで寝泊まりしようかな」

「何言ってんだよ」

遥は店内を掃除し、グラスまで磨いたが、開店時間までにはまだ一時間以上あった。料理は不得手で道生を手伝えることは何もなく、結局、ここでも時間を持て余すことになる。道生は道生で、不自然なほど厨房から出てこようとしなかった。私も持て余されているのかもしれない、と遥は思う。

二〇〇八年、と遥はカウンターの端に座って、その年のことを考えた。遥は十三歳で、ポリスのこのアルバムのことは知っていた。洋楽に興味を持ちはじめた頃で、ネットや雑誌で話題のものは片端から聴いていたのだ。おっ、ポリスか、という父親の声がよみがえった。朝の食卓。遥の耳から父親はイヤホンをひょいと外して、自分の耳に装着したのだった。お父さん、ポリス知ってるの？　知ってるよ、スティングだろ。再結成したんだよ。そんな会話をした。父はすぐにイヤホンを返してくれたが、父の耳に入ったものを再び使うことがちっともいやではなかった。もし今そんなことをされたら、彼の目の前でイヤホンを捨ててしまうだろう。あの頃は、父のことがまだ好きだった。父がカルチャーセンターの講師になって二年目か三年目。でも、同じ年に、「あれはレイプですよ」と父を告発した、作家の小荒間洋子がカルチャーセンターの受講をはじめている。二〇〇八年は、そういう年だったのだ。

父親は四十八歳のときに大手の出版社を辞めた。幸福な退職ではなかったことを遥はなんとなく知っている。彼は「古いタイプの編集者」だったらしい。その言葉がいい意味で使われていたときと、困ったように使われていたときがあった。事実としては、編集部から広告部への異動が命じられたタイミングで辞めている。それからべつの小さな出版社に移ったが、そこの上司との折り合いが悪く一年保《も》たなかった。その頃の父親はいつも不機嫌で家の中の雰囲気は暗かった。その後、カルチャーセンターの講師になると空気は一変し、父親は陽気に笑うようになった。天職についた、という言葉は母の口から聞いたような気がする。

父親がきらいになったのはいつ頃からだったろう？　いや、その前に母親のことをきらいになったような気がする。笑っていても、喋っていても、物思いにふけっていても、遥に小言を言っているときも、母親じゃなくて彼女の「皮」がそうしているみたいに感じるようになったのはいつからだろう？　だから母親とは本音の話は決してできない、自分にとって本当に大事なことは母親に話してはいけない、と思うようになったのは？

父親が女性――三十代半ばくらいの、上品な感じの人だった――と歩いているところを見たのは十五のときだった。ああそうか、と奇妙な納得をしたことを覚えている。それでお母さんはあんなふうなんだ、それで私はお父さんが好きじゃないんだ、と。そのとき以来、ついこの前までは、父親は浮気しているのだ、家の外に恋人がいるのだと思っていた。だが彼女たちは恋人なんかじゃなかった。父親は、彼が「天職」のカルチャーセンター講師になって得た力によって、彼女たちを意のままにしていたのだ。浮気のほうがよっぽどマシだ。吐き気がする。

記憶の中から、晴れ渡った空があらわれる。遥は四歳か五歳だった。幼稚園での外遊びの時間、ふと見ると門扉があって、手で押すとそれは開いた。それだけの理由で、ひとり園を抜け出したことがあった。脱走といっても、何のことはない、行き先は自宅しか思いつかなかった。いつも母親に手を引かれて通る道にひとりでいることの心細さに半べそをかきながら、歩いたぶんだけ残りの距離が延びていくような道を懸命に歩いていると、向かい側から走ってくる男がいて、それは父親だった。たまたまその日、父親は胃腸炎で会社を休んでいたのだ。高熱を出していたはずなのだが、幼稚園から連絡を受けて、血相を変えて娘を探しにきたのは彼だった。父親は遥に気がつくと、両手を広げて走ってきた。吠えるように遥の名前を呼んでいた。父親に抱きしめられたとき、遥は泣いたけれど、それは父親が泣いていることにびっくりしたせいだった。父親の両腕をクレーンみたいに感じた。大きくて、やわらかくて、温かなクレーン。

あるいはまたべつの空もある。少し暮れはじめた空だ。遥は十歳だった。職員室の窓から空が見えていた。隣には父親がいて、担任の男性教師を怒鳴りつけていた。前日の体育の時間、お喋りを注意されたのだが、喋っていたのは隣の子たちで、遥は喋っていなかったから、そう言ったら、いきなり太腿《ふともも》を平手で叩かれた。体操着のショートパンツ姿だったから、叩かれた場所には教師の掌の真っ赤な跡が残り、母親から父親へとそのことが知らされたのだった。女の子ですよ？　と父親は怒鳴っていた。女の子の腿を、男の大きな手で、あなたは叩いたんですよ、どういうことかわかっていますか？　それともわかっていて叩いたんですか？　と。教師――三十代半ばくらいの、日によって妙に親しげにしてきたりヒステリックに怒鳴り散らしたりする担任教師で、とくに女子たちからはきらわれていた――はひたすらうなだれていた。父親の怒りの根拠は何か自分のそれとはずれているような気もしたが、腿を叩かれたことはショックだったので、父親が教師をやり込めてくれるのは嬉しかった。ある時期まで、父親は遥にとっての神様だった。圧倒的な力を持って、遥が困っているときは必ず助けてくれる神様。悲しみや怒りや恥辱から、遥を守ってくれる神様。

笑える、と遥は思う。ついこの前、その神様という言葉で父親を詰ったのだった。小説を書くってことはどうたらこうたらと言って、自分がやったことをちっとも悪いと思っていないらしい彼にがまんできなくて。「神様だとでも思ってるの？　自分のこと」

と。実際のところ「神様」は圧倒的な力を持っていた。その力を存分にふるって、女たちを組み敷いたのだ。

夜が更けていく。

開店間もなく、食事のためにやってきた客たちはすでにみんないなくなり、そのあと、どこかで食事を済ませてきた客たちや、あるいは昼夜逆転の生活を送る客たちが、今起きたという顔でやってくる。今日はライブ演奏はない。さっき常連客のひとりがしばらくアコースティックギターを弾いていただけだ。十時を過ぎると客は常連客か、彼らが連れてきた知人ばかりになり、道生は自分もスコッチソーダを飲みはじめる。

「遥ちゃんも飲めよ」

今は道生と一緒にカウンターの中に入っている遥に、常連客が言う。遥は頷き、ジンジャーエールをグラスに注いだ。

「酒じゃないじゃん」

「うん、今日はね」

以前は道生と一緒に、勧められるままに飲むこともあったが、父親の記事を目にして以来、なぜかそうしたくなくなった。

「えっ。まさかまさか?」

カウンターで飲んでいるべつの常連客が身を乗り出した。遥は最初意味がわからなかったが、一瞬後に気がついて、「違うよ」と苦笑してみせた。

「え？　妊娠してんの？」

酒を勧めた男が言う。

「だから、違うって」

「違うの？　ほんとに？」

「ていうか道生さん、ちゃんと役に立ってんの？」

男たちは口々に言い、

「うるせえよ」

と道生は返した。

「だめだよ、今はそういうのもセクハラって言われるんだから」

テーブル席の椅子をカウンターのほうへ向けて話に加わっていた女が言った。からかう口調だったので、男たちは笑った。遥は厨房のほうへ移動した。道生がちらりとこちらを窺ったことに気がついた。

開店前にかけていたポリスが、また流れてくる。南米でのライヴ。Message in a Bottleのイントロと歓声。テーブル席の客のひとりが合わせて甲高い声で歌い出す。セクハラって言えばさ、とカウンターの男が言う。

「赤坂のことが雑誌に出てたな」

「え？　セクハラで？　っていうか詐欺師だろ、あいつ」

「死んだんだよな」

「ああ、腎臓だっけ、肝臓だっけ？　なんか持病があったんだよな」

「嫁も子供もいたらしいよ」

「うえー。あいつの子供産むって、どんな女なんだろうな」

「でも、けっこう食いまくってたらしいよ、被害者十数人って書いてあった」

「被害者っていうのもおかしいよな。レイプされたわけじゃないんだから」

「まあ、寝るだけでデビューできるんなら俺だって寝るな」

「ははっ。誰と」

「道生さんとか」

「気持ち悪いこと言うなよ」

笑い声。道生も笑っている。遥が赤坂とかかわっていたことも、遥の父親がセクハラで告発されたことも、道生しか知らないから、こういう話題にもなるのだろう。道生は酔っているし、彼が気にしなければならないのは私の過去や私の肉親についてあかさないことだけだと思っているのだろう。こんなのはいつものことだ、と遥は思う。こういう会話は、いつでも私の近くにあった。この店の中にかぎらず、ずっと昔から、どこにいても。たいていは私自身もその会話に加わっていた。笑いながら。こんな会話は風景みたいなものだった。私もその一部だった。今、私は同じ風景を、剝がされたばかりの動物の皮を無理やり見せられているような気分で、見ている。

デニムの尻ポケットの中でスマートフォンが鳴り出した。厨房の奥へ下がって取り出してみると、「実家」からの発信なのでぎょっとする。「実家」というのは実家の据え置きの電話の意味で、とすれば母親がこちらに来ている今、かけてきたのは父親ということになる。

「遥。お母さんは、そっちにいるか？」

というのが父親の第一声だった。父親が遥のスマートフォンにかけてくるのははじめてだった。そもそも番号を知らないはずだが、母親にだけは伝えてあったそれが、どこかに控えてあったのかもしれない。

「ここにはいないよ。あたしたちのアパートで待ってる」

父親は母親に何か用があって、母親のスマートフォンにかけても出ないからこちらにかけてきたのだろうと、遥はそのときまでは思っていた。

「いるのか、そっちに」

「だから、あたしは今、店に出てるのよ。お母さんはアパートにいるはず」

「いるはずって、いるかどうかわからないってことか。鍵は？　閉じ込めてきたわけじゃないんだろう。電話して、たしかめてみてくれよ。俺が電話しても出ないんだ」

父親はひどく動揺していて、そのせいでしばらく要領を得なかったが、最終的に、母親は父親に言われて遥の家へやって来たのではなく、彼に黙って行き先も告げずに家から姿を消したのだということがわかった。書斎から出てきたらいなくなっていて、買い物だろうと思っているうちに夜になった。遥の電話番号を見つけ出すのに今までかかったということらしい。

電話を切ったときには父親の不安が遥にも伝染していた。避難ではなく出奔だったのだとすれば遥が知っている母親にはまるでそぐわない行動だった。つまりこれは異常事態なのだ。それなのに彼女を、そのままアパートに置き去りにしてしまった。電話してみるが繋がらない。「おかけになった番号は現在電源が入っていないか、電波が届かない場所にあります」というメッセージが応答する。アパートのあの部屋で目を覚まして、何か作って食べて、また眠っているのか。いや、あのとき、母親は本当に眠っていたのか。眠ったふりをしていただけなのではないか。それならなぜ電話に出ないのか。アパートにいるのだろうか。彼女はなぜ、なんのために私に会いに来たのか。夫が女たちにしたことについて沈黙を通した末に。

カウンターの男たちから大きな笑い声が上がった。その中を突っ切るようにして、道生が呼び止める間もなく遥は店を出た。狭い階段を降り、両側の店のネオンに照らされた小路で小走りになる。それこそ毎日見慣れた景色の中を、母の安否をたしかめるためというより、その景色が途切れるところを目指して遥は駆けた。

　次の角を曲がればアパートが見えるというところで、街灯の下に突っ立っているのは母親に違いなかった。お母さん！　思わず叫ぶと、母親は後ずさり、そのまま踵を返して逃げていきそうに思えて、遥は飛びかかるようにして母親の腕を摑んだ。

「痛っ」

と母親は顔をしかめた。化粧は落ちかけているが、来たときのままの服装だ。

「何やってるのよ？」

　遥の声はふるえた。怒りよりも安堵《あんど》のほうが大きかった。

「何って……あんたがいつまでも帰ってこないから、探してたんじゃない」

「手紙、書いたでしょ？　読んでないの？」

「読んだけど、全然帰ってこないから……」

「店の場所も知らないのに、どこに行くつもりだったのよ？」

　母親は答えなかった。膜のようなものがふっと母親の顔を覆った。そのことにぞっとしながら、遥は母親の腕を摑みなおした。

「とにかく、帰ろう」

「どこへ？」

母親は遥を見上げた。無邪気なようにも、意地悪くも見える表情で。どこへ？　遥にそれがわからないことを――彼女を連れて、店にもアパートにも戻りたくないと思っていることを――母親は知っているようだった。

第四章　二十八年前

月島光一

植物公園入口横の、チケットを買う人たちの列から外れたところに麻子《あさこ》はいた。自転車の上から月島は手を振ったが、麻子は振り返さなかった。寝坊したうえ、ここへ向かう途中で自転車がパンクして、自転車屋を探しパンクを修理してから来たので、三十分近く遅刻してしまった。

「ごめん、ごめん。待っててくれてよかった」

遅れた理由を説明すると、麻子は苦笑しながら頷《うなず》いた。もう買っておいたから、とチケットを渡される。ごめん、悪い、と月島はひたすらペコペコして、自転車を駐輪場に停《と》め、先にゲートを入っていく麻子の後を追った。七月のはじめの正午少し前、薄曇りの蒸し暑い日曜日だった。

麻子が足を止める。待っていてくれたのだと思い、先に立って歩き出すと、「どこへ

「行くの?」と聞かれた。

「どこって……決めてないけど。散歩だから」

「散歩なのね」

「いや、散歩っていうか、デートだけど。散歩デートだろ?」

麻子が頷いたので、月島は再び歩き出した。一周したら、隣の深大寺《じんだいじ》へ行って蕎麦《そば》を食べ、麻子がそうしたかったら甘味茶屋にでも寄って、一緒にアパートへ戻ろう、と考える。そういうコースは今日で二回目だった。前回がいい雰囲気だったので今日もそうなると思っていた。だが、何か勝手が違う。遅刻したせいか、蒸し暑いせいなのか。まあ、そういう日もあるだろう。月島は結局、いつものようにそう考える。このところは、こんな感じの日が多い。付き合いが長くなりすぎたせいかもしれない。麻子は月島にとって、大学時代はじめて交際した女性から数えてふたり目の恋人だった。月島の四歳下の三十一歳、大手学習塾で英語講師をしている。四年前、担当作家が大手学習塾を舞台にした小説を書くことになり、そのための取材に同行したとき、彼女からも話を聞いたのが交際のきっかけだった。

バラ園にバラはポッポッとしか咲いておらず、咲いている花もなんだか暑さにやられたようにぐんなりしていた。以前、来たときにはバラをスケッチしている老人がいて、月島と麻子はテラスのような場所にあるベンチに座り、その老人の素性や過去について飽くことなく憶測して楽しんだのだった。今は老人も、それどころかふたりのほかに歩いている人の姿もなかった。チケット売り場にはあんなに人がいたのに、まるで俺たちふたりが避けられてるみたいだ、と月島は感じた。だが月島がテラスへの階段を上がると、麻子も黙ってついてきた。この前と同じベンチにふたりは座った。

「暑いな」

と月島が呟《つぶや》くと、「うん」と麻子も言った。

「深大寺で蕎麦食って、早めに俺の部屋に行こうか」

「お蕎麦……どうかな」

「蕎麦、いやか？　じゃあ三鷹の駅まで行って何か食う？」

「うん……どうしようかな」

月島は戸惑って、麻子の横顔を見た。派手ではないが整った、上品な顔立ちをしている。夢二《ゆめじ》が描いた女みたいな雰囲気があって、ほとんど一目惚《ひとめぼ》れだった。性格も容姿そのままにおっとりしていて、先ほどのように苦笑されることはあっても、これまで大きなケンカをしたことはない。

「どうしたの。なんか、今日、へんじゃない？」

月島は冗談めかして、笑いながら聞いた。

「どうして今日、自転車に乗ってきたの？」

「えっ。どうしてって……それがいちばん早いからさ」

「早くはなかったでしょう？」

「まあ、それはそうだけど」

やっぱり遅刻が尾を引いていたのか。女というのは面倒なものだなと月島は内心微《かす》かに苛立《いらだ》つ。

「あなたの部屋に、また自転車で行くの？　ふたり乗りで？」

「それしかないだろ？　麻子が乗って、俺が走ってく？」

「また警察につかまるかもしれないでしょう」

「そんなこと……」

そう言われれば前回ここへ来たとき、部屋へ行く途中で自転車に乗った警官に止められ、ふたり乗りを注意されたのだった。だがあのときは、警官が見えなくなるまでそれこそ月島が麻子の漕《こ》ぐ自転車の横を走り、笑い話になったのではなかったか。

「もう自転車に乗ってこないでねって、あのとき私言ったでしょう？」

「ごめん。でも遅れそうだったからさ。バスより自転車が早いんだよ。ふたり乗りがいやなんだったら、真面目な話、麻子がひとりで乗っていけばいいよ。俺、バスで帰るから。逆でもいいよ」

「そういうことじゃないのよ」

麻子は俯《うつむ》いた。子供のようにごねられているとしか思えず、何が起きようとしているのか、月島にはさっぱりわからなかった。

「一夜漬けですか」

隣に座っている内田《うちだ》が言った。月島は最初、何を言われているのかわからなかった。それから「うん、まあ」と曖昧に答えた。月島が読んでいるのは、他社の文芸誌の最新号だった。巻頭に、これから訪ねていく小説家、木村佑太郎の最新長編が載っている。木村に感想を言うために慌てて読んでいるんですか、という意味で内田は聞いたのだろう。

ふたりとも半袖シャツにチノパンという軽装で、特急あずさに乗っていた。木村佑太郎が八ヶ岳《やつがたけ》の麓に建てた別荘の新築祝いが、今夜行われることになっている。各社から担当編集者が集まる予定で、他社の書籍担当の編集者である内田とは、待ち合わせしたわけではなかったが新宿駅でばったり会った。

「あと十分くらいで着きますよ」

「うん、ちょっと集中させて」

月島はそう言ったが、「一夜漬け」に焦っているわけではなかった。実際のところ、木村のこの最新作を読むのは三度目だった。昨日、雑誌を手にしてすぐに読み、夜通し読み、今また読んでいる。面白くてたまらず、そうして、こんなすごい小説を書いた男に、ぜひ書いてほしいテーマが頭の中でむくむくと膨らみつつある。

列車は茅野《ちの》駅へ入っていく。月島は雑誌を閉じ、溜息《ためいき》を吐《つ》いた。今現在、短い旅に出ているわけだが、初回に読んだときからこの小説のことばかり考えていたので、それこそずっと旅に出ていたような感覚があった。そうして月島は、読んでいる間、麻子のことをすっかり忘れていたことに気がついた。

麻子には新しい男ができていた。新任の数学講師で、麻子より三歳年下の男だという。だから月島とはもうこれきりにしたいと言われた。そいつとはもう寝たのかと聞きたいのを堪《こら》えて、そいつは自転車のふたり乗りしないのか、と月島は聞いた。たぶん、と答えて麻子は涙をこぼした。なんでお前が泣くんだ、泣きたいのはこっちだと月島は思った。今すぐにではないが、いつか結婚するなら相手は麻子だろうと思っていたのだ。

だが結局、月島は、ひとりアパートに帰ってからも泣かなかったし、そのあと思い返してクヨクヨすることもほとんどなかった。週末に会社から持ち帰ってきた文芸誌を習慣的に開いてみたら、木村佑太郎の新作が載っていたから——そしてたちまち小説世界に入り込んでしまったからだ。このことを、麻子に——あるいは麻子を寝とった男に教えてやりたいと月島は思った。お前は俺にとってその程度の存在だったのだと。いや、それを感じて麻子は俺から離れていったのかもしれない。そう思うと可哀想《かわいそう》な気もしてきて、そんな気分に月島は慰められた。

　午後一時過ぎ、茅野駅ホームで、月島と内田はもうふたりの男性編集者――屋代《やしろ》と浅《あさ》香《か》――と合流した。それぞれべつの出版社だが、全員顔見知りの仲だ。タクシーに相乗りして、木村の別荘へ向かうことになっている。月島は助手席に乗り、後の三人が後ろに乗った。

「みなさん日帰りですか？」

　車が走り出すと内田が聞いた。二十五歳で、四人の中では最若手だ。

「もちろん」

「泊めてくれるって話は出なかったしな」

　屋代と浅香がそれぞれ答え、「俺も」と月島は言った。

「八時何分だっけ、それが最終だから、飯食ったらすぐ出ないと。東京から二、三時間かけて、何しに行くんだって話だよな」

　屋代が笑った。

「でも一泊して木村さんと一緒に朝飯食うよりいいんじゃねえ？」

　浅香が言い、同意の笑い声が起きる。木村佑太郎はデビュー当時、人嫌いで有名だったのだが、歳月を経て著名になるにつれ、ある意味で社交的になった。しかし些《さ》細《さい》なことで臍《へそ》を曲げるし、こじらせて連載中の原稿を引き上げたりしたこともあるので、扱いにくい作家の筆頭になっている。

「そういえば夕飯ってどうなってるの？　木村さんが作るの？」

「三宅《みやけ》さんと真行寺《しんぎょうじ》さんが先に行って用意してるみたいですよ」

内田が他社の女性編集者ふたりの名前を出した。ああそうか。じゃあ安心だな。屋代と浅香は口々に言った。「まあ、空気とか、良さそうだよな。涼しいし」と屋代がとりなすように続けたのは、月島がずっと会話に参加しなかったせいかもしれない。

月島は内心、三人を軽蔑していた。実際のところ、「何しに行くんだって話」なのであれば、来なければいいだろう。木村佑太郎が会社にとって大切な作家であることは認識しているとしても、彼の小説のすばらしさを俺のようにわかっている者はここにはいない、と思う。

きれいに区画整理された別荘地の中の、これ見よがしなログハウスが木村佑太郎の別荘だった。内田が言った通り女性編集者ふたりがすでに来ていて、アイスティーやクッキーを出してくれた。五十代のベテランである三宅とは月島は懇意にしていたが、内田より若い真行寺のことは名前を知っている程度だった。新米の真行寺が木村の担当ということはないはずで、彼女と三宅は同じ会社だから、三宅が連れてきたのだろうと月島は推測した。たしかに女が三宅ひとりというのは潤いに欠ける。

「もう俺より彼女たちのほうが家の中のことに詳しくなっちゃったよ」

これまたこれ見よがしな、重厚な革のソファに体を沈めた木村佑太郎が笑う。木村は月島より五歳年上の四十歳で、独身だった。こちらの家のほうを拠点にして、月島も何度か訪れたことがある幡ヶ谷《はたがや》のマンションを「東京の仕事場」にするのだという。

「打ち合わせは毎回こっちでやりましょうよ。週一だって僕、通いますよ」

「本当にいいところを見つけられましたね。ログハウスもかっこいいし」

屋代と浅香が臆面もなくべんちゃらを並べ、木村が土地を購入した経緯や、ログハウスに決めた理由、建築家を探す苦労などをしばらく聞かされることになる。挨拶だけしてキッチンにこもっていた女性ふたりも出てきて座に加わり、「もうここに棲《す》みついちゃおうかと思ってるんですよ」と三宅が言うと、木村は相好を崩した。結局、今日ここに呼ばれているのは木村のお気に入りの編集者ばかりなのだ、と月島は考える。それが証拠に、新作長編の担当編集者は来ていない。関係はよくなかったのだろう。あるいは当初はよかったが、今回の仕事のやりとりの中で関係が悪くなったのかもしれない。木村佑太郎にはそういうところがある。編集者からアドバイスや意見されたりすることがきらいなのだ。それをしてまだきらわれていないのは俺ぐらいかもしれない、と月島は思う。

「夜はテラスでバーベキューやるぞ。女性陣が用意してくれるから、男どもは釣りでもしてきたら。裏手に川があるんだ。釣り竿《ざお》たくさん用意してあるから」

木村が言い、男四人で出かけることになった。思いがけず作家の相手から解放されて、浅香と屋代はほっとしたようだ。川は木立の中を細く流れていて、景色もよかった。それぞれに場所を決めて釣り糸を垂らした。運がよければ岩魚《いわな》が釣れるぞと木村が言っていたが、三十分以上経《た》っても四人ともアタリすらなく、内田、浅香と屋代は場所を変えたりしばらくあれこれやっていたが、気がつくとみんな姿が見えなくなっていた。どこかで昼寝でもしているのかもしれない。月島は水中に糸を垂らしたまま竿を地面に置き、その横に腰を下ろした。

葉ずれの音とせせらぎだけが聞こえる場所で、ひとりきりであることが意識されると、ふっと風で何かがめくれたように麻子のことが思い出された。だが一瞬のことだった。月島の頭は再び、木村佑太郎の小説のことでいっぱいになった。ここまで来てよかったと思った。木村が別荘を買ったということ、それがこのような場所で、あのような家だったということが、今、自分の頭の中にあるアイディアにあらたなヒントを与えてくれるような気がした。パズルのピースがはまったような感覚に、月島は高揚してきた。こんな感じは麻子からは得られなかった、とあらためて思う。

木村佑太郎がぬっとあらわれた。

「何やってんだ。あいつら、戻ってきてもうビール飲んでるぞ」

「木村さん、秋田にはもうずっと帰ってないんですか？」

「え？　なんだよ、急に」

「今度の長編に、秋田弁の男がちらっと出てきたでしょう。俺、あいつがずっと気になっているんですよ」

月島は頭の中にあったことをいきなり口に出してしまった。木村は呆気《あっけ》にとられたように月島の熱弁を聞いていた。


最終電車の時間を考慮して、バーベキューは広いテラスで午後四時過ぎにはじまった。まだ日は高かったが気温はぐっと下がって、半袖のシャツでは肌寒いほどだった。木村は金だけ出して、女性編集者ふたりが買い出しから引き受けたらしい。これも木村が買うだけ買い、まだ梱包《こんぽう》も解かれていなかったバーベキューグリルを男たちで組み立てて火を熾《おこ》し、肉や野菜を焼きつつ酒を飲んだ。

サシがたっぷり入った和牛を漬け込んだタレは三宅の手作りとのことで、なかなか旨《うま》かった。木村はじめ男たちがほめると嬉《うれ》しそうにしていたが、彼女たちこそ、実際のところ自分たちは何をしに来たのかと思っているんじゃないのか、と月島はふと思った。二時間超かけてここまで来て、下働きしているだけだ。今は一緒に飲んでいるが、肉を焼いたり皿に取り分けたり足りない飲み物を取りに行ったりを一手に引き受けているから忙しそうだ。とくに若い真行寺は先輩の三宅にも気を遣って動いているから、人にサーブするばかりで自分はほとんど食べていない。

月島は頃合いに焼けた肉をトングで取って、彼女の皿に入れてやった。

「真行寺さん、これどうぞ」

「あ。ありがとうございます」

真行寺は月島が気まずくなるくらい恐縮した様子で頭を下げた。新卒ですぐ文芸誌の編集部に配属されたのが二年くらい前か。可愛《かわい》い子が入って来たと同業者の間でちょっと話題になったのを覚えている。それでここにも連れてこられたわけか。見たところ木村佑太郎は彼女とは今日ここではじめて会ったようだが、気に入っていることはありありとわかる。今後、企画物やエッセイなど、彼女の依頼であればほいほい受けるかもしれない。そう考えれば、別荘での下働きも飲食する余裕がないことも、べつにかまわないだろうとも思える。小説を読む能力など知れたものでも、作家の覚えめでたくなることができるのだ。なんだかんだ言っても女は得だ——若くて見目が良ければなおさら。

月島はそう考えながら、真行寺の横顔を盗み見た。

ビールに続いてシャンパン、白、赤ワインと栓が次々に開けられ、座に酔いが回ってきた。最新長編の話にもなり、月島以外の各人がいかにも用意してきたような感想を述べたが、月島は相槌《あいづち》を打つにとどめた。月島の感想は、さっき川のほとりですべて木村に告げたからだ。木村はそのことをほかの編集者たちにあかさなかった。川べりでの月島との対話がなかったかのようにふるまっていた。そんな木村の態度が自分にとって――つまり、自分の構想によって木村に次作を書いてほしいという自分の願望にとって――吉なのか凶なのかはまだよくわからなかった。川べりで月島の話を聞いた木村は、「なるほど、面白そうだね」と言ったが、その口調や表情はどうとでもとれるものだったし、いつまでもふたりきりでいるわけにもいかず、話はそれきりになっていた。

今は小説の話ももう終わり、いささか際どい話題に移行していた。木村は酒があまり強くない上に、酒癖も悪い。「はじめての性体験は何歳でどのようなシチュエーションだったか」を順番に告白させるという、趣味の悪いゲームがはじまったのは彼の意向だった。

「僕のはじめての相手はシーツでしたね」という話を内田がして笑いを取り、次が月島だったので、「大学一年のときに同級の女性と」という話を覚えている通りに淡々と話して、結果的には盛り下げた。屋代、浅香がまるであらかじめ用意していたかのようなネタを披露し、三宅は――あきらかに作り話だと月島は思ったが――「十八歳、花火大会の夜に浴衣姿で、河原で」という話を披露して木村を喜ばせた。こういうところがベテランのベテランたる所以《ゆえん》だよなと月島は感心する。最後が真行寺だった。

「ノーコメントです」

と真行寺は言った。微笑しているがその笑顔は固い。

「ノーコメントは禁止、禁止」

すでに怪しくなったろれつで木村が言った。

「編集者なんだから、ちゃんと語らないと」

屋代が言った。

「個人的なことなので言いたくないです」

真行寺は言った。もう笑っていない。それで、一瞬座が静まった。

「もしかして処女とか」

浅香が言い、おおーっと屋代と内田が囃《はや》す。

「そうか、処女か」

木村が言い、

「じゃあ、処女ってことで。私が言っても無理があるけど、真行寺さんならオーケーってことで」

と三宅がぱちぱちと手を叩《たた》いた。とりなしたつもりだろう。木村は「ふん」と鼻息で応じた。

「案外つまらない人だね、真行寺さんは」

「すみません」

真行寺は椅子から立ち上がり、家の中に入った。トイレに向かった様子だったが、そのあといっこうに戻ってこなかった。

「俺も、トイレ借ります」

月島はそう言って立ち上がった。白けた雰囲気になりつつあった。誰かがこの事態を収拾しなければならないとするなら自分が適任だろうと思ったのだ――さっき、真行寺を囃さなかったのは自分だけだったから。若い女を追い詰めて酒の肴《さかな》にする悪趣味には付き合いたくないが、真行寺も真行寺で、子供じゃないんだからもう少し上手《うま》く立ち回ってくれよと苛立つ。

トイレは洗面所の奥にあるのだが、洗面所のドアを開けると、そこに真行寺はいた。月島が来たことに気づいて化粧を直しているふりをしたが、泣いていたのはあきらかだった。やれやれ、と月島は思う。子供をなだめるように後ろから真行寺の背中をポンポンと叩いた。

「そろそろ戻らないと、またあれこれ言われるぞ」

「はい……すみません」

真行寺はしゃくり上げた。

「あと一時間もすれば帰れるから。がんばって」

そう言って月島はトイレに入った。泣き顔を見たせいか、またちらりと麻子のことを思い出した。それを洗い流すように放尿した。

校了明けの編集部はがらんとしていた。編集部員はそれぞれ、打ち合わせや資料集めで社外に出ている。月島ひとりがデスクで原稿を読んでいた。

電話が鳴り出した。「あの、真行寺ですが……」というか細い声が聞こえた。木村佑太郎の別荘へ行ったのは先週末のことで、帰りがけに真行寺と名刺を交換していた。

「どうも。先日はお疲れ様でした」

何の用だろうと思いながら月島は言った。

「ご迷惑をかけて、申し訳ありませんでした」

真行寺は言った。声が緊張している。

「いや、迷惑なんか……べつに。それでわざわざ電話くれたんですか」

「それもありますけど、ちょっとご相談があって」

「え。相談」

そのとき編集長の藤野《ふじの》が部屋に入ってきた。月島が顔を向けると、片手を上げて応じて、自分の席に着いた。

「悪い、今ちょっと、時間がないんだ」

時間はあったのに、月島はなぜか真行寺にそう言ってしまった。

「あ、そうですよね。いきなりすみません。かけ直します」

「用が済んだらこっちからかけるよ。ごめん」

電話を切ってしまってから、逆に面倒なことになったなと月島は思った。相談とやらを、今聞いてしまえばよかったのだ。だが、藤野がいる場所でするような話ではないのだろう、という予感があった。

外に出て、どこかからかけ直すか。そう思ったとき、再びデスクの上の電話が鳴った。真行寺が待ち切れずにかけてきたのか。恐る恐る受話器を取ると、「よう、俺だけど」と木村佑太郎が機嫌よく言った。


その週の終わりに、月島が編集部員である文芸誌の、新人賞の授賞式と祝賀パーティがあった。

選考委員の小説家のアテンドをひとまず終えて、月島は授賞式会場の隅に立った。ホテルの宴会場の、赤い絨毯《じゅうたん》を敷き詰めた部屋を、同業者たちが埋め尽くしている。作家の姿もちらほらあり、さっき念のため探してみたが、木村佑太郎の姿は見当たらなかった。彼は原則的に業界のパーティの類には来ない。

久しぶりに締めたネクタイが暑苦しくて、月島は無意識に何度も襟元を引っ張った。今週はいつも以上に原稿や雑誌や本で小説を読んでいて、頭の一部がそちらへ行ったまま戻ってこないような感覚があった。壇上では社長が挨拶をはじめている。式後のだんどりなどをさらいながらぼんやり眺めていると、ふいに後ろから袖を引かれた。

「あ、どうも」

三宅だった。木村佑太郎の別荘で会って以来だ。小太りの体軀《たいく》を、今日はパーティ仕様で光沢のある花柄のワンピースが包装紙みたいに包んでいる。

「真行寺のこと、知ってる？」

ひそひそと三宅は言った。

「え？　彼女がどうかしたんですか？」

「知らないのね。月島くんには話してるんじゃないかと思ってたんだけど。辞めたのよ、あの子。あれ以来会社に来なくなっちゃって、今日になって電話があったらしいの、辞めますって」

「えーっ……」

月島は思わず声を上げた。辞めた。とすればこの前の電話は、その相談だったに違いなかった。結局、あのあとかけ直すことはせず、本当に必要だったらまた向こうからかけてくるだろう、ということにしていた。

「それって、この前の木村さんちでの一件が理由ですか」

「じゃないの？　私には何のコンタクトもなかったから、たしかじゃないけど」

「あれくらいのことで辞めるかなあ」

「どっちにしても、向いてなかったってことでしょう、編集者に。っていうか社会に出ないほうがよかったんじゃないかしら、ああいう子は。悪いけどいい迷惑なのよね。あの日だって、私がせっかく盛り上げたのに、あの子のせいで白けちゃったでしょう」

溜《た》まっていた鬱憤を吐き出すように三宅は言い募った。ふたりの前に立っていた男が振り返ると、ようやく口をつぐんでそそくさと離れていった。

そうだよな、と月島は思った。向いてなかったってことだよな、あの程度のことに耐えられないのなら。俺が相談に乗ったとしても、真行寺を引き止めるようなことは言ってやれなかっただろう。結局、彼女は辞めただろう。そのほうが本人のためでもあるだろう。美人なんだから、さっさと適当な男を見つけて家庭に入ればいい。木村佑太郎は真行寺の辞職を知ったら気にするだろうか。そのフォローをしなければならないとしたら面倒だ。小説のことだけを考えていたいのに、幼稚な女のおかげでよけいな仕事が増えることになる。

最終的に月島は真行寺を難じた。その気分には、彼女の相談に乗ってやらなかったことへの後ろめたさも混じっていたが、それも含めて、月島は真行寺のことをすぐに頭から追い出した。実際のところ、頭の中は小説のことでいっぱいなのだ。木村佑太郎は月島が提案したテーマに興味を示している。先日の電話で、来週、打ち合わせをする約束をした。何から話そうか。どんなふうに話そうか。話せば話すほど、俺同様に木村も興奮するはずだ。

壇上では選考委員の作家による講評が終わり、新人賞を受賞した真砂《まさご》夕里がマイクの前に立ったところだった。月島の意識は彼女へと向いた。まだ大学生——二十歳で、こちらはまだ正真正銘の子供だ。ぷっくりした頬、肩までのまっすぐな髪、それこそ子供がピアノの発表会で着るみたいな、後ろにリボンがついた紺色のワンピース。真行寺や、それに麻子ほどの美形ではないが、この娘《こ》は小説が書ける。才能がある。

受賞作はもちろんもう読んでいた。何度もだ。担当させてもらうことになっている。彼女とどんな話をしようか。受賞作について、まずどんな感想から伝えようか。どんな顔で彼女は俺に耳を傾けるだろう。

真砂夕里の拙《つたな》い「受賞の言葉」を聞きながら、月島は今度はそれを考えはじめた。

第五章　現在

柴田咲歩

九月に入ったが、外はまだ夏の日差しだった。咲歩は舗道の日陰を歩いた。先月から働いている動物病院は徒歩五分の距離にスーパーマーケットがあり、そのスーパー内にはフードコートがあるので、昼食を摂《と》るのに重宝している。

向こう側から、犬を連れた人が歩いてくる。犬は柴犬か、それに近いミックスのようだ。何か奇妙な感じがあったが、近づくと、犬の後ろ足部分に車輪のようなものが装着されているせいだとわかった。そして犬を連れているのは、ハート動物病院の獣医師の、深田先生だった。

「先生！」

と咲歩が手を振ると、深田先生は一瞬きょとんとしてから、手を振り返した。舗道の端で向かい合う。

「びっくりしたあ。制服で、印象がずいぶん変わるね。っていうかまた仕事に戻ったのね」

「はい、すみません……。ハートに戻りたかったけど、自分の都合で突然辞めて、また雇ってくださいとは言えなくて」

「いいの、いいの。柴田さんが復帰してくれたのが何より」

ハート動物病院を辞めるときは、誰にも理由を説明しなかったし、だから挨拶もそこそこに去ってしまったのだった。きっといろいろ憶測されたに違いないが、深田先生はそのことに触れなかった。今はどこの病院にいるのかとだけ聞き、咲歩が勤め先の名前を言うと、ああ、あそこはいい病院だよね、と言ってくれた。

「先生は、今日はオフですか？」

白衣を着ていない深田先生は、ストライプのシャツにデニムという姿で、大学生みたいに見えた。

「オフじゃないよ、勤務中。この子がどんどん歩くから、調子にのって遠くまで来ちゃったの」

「その装着具、手作りですか」

「私が作ったの！　いいでしょう。この子、悪性腫瘍で断脚したの。飼い主さんが安楽死まで考えてたのを、私が説得したのよ」

「よかったあ……」

「まだまだ長生きするよね？　ね！」

傍《そば》で行儀よく待っている犬に深田先生は話しかけ、じゃあまたね、気が向いたら連絡してねと咲歩に言って、離れていった。犬はよたよたしながらも、深田先生を引っ張るほどの勢いで走っていく。その後ろ姿を咲歩はしばらく眺めていた。

今の勤め先では獣医師はひとりで、看護師は咲歩と男性看護師のふたりだ。午後からの診療では、その男性看護師が診療補佐に入り、咲歩が受付カウンターに入った。ハート動物病院にあったような高度な設備はなく、遠方から患畜が目指して来るようなところではないが、地域のペットのかかりつけとして重宝されているクリニックだった。午後三時半、待合室の椅子にはそれぞれ猫とポメラニアンを連れた飼い主が座っていた。猫の飼い主の中年女性はキャリーバッグを膝に乗せ、その上にスマートフォンを立てて眺めていた。ポメラニアンの飼い主は、犬を小脇に抱えてもう片方の手には週刊誌を持っていた。その表紙に「セクハラ」の文字があるのが咲歩の目に入った。

瞬間、息が止まるかと思うほどドキンとした。前にも同じようなことがあった――ハート動物病院で、やっぱり受付カウンターにいたときで、待合室で待っている飼い主が持っていたのは週刊誌ではなくスポーツ新聞で、月島の顔写真と名前が載っていた。それをきっかけにして、封じ込めてきた記憶がよみがえって耐えきれなくなり、月島を告発したのだった。

今、ポメラニアンと顔を寄せるようにして初老の男性がめくっている週刊誌の表紙には「あなたは大丈夫？　セクハラ事例集１００」とあり、「月島光一」や「カルチャーセンター」「小説講座」といった文字は見えなかった。本文中にはちらっと出てくるのかもしれないが、メインでは扱われていないだろう。月島のセクハラ問題は、世間的には終了している。小荒間洋子の告発のあとは、咲歩が知るかぎりでは、月島に対するあらたな告発はなく、かわりにべつの人へのセクハラ疑惑、告発がぽつぽつと続いた。それも先細りになっている気配がある。ニュース、あるいは話題としてセクハラに関心を持っていた人たちは、もうそれに飽きてきたみたいだ、と咲歩は感じる。この前は週刊誌の新聞広告で、「それセクハラ？　逆ハラ？」という見出しを見た。中身をたしかめたわけではないけれど、「逆ハラ」というのは、「セクハラだ」と指摘することを言っているらしいと推測した。セクハラ、セクハラとうるさく言うな、という気分になっている人たちも多いのかもしれない。

ポメラニアンの飼い主がパッと顔を上げ、咲歩は慌てて目をそらせた。男性は週刊誌を閉じると犬を抱いたまま立ち上がり、カウンター横のマガジンラックに週刊誌を戻し、別の週刊誌を持って椅子に戻った。大丈夫。咲歩は自分に言った。あの人は、私のことなんか気にしていない。私がセクハラに遭い、そのことを告発したなんて、知らない。そうやって自分に言い聞かせなければならないことが、今でもまだ、しばしばある。月島はカルチャーセンターの講師を辞めたという。それに文学賞の選考委員もクビになり、どこかの短大で講師をする話もなくなったのだという。カルチャーセンターの講師を辞めたことは、咲歩が家に戻ってしばらくしてから、俊が教えてくれた。ネットニュースで知ったらしい。ある日の朝食の席で、彼は講師を辞めたらしいよと、さりげない口調で俊は言った。あんまりさりげなかったから、口に出すタイミングを彼が計っていたことが咲歩にはわかった。そうなんだね、と咲歩は言った。月島について夫と会話することが少しずつできるようになってきたけれど、いつもうまくいくとはかぎらなくて、このときも、もっと何か言いたいと思いながら言葉がつっかえて出てこなかった。

当然だと思うよ、辞めるのは。俊がそう続けた。謝罪したいと言うんなら、講師を辞めるというかたちで示すべきだと俺は思う。そう思う？　と咲歩が聞くと、思うよ、と俊は咲歩をじっと見て答えた。それだけのことを彼はしたんだ、と。ありがとう、と咲歩は言った。お礼を言われるようなことじゃないよ、と俊は言い、その口調の強さが咲歩を傷つけないように、微笑《ほほえ》んだ。

文学賞の選考委員と短大の講師の件は、俊からではなく電話で知った。誰だかわからないが、たぶん以前にも電話をかけてきた人だった。カルチャーセンターの、月島の小説講座を受講していた誰か。その女性は名乗りもせず、いきなりまくしたてた。要約すると、「月島先生は文学賞の選考委員を辞めさせられましたよ、短大の講師になるはずだったのにそれも白紙になりましたよ、あなたのせいですよ、どう思います、人をそんな目に遭わせて嬉《うれ》しいですか？」というようなことだった。前回のように途中で電話を切らず、最後まで聞いていたのは、今回は反論しようと決意していたからだったが、結局咲歩は何も言わずに、電話を切ってしまった。

でも、電話はほかにもあった。この人は男性で、ちゃんと名乗った——名前は忘れてしまったけれども。やっぱり小説講座の人だった。自分でそう言った。月島先生に教わっていて、彼を尊敬していました、と。でも、僕は講座をやめました、とその男性は言った。月島先生が辞める前にやめたんです。受講生の中には、月島先生を信じると言う人もいましたが、僕はだめだった。先生の釈明を聞いても、納得できなかった。今は僕は彼を軽蔑しているし、自分も悪かったと思っています。僕が講座に通っているときも、先生が目をかけている女性がいて——いや、目をかけているんだ、というふうに思おうとしていたんですよ、なんかへんだってことはわかってたんだけど。酒の席で彼女がいつも先生の横に座らされたり、個人的に呼び出されたりしているらしいのを、知っていて、彼女のために何もしてやらなかった。反省しています。

ぞっとすることだが、小説講座内のあるグループの人たちはみんな、咲歩の電話番号を知っているらしい。その男性も、そのグループの人から番号を教わったそうだ。きっといろいろ言ってくる人がいるでしょう、でも、あなたに感謝している人間もいるんだと知ってほしくて、電話したんです、と男性は言った。ありがとうございます、と咲歩は言った。そのときも、それがほとんど唯一の、男性への返答だった。お礼なんて。男性は言った。きっとそのとき電話の向こうで、俊と同じ顔で微笑していたのかもしれない、と咲歩は思う。

夕食はいつものように俊が用意してくれていた。

今の病院に移ってから以前より早く帰宅できるようになったので、俊が待っていてくれるようになり、今夜も一緒に食べた。野菜をたくさんのせた豚肉の冷たいしゃぶしゃぶに、豆腐とアサリが入った韓国風のスープ。最近、自分でレシピ本など買ってくることもある俊は料理の腕を着実に上げていて、そろそろ咲歩より上手になりそうだ。

ふたりで後片付けを終えると、「行く？」と俊が聞いた。「行く」と咲歩は答える。夕食後、近所を散歩するのが日課になっている。咲歩が実家から戻ってきて間もなく、「なんだか歩きたいな」と呟《つぶや》いたのに俊が付き合ってくれて以来の習慣だった。

虫除《むしよ》けスプレーを腕や首にたっぷり振りかけて、サンダルをつっかけて出かける。ウォーキングなどではなく、ぶらぶら散歩のつもりだから、スニーカーではなくサンダルなのだが、実際のところ、毎晩、気がつくと結構な距離を歩いている。

日中に比べると夜の風はいくらかひんやりしていた。川に沿った道を、昨夜とは逆方向に歩いていった。どちらへ行くか、どこで曲がるかはその日そのときどきでどちらかがなんとなく決める、という歩きかただった。夕食のときよりもこのときのほうが交わす言葉が多いような気がする。自然に交わせる言葉が多い、のかもしれない。沿道の家のフェンスから飛び出している花の名前について話し、街灯の明かりが届かない川べりを、ヘッドライトをつけて犬と歩いている人について話し、深田先生に会った話もこのときにした。

「よかったな」

と俊は言ったが、それが、断脚した犬が走れるようになったことなのか、咲歩が深田先生と偶然会ったことそれ自体か、それとも深田先生が何も聞かず咲歩の看護師復帰を喜んでくれたことなのか、わからなかったから、咲歩はしばらく返事を考えていた。

「……よかったんだよな？」

と俊は気遣わしげに言った。

「うん。よかった」

咲歩は微笑んだ。俊がどんなつもりで言ったにしても、「よかった」で間違いないのだ、と考える。

今夜は橋を渡った。そして数軒の住宅の横を歩いていくと、田んぼと雑木林の一画があって、その中を通る木道《もくどう》へと進んだ。

この一帯は、自然保護区域になっている。雑木林と田んぼの境には水路があって、六月の終わりには蛍が飛ぶ。それを知って見に来たことがあった。まだ蛍は飛ぶのだろうか、今年も飛んだのだろうかと咲歩は思った。

「蛍……」

水路の横を歩きながら、ふたりでほぼ同時に呟いた。顔を見合わせて笑う。

「何年前かな、見に来たの」

咲歩は言った。

「越してきた年だったから、三年前かな」

俊は答える。

「三年前かあ」

三年の間に、蛍がいなくなってしまった、ということはあるだろうか。そんなことはないだろう、と咲歩は考える。自分たちが忘れていただけで、今年の夏も飛んだのだろう。

私たちは傷ついている。

咲歩は突然そのことを理解した。

そう思うのは、その傷が少しずつ修復していることを感じるからでもあった。でも、まだ完全には癒えていない。私たちは傷ついている。私だけではない、「あのこと」で、俊も傷ついたのだ。そして今私たちは、毎晩ゆっくり歩きながら、ゆっくり話しながら、話せることを探しながら、今日のほうが昨日より少しだけ多く、少しだけいろんなことを話せることをたしかめながら、ゆっくり傷を治そうとしているのだ。来た道とはべつの道で、ふたりは家に向かって歩き出した。あ、そうだ、と俊が言った。

「日曜日、トークショーに行くんだろう」

「うん」

小荒間洋子が新刊を出し、その宣伝のためのトークショーが、神楽坂《かぐらざか》の複合ビル内で行われるのだった。

「俺も一緒に行ってもいいかな？」

「えっ？　いいよ、もちろん」

咲歩は少し驚いて言った。小荒間洋子のことはもちろん俊も知っている——小説家であることも、月島のセクハラの被害者のひとりであることも、咲歩が小荒間に会いに行ったことも。小荒間に会いに行くことを話したときには「俺も一緒に行こうか」と言ってくれもした——そのときは、ひとりで行ったほうがいいと思ったから、大丈夫、と答えたけれど。

それでも、公の場で行われる、そのうえ話者と観客との距離が遠くはないトークショーに、夫が一緒に行くつもりだというのは意外だった。

「じゃあ、本を読んでおかないとね」

茶化すように咲歩が言うと、

「あっ、そうか」

と俊が慌てたのがおかしかった。

小荒間洋子の仕事場がある青山のビルは三角形だった。

当然、部屋も三角形で、通された咲歩が思わず見回していると、「かっこつけた部屋でしょう」と小荒間洋子は笑いながら言った。友人の設計であること、この部屋を買うことになった経緯《いきさつ》などを話した。らしくない部屋を仕事場にしていることへの言い訳というよりは、咲歩の緊張を解こうとしてのことだったろう。

部屋のほぼ中央に、大きな古い木のテーブルがあって、そこにセットされたやっぱり古い木の椅子を勧められた。コーヒーとチャイ、どっちがいいかしらと聞かれ、チャイをと咲歩は答えた。四月のことで、まだ少し肌寒い日だったせいか、スパイスが効いた温かい飲みものを啜《すす》ると、気持ちが落ち着いてきた。

「来てくれてありがとう」

赤い厚地のカフタンにデニムという姿の小荒間洋子は、咲歩の向かいに座って自分もチャイを啜って、そう言った。

「お礼なんか……」

そう、あのとき咲歩は、俊や電話をかけて来た男性同様、やっぱり少し当惑してそう答えたのだった。

「何から話しましょうか」

小荒間洋子は言った。まずそれを相談しましょう、という意味だったに違いないのに、咲歩は「私は三回あの人と寝ました」といきなり言ってしまった。そんなふうに切り出そうと考えていたわけではないのに、水が体から溢《あふ》れるように唇が動いた。小荒間洋子は頷《うなず》いて、先を促すように咲歩を見た。

「最初にホテルの部屋に連れていかれたときは、あの人が迫ってくるまで、何が起きるのかわかっていなかったんです。何か変だなとは思っていたけど、まさかそんなことが起きるなんて、考えられなかった。うまく思い出せなくて、それは思い出したくないからかもしれないけど、月島先生がそんなことをするはずはない、と思っていたというより、自分の身にそんなことが起きるはずはない、と信じていたような気がします。それでも、それは起きた。その瞬間に、私は変わってしまったんです。それまでの私じゃない、何かべつの生きもの、べつの物体になってしまった。私が二回目も三回目も自分の意思でホテルに行って、部屋までついて行ったことを非難している人たちがいることを知っています。でも私の意思じゃなかったんです、だって私は私じゃなくなっていたから。こんなことを言ったって、わかってくれる人はいないんでしょうけど。

二回目にホテルの部屋に行ったときも、この前みたいなことはもう起きない、起きるはずがない、と思ってました。でも、今考えると、起きるかもしれない、とわかっていた気もするんです。起きたって大丈夫だ、だってたいしたことじゃないから。心のどこかで、そう思っていた気がする。セックスなんてたいしたことじゃない、だからしたくない人とそれをしたって、なんてことない、平気だ、平気だ、平気だって、誰かが言ってた。私じゃない誰かか、何かが。だってそう思わないと、叫びそうになるから。私じゃない誰かは、私が叫んだり、髪をかきむしったり、自分で自分を殴ったり引っ掻《か》いたり、めちゃくちゃにしたり、そういうことを私にさせまいとしていたんです。

三回目もそうだった。このときははっきり、これはセックスじゃない、と思ってた。今まで私が知っていたような、ふつうの人が思っているようなセックスとは違うものだと。二回目に寝たとき、これは対話みたいなものなんだと、あの人は私に言ったんです。私小説を教えることには限界がある、でも俺たちはその限界を突破したいよね、って、私に同意を求めたんです。そして私は、はい、と答えてしまった。三回目のとき、私はそのことを思い出していました。咲歩は小説を書く女だよね、そうだろう、と、これは何回目のときだったのかな……あの人はそうも言いました。はい。私はやっぱりそう答えた。それはセックスへの同意でもあったんです。あの人がそのつもりでその質問をしたことを、私はわかっていました。私は小説を書く女だ。だからこんなことは平気だ。私は小説を書く女だ。月島先生がそれを認めてくれた。だから今私たちはこうしているんだ。私はあの人とセックスしながらそう考えていたんです」

小荒間洋子は黙って聞いていた。相槌《あいづち》を打ったり、聞き返したりせずに。咲歩の言葉が途切れてから、十分な間があったあと、

「三回目の後、彼はもう要求してこなくなったの？」

と聞いた。

「小説講座に行けなくなったんです、私が。行こうとしたら頭が痛くなって吐き気がして。あの人から何度か電話がかかってきましたが、出なかった。私は、」

ずっと泣かずにいたのに、そのとき涙が出てきたのだった。

「私は、小説を書くのをやめたんです」

小荒間洋子は頷いた。彼女の背後に大きな窓があり、その向こうに満開の花をつけた桜の枝が一本、張り出していた。「よくわかるわ」と小荒間洋子は言った。

「私はね、あれは恋愛だったって思い込もうとしていたの。小説を教えるということは、

その相手とある種の恋愛をしなきゃならないということだ。私と寝たあと、月島は講義でそう言ったのよ。場合によってはそれはセックスみたいなものになるかもしれない。誰にもまだ触られてない部分を探りあてて、触ることになるわけだから。小説を書くというのはそういうことです。そう言ったの。受講生全員に向かって話しかける体裁で、私に言い含めていたんだと思うわ。そして私は言い含められたのよ。

そのあとも私はしばらく彼の小説講座に通った。このときの心理は、咲歩さんが複数回ホテルへ行ったときと似てると思う。小説講座に行くのをやめたら、あれが恋愛ではなかったことになってしまう、と思ったのよ。もっとはっきり言えば、私はレイプされたことになってしまう、と。レイプに間違いなかったのに。

私は、小説を書くことに没頭したの。月島のアドバイスも受けた。ふたりきりになることは極力避けたけど。月島も、無理強いするのは危険だってわかったんでしょう、もう、そういう関係を求めてくることはなかった。

月島からレイプされたときの取材旅行――その取材を元に書いた小説は、文芸誌の新人賞を取ったわ。私のデビュー作になったのよ。それを知ったときの月島の喜びようといったらなかった。彼の喜びは、大部分本物だと思う。自分の教え子が書いた小説が世の中に認められることが、彼は本当に嬉しいのよ――その喜びが、私たちのためじゃなくて、彼自身の自己実現に対するものだったとしても。同時に、喜びながら、彼は自分が私にやったことを正当化していた。そして私も正当化したのよ。あれは必要なことだったんだって。

私は小説を書くことで、自分を騙《だま》したの。実際、賞を取ってからはどんどん忙しくなって、書けば書くほど、評価されるようにもなっていって、そういう状況の中にレイプの記憶を紛らわしたの。プロの小説家になってから、月島と対談したこともあった。ふつうに喋《しゃべ》れたわ。冗談を言い合って笑うこともできた。ほら、私は笑ってるわ、ってそのときは思うのよ。でも家に帰ると、いたたまれなくなるの。お酒を飲みすぎたり、眠れなくなって睡眠薬を飲まなきゃならなくなったり、そういうことが起きるのよ。咲歩さんと同じ。私は、叫んだり、髪をかきむしったり、自分を殴りつけたりするかわりにお酒や睡眠薬を飲んだのよ。

咲歩さんにお礼を言いたいの。つらかったでしょう、起きたことを本当の形で認めるのは。私もそうだった。あのこと以来、ずっと心を歪《いびつ》にして生きてきた。あなたの告発のおかげで、認めることができたの――私はあの男にレイプされたんだって。

恋愛なんかであるわけはなかった。あんなにいやだったのに。あの男に触れられたときの感触を思い出すたびに、この世から消えてしまいたくなるのに。恋愛なんかであったはずはない。小説を書くために、必要なことなんかじゃなかった。小説を書くためだって、ほかのどんなことのためだって、あんな思いをさせられることを正当化なんてできないのよ」

「小説を書くために、あんな思いをさせられることを、正当化なんてできない……」

咲歩は繰り返した。頷き、それからまた話した。さっき話したことの、言葉と言葉の間を埋めるように。小荒間洋子も話した。相手の言葉が、自分の言葉の隙間を埋めるような感覚もあった。


日曜日、トークショー会場の最寄りの地下鉄駅から地上へ出ると、プラム色に水色を混ぜたような色合いの夕焼けが空を染めていた。

咲歩と俊が会場があるビルに入ったのは開始時間より少し早かった。カフェに入るほどの時間はないので書店へ向かうと、店内からちょうど出てきたのが小荒間洋子だった。あら！　こんにちは。挨拶を交わし、咲歩は俊を彼女に紹介した。

「おふたりで来てくださったんですね。嬉しい！」

小荒間洋子は咲歩をハグし、俊と握手して、舞台裏へと立ち去っていった。

「びっくりしたね。まさかトークショーの前に会うとは思わなかった」

呆然《ぼうぜん》としている俊に咲歩が言うと、

「握手できてよかったよ」

と俊は照れ臭そうに言った。

書店から一続きになったイベントスペースが会場で、用意された椅子はすっかり埋まっていた。完全予約制だから、追加で俊のぶんが取れたのはぎりぎりだったようだ。編集者だろうか、部屋の壁際に立っている人たちもすくなからずいる。

進行役の書評家が先に壇上に出てきて、彼女の紹介で、小荒間洋子があらわれた。裾にエスニックな刺繡《ししゅう》が入った紺色のロングワンピースと、トレードマークのトンボ眼鏡。ゆったりした椅子に掛けてふたりは向かい合い、それぞれがマイクを持って、トークショーがはじまった。

小荒間洋子の最新の長編は、四十代半ばの女性――小説家であることや、トンボ眼鏡をかけていることで、小荒間自身の投影であるように読める――を主人公にして、彼女が義妹から預かった子供が行方不明になってから見つかるまでの七日間を、現実と幻想を織り交ぜて描いたものだった。主人公は結婚して間もない頃、夫を事故で亡くしている。それも小荒間洋子が公表している彼女の過去と同じだ。とすれば、夫が死んだとき主人公は妊娠していて、誰にも言わずに堕胎したというのも、そうなのだろうか。トークショーの終わりのほうで、進行役が婉曲《えんきょく》にそのことを聞いた。

「――この、女小説家が私自身だとして、この小説にどのくらい事実が書かれているのか。それを気にするのは、読者じゃなくて私自身だと思うんですよね」

小荒間洋子は言った。

「事実をどれだけ書いたのか。事実の何を書いたのか、そもそもあれは事実だったのか。事実って何なのか。事実と真実の違いは何か。そんなことを考えながら私はこの小説を書いていました。

――いやらしい答えかたですね。ふふ。堕胎のことは、ずっと私の中にあったんです。あの子は、私の中でずっと眠っていた――違うな、起きていたし、ときどき泣いてもいたけど、私は部屋の中を真っ暗にして、見ないようにしていた。耳を塞いで聞こえないようにしていた。この小説を書くまでは。この小説を書いたことで、私はあの子にはじめて触ったんです。

小説を書くということは、自分の中を覗《のぞ》くことなんです。覗き込んで、降りていくこと。私小説じゃなくたって、SFだってファンタジーだって時代劇だって、小説を書くならば、その作業が必要だというのが、私の持論です。今回、私は、今まで行かなかった――行けなかった深いところまで降りたという実感があるんです。

どうしてそれができたかと言うと、書き続けてきたからだと思います。書くことで、行けなかったところへ行けるんです。書くことで、降りていく。あるいはドアを開けていく。皮を剝いでいく、裸になっていく、と言ってもいいかもしれない。自分でそうするんです。つらいし痛いこともあるけど、この痛みは癒えます。このとき剝がれた皮は、自分に対する発見や理解によって再生するんです――以前より、もっとしなやかな、きれいな皮に」

小荒間洋子はそこで息をついた。喋っている間ずっと姿勢を変えなかったが、視線がふっと、自分を捉えたような気が咲歩はした。

「今日は、新刊のプロモーションのトークですから、それだけを話そうと思ってました。でも、間際に考えを変えたんです。主催者の方にも、進行役の小山内《おさない》さんにも相談して、了承を得ました。質疑応答の時間を十分間削ってもらって、個人的な話をします。少し前に話題になった、セクシャルハラスメントのことです」

咲歩は息を呑《の》んだ。小荒間洋子がこの場でそれに言及するとは思っていなかった。私は被害者です、と小荒間洋子は続けた。彼女の声が硬く、重くなったのを咲歩は感じた。でも、しっかりした強い声だった。小荒間洋子は月島の名前は出さずに、彼女が小説の師だと思っていた男性から望まないセックスを強要されたこと、それから十年余り経《た》った今、雑誌で彼を告発したことをあかした。咲歩の胸の鼓動が速くなった。そっと俊を窺《うかが》うと、彼は先を促すように小荒間洋子を凝視していた。

「彼がしたことは、私の皮を剝ぐことでした。私は最近、そう考えるようになりました。彼が自分の行為について、それに似た言葉で正当化していたということもあります。私に小説を書かせるために、私がもっといい小説を書くために、俺はお前とセックスしたんだと彼は言った。私は彼に生皮を剝がされた。でもそれは、私自身が私の中を覗き込み、自分の皮を剝いでいくこととは違います。全然違うんです。

もし私が彼を愛していたなら、彼と寝たいと思っていたなら。あの行為は彼が言うような意味を持ち得たかもしれません。でも、私は彼を愛していなかったし、彼と寝たいとは思っていなかった。彼が何のためにそうしたかとは無関係に、彼がしたことは略奪です。暴力です。彼は私の皮を剝いだ。無理矢理に。その皮はいまだ再生されていません。皮を剝がされた体と心は未《いま》だに血を流しています。ヒリヒリと痛いです。どうにかしようとして、上から何か被《かぶ》っても、その下でずっと血が流れているんです。今もそうです。

いつかはあたらしい皮膚で覆われるときが来るだろうと信じたいです。でも、それはいつなのか。そんなときが本当に来るのか。彼から生皮を剝がされた痛みに、私は一生耐えていかなければならないのかもしれません。私にセックスを強要した男は、謝罪をしたいからあらためて会う機会を作ってくれと申し入れてきました。被害者のもうひとりの女性にも、そう言っているようです。でも、私は応じませんでした。もしも彼の謝罪を受け入れるときが来るとしたら、そのときを決めるのは彼じゃなくて私たちだと思うからです」

小荒間洋子はマイクを置いた。俊の手が咲歩の手に触れた。ふたりは椅子と椅子の間で、手を握り合った。ためらいがちな拍手がやがて大きな拍手に変わっても、ふたりは手を離さなかった。

その夜、咲歩は俊と一緒に入浴した。俊のほうが最初、おっかなびっくりな感じだった。一緒に入らない？　と誘ったのは咲歩だった。

湯船に浸《つ》かり、抱き合って、キスをした。お湯をこんなに温かく柔らかく感じたことはなかった。何度もキスをして、互いの体をまさぐり合った。気が急《せ》いていることに笑い合いながら相手の体を拭き、寝室へ行きベッドに入ると、あらためて抱き合った。

咲歩が実家から戻ってきてから、ふたりがセックスするのははじめてだった。俊は、咲歩から言い出すのを待ってくれていたし、咲歩はこわくて言い出せなかった。うまくいかなかったらどうしよう、と思っていたのだ。でも、大丈夫だった。すばらしい夜になった。以前、俊のことを、やさしい毛布のようだと感じていたことを思い出した。それは俊が私を愛していて、私が俊を愛しているからだったのだと咲歩は思った。今もそうだ。ずっとそうだった。咲歩は、俊が自分に触れていることを感じ、自分が俊に触れていることを感じ、今、俊が幸福であることを感じて、幸福になった。私も俊の毛布になれればいい。

そのままふたりとも眠り込んだ。咲歩がふと目を覚ましたとき、窓の外は白んでいた。

そっとベッドを抜け出し、階下に降りてキッチンで水を飲んだ。それから、寝室に戻ろうとする足を止めて、食器棚の抽斗《ひきだし》を開けた。

そこには、新婚の頃に集めたけれど今はほとんど使うことがなくなったランチョンマットが重ねて収納されていた。その一番下から、赤いノートを取り出した。捨ててしまわなければと思いながら、ここに――俊に見つからないように、自分の目にも入らないように――隠していたのだ。印象深い出来事、小説になりそうな日常の断片を書き溜《た》めていた赤いノート。

食器棚の前にぺたりと座って、咲歩はそれを開いた。白いページの罫線《けいせん》の上の自分の文字を見たら、ずっと昔に行方不明になった猫の写真を見たときみたいに胸が痛くなった。でも、その痛みはすぐに鼓動に溶けていった。

咲歩は立ち上がった。俊が目を覚まして、隣に私がいないことに気がついたら、心配するだろう。このノートは、ベッドの中で読もう。そしてもし、もう眠くならなかったら、さっき見た夢のことを書いておこう。夢には車輪をつけた犬が出てきた。それに、死んでしまった猫のモルちゃんも、元気な姿で走り回っていた。今夜、そういう夢を見た、ということを書いておきたい。そしてその姿を夫に見せたい、と咲歩は思った。

解説

河合香織

「生皮——あるセクシャルハラスメントの光景」の連載が始まった二〇二〇年前後は、日本において性的被害についての告発がようやく広まり始めた時期だった。二〇一七年にアメリカで映画プロデューサーのハーヴェイ・ワインスタイン氏の性暴力とセクシャルハラスメントが告発されたことを発端に、SNSで被害の声を上げる#MeToo 運動が日本にも広がりつつあった。本作はまさに同時代のアクチュアルな社会問題である性被害をテーマとして描かれた小説である。

物語は、芥川《あくたがわ》賞作家を二人輩出したことで有名になった小説講座の人気講師を、かつての受講者・咲歩《さきほ》が性暴力被害で告発するところから始まる。咲歩は夫を深く愛しているのに、子どもがほしいと願っているのに、汚れた自分の体では子を産むことはできないと考えている。夫に触れられる度に、彼の手が汚れるような気までする。それは七年前のセクシャルハラスメントによる性被害が原因だった。

「知られることをこれほど怖がっているのにもかかわらず、誰も知らない、ということに傷つけられる。どうして誰も知らないのだろう。どうしてそんなことが許されるのだろう。私があんな思いをしたのに」

なぜあの男は何事もないようにして暮らしているのだろうか。泥水でびしょびしょのコートのような望まない性行為の記憶を脱ぎ捨てるために、咲歩は週刊誌に告発を決意する。そうしなければ一歩も前に進めないほどの傷を負い続けていた。

一方で、告発された月島《つきしま》は、咲歩との関係には暴力も恫喝《どうかつ》もなかったし、同意の上だったと反論する。咲歩にとってはレイプだと感じることを、月島は大人の関係、小説的関係だと考える。恐ろしいのは、月島が心の底からそう思っているのが伝わってくることだ。

被害者と加害者の間に立ちはだかる認識の歪《ゆが》みはどうして起きるのだろうか。小説は当事者二人の配偶者や加害者の娘、似たような被害と加害の現場、そしてＳＮＳで広がっていく人々の声を描いていくことで、なぜ同じ現実がどこまでもずれていくかをあぶり出す。

これはどこかで見た光景だ、と私は思う。実際に同じような事件が繰り返し報道されてきたし、今もまさにされ続けている。小説にはいくつかの被害が重層的に描かれるが、どれも驚くほど現実の事件と似通っている。

だが、それだけではないだろうという心の声が聞こえる。もしかしたら、私もまた被害者だったのかもしれない。圧倒的な力関係の下に、軽口として、冗談だったと言い逃れできるような形で、ハラスメントは確実にあった。私がそれを拒絶できたのはたまたま運が良かっただけだ。二十年以上経《た》っても、どの「軽口」もありありと思い出すことができる。存在を軽視されても、何も言えなかった自分への怒り。小説を読むうちに私は忘れていたことを思い出し、本当は忘れていないことに気づき、膜をはって見ないようにしていた心の奥底を覗《のぞ》き込もうとして、息を切らす。

人間の生皮を剝ぐ行為とは何かを本作は繰り返し問う。暴力によって他者から無理やり皮を剝がれるのと、自ら選んで皮を剝いでいく行為は違う。どれだけ血を流そうと、傷が傷んだとしても、自ら生皮を剝いでいくことで皮は再生し強化される。

そしてもう一つ、本書が突きつけるのは、考えようによっては、もっと恐ろしい事実だ。それは、自分はこのような加害に加担してきたのではないかという疑念だ。

被害者を苦しめるのは直接的な加害者だけではない。小説では、被害者がSNSで批判に晒《さら》され、さらなる傷を負う姿が描かれる。被害者は人気講師のほうではないか。なぜ七年も経ってからわざわざ言い出すんだ。ホテルに一度ならずとも、何度も行ったのは同意していたからではなかったのか——。

小説は加害者の内面も描き出していく。私はSNSで誹謗《ひぼう》中傷する書き込みなどをしたことはない。ではなぜ自分が加害者かもしれないと思うのかといえば、月島の娘が、バーで軽口を叩《たた》く男たちに対して次のように感じる場面を読んだからだ。

「被害者っていうのもおかしいよな。レイプされたわけじゃないんだから」

そこで彼女は思い至るのだ。こういう会話はいつでも自分の近くにあったし、自分自身もその会話に加わっていたと。

しかし、父の行為を知った後の娘はこう思う。

「今、私は同じ風景を、剝がされたばかりの動物の皮を無理やり見せられているような気分で、見ている」

このような会話を軽く聞き流したり、時に一緒に笑ったりする行為もまた、誰かの生皮を剝がす行為に加担していると言えるのかもしれない。

加害は、性被害のその場面だけで起きているのではない。ある事件が起きる前に、加害につながる社会の空気は醸成されているのだ。それを小説では「膜」という言葉で説明する。著者は単純な構図や安易な結論を否定し、徹底的にその膜の正体に迫っていく。

それらを取り除いた先の光景を見た読者は、これまでの自分や他者の言葉と行動の意味がまったく違ったものに見えてくることだろう。あれは悪ふざけなんかではなかった。一緒に笑っていたあの人は本当はどんな思いでいたのか。自分の行為がどれほど相手の生皮を剝ぐことだったのか。

私はノンフィクションを書く者として様々な事件を取材してきたが、どれほど当事者に話を聞いたとしても知り得ないことが本作では描かれていると感じた。他者の心の奥底、時に本人さえ気づいていない思いを知ることができるのは、巧みな作家がその膜を突破したからこその景色だったに違いない。

著者はインタビューで、今までずっと人間のこと、男と女のことを書いてきたが、これからは今の時代や、社会で起きていること、社会の空気を描くことに挑戦したいと語っていた。確かに新たな挑戦であると共に、本作は著者がこれまで描いてきた名作の数々の延長線上にあるようにも感じられる。体面も体裁も生皮さえも取り去った人間の生の感情が描かれているからこそ、私たちは理解できないと思う人、嫌悪すべき人のことを、あるいはなぜそこまで傷つくのか理解できない相手のことを想像しようと思える。この小説によって授けてもらった他者への想像力は私たちの心の中に育ち、それがまた他者に広がり、社会を変えていく原動力になるに違いない。

セクシャルハラスメントや性暴力について言えば、本作が書かれた時よりも告発しやすい環境が整い、理解も進んできた。性犯罪の規定は二〇二三年から変わり、暴行や脅迫、障害、アルコール、薬物、フリーズ、虐待と共に、「経済的、社会的立場による影響力」による性行為は不同意性交等罪として処罰される。

本書は膜に覆われた社会に風穴を開けた傑作といえよう。社会を覆う膜は何も性暴力だけではない。著者が今後、どのような膜を剝がした景色を描いていくのか、それに社会がどう呼応するのか、小説と社会の相互作用を期待している。

（かわい　かおり／ノンフィクション作家）

生皮《なまかわ》

朝日文庫

あるセクシャルハラスメントの光景《こうけい》

2025年1月30日　第1刷発行

著　者　井上荒野《いのうえあれの》

発行者　宇都宮健太朗
発行所　朝日新聞出版
〒104-8011　東京都中央区築地5-3-2
電話　03-5541-8832(編集)
03-5540-7793(販売)

印刷製本　大日本印刷株式会社

ISBN978-4-02-265184-6

朝日文庫

井上　荒野
あちらにいる鬼

小説家の父、美しい母、そして瀬戸内寂聴をモデルに、逃れようもなく交じりあう三人の〈特別な関係〉を描き切った問題作。《解説・川上弘美》

江國　香織
物語のなかとそと

書くこと、読むこと、その周辺。掌編小説とエッセイから、創作と生活の「秘密」がひもとかれる贅沢でスリリングな散文集。《解説・町屋良平》

角田　光代
坂の途中の家

娘を殺した母親は、私かもしれない。社会を震撼させた乳幼児の虐待死事件と〈家族〉であることの光と闇に迫る心理サスペンス。《解説・河合香織》

金原　ひとみ
fishy

生きづらさを抱えながらも〝いま〟を愉しむ女たち。不倫の代償、夫の裏切り、虚ろな生活――。女性たちの幻想を塗り替える物語。《解説・王谷　晶》

朝井　リョウ
スター

〝国民的〟スターなき時代に、あなたの心を動かすのは誰だ？　誰もが発信者となった現代の光と歪みを問う新世代の物語。《解説・南沢奈央》

伊坂　幸太郎
ガソリン生活

望月兄弟の前に現れた女優と強面の芸能記者!?次々に謎が降りかかる、仲良し一家の冒険譚！愛すべき長編ミステリー。《解説・津村記久子》